So weißverliebt

Sophie Carlsen

So weißverliebt

Roman

ANAIS

Für meine Familie und für Chantal und
für die besten Menschen der Welt: die Leser

Prolog

Abschied am Deich

Ich ziehe tief die eiskalte, metallische Luft in meine Lunge und atme sie in dicken, trägen Wolken wieder aus. Mein Blick geht nach oben, obwohl ich weiß, wie fantastisch der Reif auf der Weide um mich herum aussieht. Der erste Frost. Wie kleine Diamanten glitzert der gefrorene Tau auf dem weißen Rasen. Nichts bewegt sich, so steif gefroren sind die Gräser. Am Horizont erhebt sich arrogant der Deich. Obwohl er in ziemlich weiter Ferne liegt, haften Salz und der seltsame Geschmack von rohem, frischem Fisch auf meiner Zunge.

Es gibt nichts Schöneres als den Winter in Ostfriesland. Es schneit sehr selten; dafür ist der Himmel klar und azurblau. Im Hintergrund rauschen und brodeln die wütenden Wellen der Nordsee und preschen kleine, feine Tröpfchen in die Luft, die selbst aus dieser Entfernung hinter der Deicherhebung aufblitzen. Ich sehe in den glasklaren Himmel, weil es manchmal besser ist, in den Himmel zu schauen, als den Boden zu betrachten.

Wie philosophisch.

Ich verstehe nicht, warum die Touristen immer den Sommer wählen, um hier Urlaub zu machen und in die Nordsee zu springen. Im Sommer sind die Strände überfüllt, überall herrschen Lärm und Chaos. Der Himmel ist meist graugrün bewölkt und die Luft windet sich wie dicke, salzige Suppe in deine Kehle.

Jetzt ist es so kalt, dass meine Finger knallrot sind und schmerzen. Auch die Haut in meinem Gesicht spannt, obwohl es nur knapp unter null Grad ist. Hier herrscht eine trockene Kälte. Eine Kälte, die dazu einlädt, einen Spaziergang zu machen und sich danach am Kamin mit einer heißen Schokolade aufzuwärmen. Mit Rum.

Ich ziehe die Ärmel meiner Jacke über meine dunkelroten Fingerspitzen und lächle in den Himmel. Ich liebe es, wie die schneidende Luft in meiner Lunge brennt und prickelt, wenn ich tief die Luft einatme. Die Touristen sollten so einen Tag erleben. Sie würden nie wieder heimfahren. Oder sich wundern, was man als Landkind so macht, wenn man nicht ein Wellnesscenter oder ein Kino direkt um die Ecke hat. Sie würden verstehen, wie wundervoll Ruhe ist. Sie würden sehen, wie wenig Abwechslung der Mensch braucht, um glücklich zu sein.

»Wirst du es vermissen?«, fragt mich Edda. Sie sitzt auf der Motorhaube ihres Autos und hat eine Flasche roten Faber-Sekt in der Hand, aus der sie einen großen Schluck trinkt. Den Kragen ihrer Regenjacke hat sie bis zu ihren Lippen hochgezogen. Sie ist der einzige Mensch, den ich kennengelernt habe, der sich auf ein Auto setzt. In Amerika scheint das ja gang und gäbe zu sein, aber hier in Deutschland ist das alles andere als normal. Jedes Mal, wenn ich meinen Vater um sein Auto bitte, betont er, dass Edda sich auch ja nicht daraufsetzen soll. »Nur hinein. Drinnen, okay, Sara? Drinnen! Der Lack … Du weißt …«

Ich atme nochmals tief ein. Werde ich Ostfriesland vermissen?

Es war wundervoll, hier aufzuwachsen. Im Land von Otto, dem Komiker, aber das Land prägt einen auch. Ich weiß nicht, ob es ein anderes Fleckchen auf der Erde gibt, das so mit Vorurteilen behaftet ist. Wenn man als Ostfriesin jemanden kennenlernt, kommt meistens irgendwann der Spruch: »Ach, du bist aus Ostfriesland? – Kennst du den …?« Und schon werden hunderte Blondinenwitze auf Ostfriesen umgedichtet und breitgetreten. Ja, ich bin ein geschlagenes Kind, ich kenne alle Pointen dieser Witze.

Und warum gibt es diese ganzen Klischees? Weil sie größtenteils zutreffend sind. Wir sind die nordischsten Nordlichter; wir sind kalt, in uns gekehrt und schweigsam – jedenfalls die ältere Generation.

Und wir stehen auf Touristenverarschen. Ja, manchmal sind wir gemein, aber mal ehrlich, wenn man an einem Freitagabend in einer Kneipe sitzt, sich ungefragt eine Touristengruppe neben einen setzt und sich ununterbrochen über Ostfriesland beschwert – »nichts zu tun«, »langweilig«, »dämlich«, »zurückgeblieben« –, na dann bildet man eben auch seine Vorurteile. Und wenn sie dann auch noch mit ihrem »Moin, Moin« anfangen und einen bitten, etwas auf »Ostfriesisch« zu sagen ... dann wird man rachsüchtig. Man sagt bei uns nur einmal »Moin«. Das reicht. Das andere machen die Hamburger – die sind nicht so geizig mit ihren Worten. Und unsere Sprache, wenn man es denn so nennen darf, heißt Plattdeutsch. Wagt man es allerdings, diese Touristen zu korrigieren, halten die einen nur für noch bekloppter – als würde man dummes Zeug reden, wenn man »Plattdeutsch« statt »Ostfriesisch« sagt.

Ich will nicht behaupten, dass alle Touristen so sind – Himmel, bestimmt nicht. Wenn jemand vorsichtig mit Vorurteilen sein muss, dann ja wohl wir. Aber manchmal, wenn es echt zu bunt wird, können wir auch anders. Ich habe schon Leute, als ich einen schlechten Tag hatte, auf der Suche nach der Bushaltestelle tief ins Gewerbegebiet geschickt. Oder ich habe ihnen erklärt, dass Absinth bei uns viel weniger Alkohol enthält – weil wir ja mit allem sparsam sind und so. Oder ich erzählte einem, dass *Ontjeflott*, also die Brühe auf der Oberfläche der Entwässerungsgräben, die die Enten immer fressen, als Delikatesse gilt. Zuzusehen, wie sich jugendliche Touristen an Absinth betrinken und danach *Ontjeflott* kotzen, ist wirklich eine süße Rache.

Eines sind die Menschen hier ganz bestimmt nicht, nämlich verklemmt. Seltsamerweise. Wir reden wahrscheinlich doppelt so früh und doppelt so ehrlich über unser Sexualverhalten – zumindest wir Mädchen –, weil wir schlicht und einfach sonst nichts zu tun haben. Bei uns sind zwischenmenschliche Beziehungen eben das einzige Thema, das nie komplett ausgelutscht ist. Man kann es ausschlachten und wahnsinnig viel erfahren. Es ist mit allen Freundschaften und Beziehungen so. Wenn man die Menschen seit ihrer Geburt kennt, ist es schwierig, sie kennenzulernen – denn man kennt sie ja schon. Also ist das Sexualverhalten das einzige große Geheimnis in unserer kleinen, abgeschlossenen Welt.

Und in dieser Welt ist Edda immer meine beste Freundin gewesen – einfach, weil sie ein Mensch ist, der *mich* sprechen lässt. Bei ihr kann ich ununterbrochen reden, ohne sie zu nerven. Doch ich weiß nicht, ob ich sie vermissen werde. Sie ist eine so *unkomplizierte* Person. Ich habe sie lieb und gern und schätze sie sehr, aber heute ist auch das erste Mal seit ihrem Geburtstag vor acht Monaten, dass wir etwas gemeinsam unternehmen. Sie macht hier eine Ausbildung, ich ziehe weg, um zu studieren. Der Riss zwischen uns hat sich schleppend gebildet und ist doch unaufhaltsam. Wie bei meinem Exfreund. Irgendwann ist es einfach so weit.

Vor ein paar Monaten hatte ich meine Abschlussprüfungen und ich könnte mich immer noch in den Arsch treten, dass ich tatsächlich Mathe und Latein als Kurs auf erhöhtem Niveau genommen habe. Ich war den ganzen Tag am Lernen. Manchmal ist das Leben echt scheiße. Besonders, wenn das Hirn nicht so tickt, wie man es gerne hätte. Ich glaube, ich werde mit meinen neunzehn Jahren schon vergesslich. Werde ich das alles vermissen? Werde ich es wirklich vermissen?

Die Leute, die alles über einen wissen, von der Unterwäschemarke bis hin zur Englischnote; Edda, die sich immer weiter von mir entfernt; meine Freunde, die entweder Party machen oder lernen wollen; die ruhige, in sich gekehrte Mentalität; den Blick auf die brausende Nordsee; die klaren Strukturen, die reine Luft, meine Eltern, mein Zimmer …?

Ich drehe mich zu Edda um und nehme ihr die Flasche ab. »Keinen winzigen Augenblick«, sage ich grinsend und trinke einen tiefen, eiskalten, süßen Schluck. Ich bin frei und werde mein Leben jetzt selbst in die Hand nehmen – ich bin so verdammt cool und erwachsen. Schon fast eine Großstädterin.

Yeah.

Das Landei und die kleine Stadtwelt

Bin ich eigentlich die einzige Person auf der Welt, die sich keine Namen merken kann?

Wie oft ist mir das schon passiert, dass ich beim Einkaufen jemanden treffe, der mit einem »Hi, Sara! Wie geht es dir? Mensch! Schön dich zu sehen!« auf mich zukommt. Jedes Mal stehe ich völlig überfordert da und nicke und lächle höflich, während ich meinem Hirn befehle, endlich einen Namen auszuspucken. Oder wenigstens ein Gesicht in einem Kontext.

Ich bin die Art von Mensch, die dann dasteht und lächelnd sagt: »Hi! Echt schön, dich auch mal wieder zu sehen. Ist schon eine Ewigkeit her, dass wir uns getroffen haben, oder?«

Meistens funktioniert es und die Person sagt dann: »Naja, so lange ist es ja nicht her. Letztes Wochenende haben wir uns schließlich erst kennengelernt.«

Und dann bin ich fein raus. Natürlich ist es immer ganz schlecht, wenn man auf einer Party eine Nummer ins Handy eingeben soll und keine Ahnung hat, wie der Mensch, der einem gegenübersteht, eigentlich heißt. Aber dafür habe ich auch einen Trick: Ich tippe brav die Nummer ein und wenn dann nach dem »Namen« gefragt wird, frage ich einfach: »Wie wird dein Name geschrieben? Bei mir gibt es nämlich kein »H« am Ende. Hast du auch so eine Besonderheit?«

Entweder sie sagen »Ja, Marco mit C« oder »Nein, Hans, ganz normal«.

Als Genie würde ich mich auf gar keinen Fall bezeichnen, aber ich komme trotz meines Gehirns ganz gut durchs Leben. Mein Hirn ist nämlich ein Arschloch. Allgemein haben ich und mein

Gehirn eine etwas komplizierte Beziehung. Um genau zu sein, mag ich es nicht sonderlich gern. Manchmal schaltet es mein Sprach- oder Bewegungszentrum ein, ohne dass ich es will. Und das ist ganz schlecht, wenn man mal etwas nicht sagen oder tun sollte. Viele Leute halten mich aus diesem Grund für dumm. Aber ich bin's nicht. Ich habe gerade mein Abitur bestanden. Verrückt, dass der ganze Mist endlich von einem abfällt. Ab und zu wache ich morgens noch auf und denke: Scheiße, du hast die Hausaufgaben für Deutsch vergessen!

Aber das liegt hinter mir. Mir wird das bewusst, wenn ich am Frühstückstisch sitze und meinen Kaffee aus meiner wundervollen, wunderhübschen, erstklassigen Kaffeemaschine trinke, die mir meine Patentante samt Pads geschenkt hat. Das ist wirklich absurd. Ich wandle morgens mit einem schlechten Gewissen durch meine neue Wohnung und koche wundervollen Senseo-Kaffee, aber mir fällt erst auf, dass ich von zuhause weg bin, wenn ich den ersten Schluck trinke. Wenn sich dann die ganze Deutsch-Hausaufgaben-Anspannung in Luft aufgelöst hat, bin ich so glücklich wie ein Lotto-Gewinner – nur eben ohne Kohle.

Ich habe mich übrigens für eine Kleinstadt entschieden. Eine Studentenstadt mitten in einer Aue, umgeben von vielen Bergen, mit einem schlechten Verkehrsnetz und fast ausschließlich Studenten als Einwohnern – wahrscheinlich wurde dort der Name »Studentenstadt« erfunden. Ich konnte ziemlich frei wählen, denn mein Hirn hat sich barmherzig gezeigt und freundlicherweise mein Abitur für mich ganz prima geregelt. Zuerst wollte ich ja unbedingt nach Berlin oder München. Dann bin ich aber in Panik verfallen – schließlich laufen da doch eine Million Kriminelle und so rum, nicht wahr? Ich habe einen Fernseher und dort werden in den Großstädten entweder seltsame Katastrophenteenies gezeigt oder eben Kriminelle. Da gehe ich lieber in eine kleinere Stadt. Die haben hier sogar Restaurants. Nicht, dass es in Ostfriesland keine Restaurants gäbe. Aber bei uns ist es eben so, dass es in einem Dönerladen auch Hamburger und Pfannkuchen gibt. Wir sind ganz große Sparfüchse. Wir sparen sogar Restaurants und Platz. Niemand soll die schönen Kuhweiden zustellen. Aber riesige Umfahrungsstraßen – oder wie man das nennt, ich kenne nur den plattdeutschen Begriff – werden gebaut, damit die Touristen schneller nach Norddeich kommen. Ach, ich will nicht schon wieder lästern …

Seit einer Woche studiere ich übrigens Medienwissenschaften. Mein Hirn funktioniert zwar nicht, wie ich es möchte, aber es hat mir dieses geile Studienfach beschert. Manchmal ist mein Hirn ganz in Ordnung.

Trotzdem kann ich mir einfach keine Namen merken. Selbst meine Eltern nenne ich Pa-Mama und Ma-Papa, weil mir erst mittendrin auffällt, dass das der falsche Name ist. Ich komme einfach nicht drauf. Es ist wie ein Naturgesetz. Sara und ihr verkorkstes Hirn, das sich keine Namen merken kann.

Es kommt wahrscheinlich daher, dass man, wie ich schon mal sagte, jeden Menschen seit seiner Geburt kennt, wenn man auf dem ländlichsten Land aufgewachsen ist: Wenn man nichts Neues lernt, verkümmert das Gehirn. Synapsen werden nicht gebildet oder so. Was weiß ich, wie das funktioniert. Ich sehe *Galileo* eher ungern. Da hätte ich das lernen können. Das und wie groß die größte Pizza der Welt ist. Da verzichte ich lieber auf diese Synapsendinger, wenn mir dadurch *Jumbo*, der XXL-Mann, erspart bleibt.

Aber wie komme ich überhaupt zu diesen Gedankensprüngen?

Ach ja, richtig. Mir fällt der Name meiner neuen Freundin nicht ein. Diesen Montag habe ich sie kennengelernt. Sie und die andere … die hübsche Elfe … ach, verdammt. Wenn ich einen Wunsch frei hätte, würde ich mir ein besseres Namensgedächtnis wünschen.

Naja, dann versuche ich es einfach mit einem Kosenamen. Das ist doch nett, oder?

»Hey, Süße! Bringst du mir einen Wodka Lemon mit?«, brülle ich ihr entgegen, obwohl sie keinen halben Meter von mir entfernt an der Bar steht.

»Ja, warte. Ich hab schon bestellt. Ich gebe es durch, wenn der Barmann wiederkommt«, ruft sie durch den Discolärm zurück und lächelt mich an. Sie ist die Art von Frau, die man einfach bemerken muss. Knallrote Haare und einen knallroten Mund, dazu die Art von Körper, die eine wie mich vor Neid erblassen lässt. Wie soll es auch anders sein? Ich, das Bauern-Schrägstrich-Landtrampel-Kind, lerne zwei Mädchen kennen, die das Großstadtflair in dicken, vollen Strömen ausstoßen und einen einnebeln. Vielleicht werde ich durch sie auch weltfräulicher und hübscher. Vielleicht ist ihre Art von Schönheit ja übertragbar. Falls das der Fall ist, wünsche ich mir die Taille von der Elfenfreundin und den roten Schmollmund von der anderen. Das Mädel an der Bar ist in dunkle Farben gehüllt und mit ihrer Milchhaut sieht sie im richtigen Licht wie ein verdammt sexy Vampir aus. Ständig werde ich von vorbeigehenden Männern angestoßen, die den Blick nicht von ihr abwenden können und mich dabei völlig übersehen. Ist das nicht nett?

Sie hat mich nach einem Feuerzeug gefragt, als wir in großen Gruppen und völlig überfordert vor der Uni standen und unsere Einführungshelfer mit panischen Augen ansahen. Die hatten uns alles gezeigt: Bibliothek, Mensa, Seminarräume, den kompletten Laden, und während des gesamten Tages waren diese Vampir-Frau und ich unzertrennlich gewesen. Es war richtig mystisch; als hätten wir uns unter all den Möglichkeiten gesucht und auch gefunden. Seelenverwandtschaft würde ich es nicht gerade nennen, aber ... irgend so ein Wort müsste es schon sein.

Am Ende der Einführung haben wir in kleineren Gruppen Spielchen gespielt. Zum Beispiel sollten wir unsere Stirn auf einen

Besenstielkopf legen und uns drehen, bis uns schlecht war, und danach mussten wir ganz schnell zu einem Tisch rennen beziehungsweise torkeln und dort einen halben Liter Bier ex trinken. Wer behauptet eigentlich, Studieren wäre ein Kinderspiel?

Am Ende hat meine neue Freundin mit den Flammenhaaren meine Haare gehalten, als ich die Kloschüssel küssen musste. Ja, es ist peinlich, das zuzugeben, aber ich – eine Ostfriesin durch und durch – vertrage kein Bier. Mit Schnäpsen trinke ich jeden Mann unter den Tisch, aber beim Biertrinken kann ich mir kaum eine Flasche hinter die Binde kippen, ohne dass das unangenehme Konsequenzen hat. Was ich ja sehr unfair finde, denn ich liebe Bier!

Das andere Mädel, das ich kennengelernt habe, die Elfe, studiert Geschichte und Niederländisch auf Lehramt. Finde ich klasse. Wir bilden eine wundervolle, mystische, seelenverwandte-oder-so Gruppe: zwei Mädchen in einer kleinen Universitätsstadt, die eines schönen Tages keinen Beruf finden werden, weil die eine, also ich, Medienwissenschaften studiert und die andere »Frauen und Geschlechterstudien« und Kulturwissenschaften; und ein Mädchen, das uns aushalten wird. Denn mal ehrlich, mein Studiengang schreit förmlich nach Hartz IV. Oder Hartz VIII. Schließlich weiß ich noch nicht, was die Reformen in drei bis fünf Jahren für mich bereithalten. Ich bin da nicht so pessimistisch, wie das jetzt klingt. Aber leider haben mir meine Lehrer seit meiner ersten Schulstunde eingetrichtert, dass nur Ingenieurswissenschaften zu einem Beruf führen. Geisteswissenschaften sind »überlaufen« und lenken einen »unumgänglich« in die Arbeitslosigkeit. Ja, mein Hirn hat mir ein Einserabitur verschafft, aber diese Prägung durch meine Lehrer hat es nicht verdrängen können. Naja, was soll's. Arbeitslosigkeit ist nicht das Schlimmste, habe ich mir sagen lassen.

Verona! Richtig. Die Freundin an der Bar heißt Verona. Vielleicht sollte ich meinem Hirn doch noch eine Chance einräumen und es nicht gleich amputieren. Dadurch wäre ich dann auch in der Lage, mein Leben noch ein bisschen zu genießen. Aber sobald ich ohne das Geschleuder leben kann, heißt es für mich: *Hasta la vista, Baby!*

Verona reicht mir mit einem breiten Grinsen meinen Drink und dreht mir dann wieder den Rücken zu, um noch ein bisschen mit dem vielbeschäftigten Barkeeper zu flirten. Obwohl genau neben ihr eine Gruppe von jungen Männern rumschreit und mit Geldbündeln winkt, lässt der Typ seinen Job links liegen, um Verona nach ihrer Augenfarbe zu fragen.

Ihre Wirkung auf Männer ist erstaunlich, aber das kommt auch nicht von ungefähr. Sie ist so … flammend irgendwie. So signalfarben. Sie ist der Sexvamp unserer Gruppe und das beweist sie nicht nur mit ihrem Auftreten. Sie ist auf eine sehr feine Art sexy und das sehe selbst ich mit meinen Heteroaugen. Sie ist eine, die man fragen würde, ob sie einem »den Schwanz lutscht«, und trotzdem würde man sie heiraten. Sie ist einfach nicht vulgär. Ich muss mir ihre Art auf jeden Fall abkucken.

Ich nippe an meinem Wodka Lemon und verziehe den Mund. Der nette Herr Barkeeper hat es sehr nett mit dem Wodka gemeint. Aber selbst, wenn er das nicht getan hätte, würde mir dieses Zeug überhaupt nicht schmecken. Am liebsten hätte ich jetzt ein Bier. Bier mag ich. Ich wiederhole mich gerade, aber … Bier … ein wunderbares, tolles, goldenes Getränk. Leicht bitter und herrlich herb. Stattdessen trinke ich einen süßen Mädchendrink, weil ich nicht so bauernmäßig aussehen will und ich Bier ja bekanntlich nicht vertrage …

Ich sehe mich in dem winzigen, lichtdurchfluteten Discoraum um. Er sieht wie eine normale Kneipe aus, nur gibt es eben eine Tanzfläche zwischen den drei schiefergrauen Tresen, die die Wände belagern. Es ist erstaunlich, dass hier – in einer Stadt – die Disco kleiner ist als bei uns auf dem Land. Aber wenigstens sind die Gäste alle über achtzehn. Bei mir zuhause besteht die Hälfte der Discobesucher aus sechzehnjährigen Jungs und Mädels, die sich auf der Tanzfläche wie coole Callboys und kleine Nutten aufführen. Die können besser den Geschlechtsakt nachtanzen, als so manche Pornodarstellerin diesen durchführt. Obwohl ich nicht mal sagen kann, dass ich es anders gemacht habe oder mache. Ich tanze auch meine Pornotänze und fühle mich total sexy dabei. In solchen Momenten liebe ich mein Hirn. Das gaukelt mir so schön vor, dass ich eine begnadete Tänzerin bin.

Mein Blick wandert über die Köpfe der Leute hinweg, auf der Suche nach einem netten Typen. Schließlich bin ich nicht nur hier, um mein neues Studentenleben zu feiern, sondern ich habe eine Mission. Däm. Dääm. Däm. Däm. Dim-Dim. Däm. Dääm. Däm. Däm. Dum-Dum. Das muss man sich jetzt natürlich mit der entsprechenden *Mission Impossible*-Musik vorstellen. Ja, auch ich habe eine Mission: Ich bin auf der Suche nach einem One-Night-Stand.

Wenn man aus dem Dorf der Dörfer, dem kleinstmöglichen Kaff am Arsch der Welt, wo sich Fuchs und Igel »Gute Nacht« sagen und der Pfeffer wächst, kommt ... wenn der direkte Nachbar ein Pastor ist und jeder im wahrsten Sinne des Wortes jeden kennt, dann ist es ziemlich schwer, einen normalen Einstieg ins praktizierte Sexualleben zu finden. Um es gleich offen und ehrlich zu sagen: Ich hatte noch nie einen Orgasmus. Zumindest keinen richtig guten, wie aus den Büchern und Filmen, wenn man schreit und brüllt und sowieso total durchdreht ...

Aber jetzt bin ich weit weg von daheim, so weit weg, wie man sein kann. Ich habe eine eigene, zugegebenermaßen winzig kleine Wohnung und niemanden interessiert es, ob ich denn auch vorhabe, meinen One-Night-Stand zu ehelichen. Jetzt ist meine Zeit gekommen. Meine Zeit mit hemmungslosem Sex und ganz ohne Kirchenglockenläuten. Ich bin frei. Frei und wild und willig.

Ich erschaudere, als mir das richtig klar wird. Ich könnte einfach so, jetzt, hier, einen Typen mit nach Hause nehmen, ohne am nächsten Tag meinem Nachbarpastor erklären zu müssen, dass Sex nicht zwangsläufig zur Ehe führen muss …

Ich kann mich austoben! Yeah.

Ich betrachte die Männer in meiner Umgebung mit neugierigen Blicken und schenke jedem, der mir nicht ausweicht, ein Lächeln. Einige lächeln zurück und heben grüßend ihr Glas.

Auf der Tanzfläche entdecke ich meine zweite Freundin. Sie wird gerade wie der Belag auf einem Sandwich totgedrückt. Dabei bilden zwei Jungs die Brotscheiben und machen affige Bewegungen mit den Armen. Alle zwei Takte klatschen sie und rufen ein lautes »Yeah! Geil!« aus.

Ich sehe in dem Elfengesicht meiner Freundin, dass sie eigentlich nur weg will, doch zu höflich ist, etwas zu sagen. Aber sie macht nicht das verabredete Zeichen mit der Hand, sodass ich ihr nicht zu Hilfe eile. Sie ist die zierliche, eisblonde Elfe, die ich immer sein wollte, als ich klein war. Hübsch wie eine Puppe, die man in die Ecke legt und ansieht. Sie würde man niemals nach einem Blowjob fragen oder nur daran denken. Man würde sie wahrscheinlich dabei zerbrechen. Wie glitzerndes Glas sieht sie aus.

Bei ihr war ich es, die sie angesprochen und gefragt hat, ob sie Feuer habe, als Verona gerade mit einem Typen gequatscht hat. Gut geklaut, finde ich. Ich rauche zwar nicht, aber ich kann ja mal so tun als ob. Sie hat mich angestrahlt wie ein Diamant und auf die niedlichste und wunderbarste Art gesagt: »Nein, tut mir leid, ein Feuerzeug habe ich nicht. Aber ich könnte mir eins kaufen, wenn du mir dafür Gesellschaft leistest. Ich kenne hier nämlich niemanden. Das ist sehr frustrierend.« An dieser Stelle hat sie den süßesten Mund gezogen, den man in einem Porzellangesicht jemals gesehen hat. Man sollte diesen Mund auf jeden Fall eines Tages fotografieren und einem Porzellanpuppenhersteller schicken. Sie heißt … heißt … Lina! Genau! Lina Kaufmann. Muss ich mir unbedingt merken.

Ich grinse und untersuche weiter den Raum nach dem passenden ersten One-Night-Stand für mich. Er muss gut aussehen und … nein, das reicht schon. Ich will wirklich nur einmal in meinem Leben Sex ohne Verpflichtungen. Er muss nicht einmal wissen, dass es etwas gibt, das sich Schwerkraft nennt. Dumm fickt gut, habe ich mir mal sagen lassen. Also das spricht schon mal für einen Dummen. Dies ist mein Abend! Ich vögele heute mit einem heißen, dummen Fremden.

Im hinteren Bereich der Disco befinden sich kleine Sitznischen. Mit einem schnellen Blick begutachte ich die männlichen Gäste, die dort sitzen. Einige der Typen sind sehr hübsch, andere niedlich, einer ist … nicht so heiß. Ich betrachte die Mädels daneben, um entscheiden zu können, welcher von denen noch Single ist.

Die Sandwichtänzer schieben sich mit meiner Freundin Lina aus meinem Blickwinkel und meine Augen treffen auf männliche Augen. Ich zucke überrascht zusammen, als wäre ich bei etwas Unanständigem erwischt worden, und trinke schnell einen Schluck Zucker-Alkohol-Wasser, während ich meine Schnürsenkel betrachte. Als ich wieder aufschaue, begegnen mir die stechenden Augen des Kerls noch einmal.

Ich runzele die Stirn, als ich ihn jetzt bewusst mustere. Er ist ein blonder Adonis. Groß und … golden. Wie ein Engel. Naja, ein gefallener Engel, denn seine blauen Augen sehen nicht sonderlich nett aus. Eher bedrohlich. Auch seine Größe finde ich erschreckend. Irgendwie ein richtiges Klischee, dieser Typ: golden, ein Macho … Wahrscheinlich am Ende dann doch ein total sensibler Mann. Nee, da steh ich nicht so drauf für meinen ersten One-Night-Stand.

Sehnsüchtig betrachte ich die Bierflasche in seiner Hand, die er lässig an seine Lippen hebt. Nach einem kräftigen Schluck saugt er ein paar Tropfen von seiner Oberlippe. Neben ihm steht ein Mädchen, das sich an seinen Arm gehängt hat und wild auf ihn einredet. Obwohl sein Blick eindeutig auf mir liegt, scheint das Mädchen dem Mangel an Aufmerksamkeit von ihm keine Bedeutung beizumessen. Mein Blick wandert müßig durch den Raum, bevor ich erneut den Adonis fixiere. Er sieht mich immer noch an. Seine Augen kleben förmlich an mir. Aber nicht schleimig, sondern eher wie ein süßer Tropfen Honig an genau der richtigen Stelle.

Er hebt leicht seine Flasche und prostet mir zu. Ich lächle zurück und hebe ebenfalls mein Glas, das nunmehr leer ist. Also nicht, dass ich Signale geben will, aber ich bin eben höflich. Während er das Mädchen von seinem Arm schüttelt, drehe ich mich zur Bar um und bemerke, dass Verona immer noch mit dem Barkeeper flirtet. Ich stelle mein Glas neben ihren Ellbogen und tippe sie an, um auf mein leeres Glas hinzuweisen. Sie bemerkt mich nicht.

Ich weiß, dass der Adonis näherkommt, aber wenn ich ehrlich bin, habe ich keine Lust auf ihn. Klar, der Typ ist heißer als die Hölle, aber heute Nacht soll es um mich gehen. Ich kenne mich: Wenn der Typ zu gut aussieht, will ich ihn im Bett beeindrucken. So war es nämlich bei meinem Ex: ein Schönling und eine Arroganzmaschine unter den Laken. Doch statt den Mut zu haben und zu sagen, was ich will und was nicht, habe ich einfach nett ausgesehen und mich mit seiner Schönheit zufrieden gegeben. Doch heute Nacht will ich einen Orgasmus. Ich muss ihn haben. Einmal in meinem Leben einen Orgasmus. Ich finde, es ist fair, dass man sich in der Jugend mal richtig austobt und egoistischen Sex hat.

Mein Ex war eigentlich nicht schlecht im Bett, aber eben nicht gut genug. Oder es lag einfach an mir, weil ich mein Hirn, das Arschloch, nicht ausschalten konnte. Und bei diesem Adonis wird es genauso ablaufen. Er ist zu schön, um sich Gedanken darüber machen zu müssen, ob er seine Bettgefährtin auch befriedigt. Er sieht schließlich gut aus. Wofür anstrengen?

Ich suche gerade unauffällig nach einem Grund, mich einfach zu verkrümeln, als ich auch schon eine heiße Hand auf meiner Schulter spüre. »Hi?«, sagt er und mir wird plötzlich ziemlich warm. Sicher ist die Heizung kaputt.

Seine Stimme ist wie dunkle, flüssige Schokolade – tief und rauchig. Unwillkürlich wende ich mich ihm zu und muss ihn sofort anhimmeln: »Hi«, hauche ich wie eine Grenzdebile und starre zu ihm hoch. Ja, ich weiß, ich habe keinerlei Interesse an ihm, aber ich darf meinen Augen auch mal was Gutes gönnen, oder nicht? Ich kucke nur, wie bei dem Schaufenster dieses Pralinenladens vor meiner Wohnung: Man kuckt, aber man weiß, dass Naschen eindeutig zu teuer ist.

Er sieht mit seinen blauen Augen zu mir runter. »Wie heißt du?«

Ich lächle aus irgendeinem seltsamen Grund. Dann schüttele ich den Kopf, um wieder klar denken zu können. »Tut mir leid, aber das geht nicht.«

»Was geht nicht?«, fragt er verwirrt und runzelt seine goldene Stirn. Selbst die ist perfekt. Das finde ich persönlich ja total unfair: wenn Menschen, insbesondere Männer, so eine herrliche Gesichtshaut haben, ohne etwas dafür tun zu müssen. Ich denke, ich sollte mir mal Rasierschaum ins Gesicht schmieren. Wahrscheinlich funktioniert das besser als Clearasil. Auch wenn ich dann nach Männerparfüm rieche.

Ich bekämpfe den Wunsch, den Goldstaub von seiner Stirn zu lecken, und schüttele stattdessen wieder meinen Kopf, um mein Hirn zum Arbeiten zu bewegen. Er hat links von seinem Kinn einen dunkleren, goldenen Bartschatten als rechts, notiert mein Hirn, ohne dass ich es will. Ich bin völlig abgelenkt von seiner Schönheit. Wird Zeit, dass ich ihn loswerde. »Ich kann nicht mit dir schlafen.«

»Ach, was.« Er grinst mich an, seine goldenen Mundwinkel ziehen sich leicht nach oben und geben den Blick auf eine starke Reihe weißer Zähne frei.

Dann wird mir klar, was ich gerade gesagt habe. Röte schießt mir ins Gesicht und mir wird noch heißer. Irgendwas stimmt auch nicht mit meinem Unterbauch. Da prickelt es ganz komisch. Warum muss ich bloß so einen peinlichen Unsinn reden? Man versteht vielleicht jetzt, warum ich und mein Hirn regelmäßig Streit haben, nicht wahr? Das sagt immer, was es denkt. Ich habe gar nichts damit zu tun. Ich bin eigentlich eine total zurückhaltende, schüchterne Person. Nur mein Hirn eben nicht.

»Ach nichts«, versuche ich abzuwiegeln und sehe mich nach Rettung um. Bitte, ich muss hier weg! Weit weg und dann noch ein Stückchen weiter, bis ich irgendwann diesen Fauxpas vergessen habe. Wenn man schnell genug rennt, fliegt so eine Begebenheit doch von einem ab, oder? Wie ein Schuh oder ein Oberteil. Ab einer bestimmten Geschwindigkeit streift man das einfach ab, wie Superman – nur eben durch Schnelligkeit und nicht in einer Telefonzelle. Aber was verstehe ich schon von Physik? Ich weiß, wer Einstein ist, und Newton mag Äpfel – soweit ich mich erinnere, aber das war's schon. Vielleicht sollte ich das mal versuchen. So schnell rennen, bis man sich nicht mehr an etwas Peinliches erinnert. Das Hirn durchpusten mit Gegenwind, bis alles raus ist, was man an Erinnerungen nicht mag. Oh, da fällt mir noch eine ganze Menge anderes Zeug ein, das ich lieber vergessen möchte …

»Du kannst nicht mit mir schlafen, oder du willst es nicht?«, fragt er, während dieses zauberhafte Lächeln langsam seine blauen Augen erreicht. Er reißt mich dadurch nicht aus meinen Gedanken, denn die schwirren irgendwo in den Weiten meiner Gehirnwindungen immer noch um ihn und diese herrlichen Augen. Und diesen halben Bartschatten, der bestimmt nach

Lakritz schmeckt. Und um die Frage, ob er vielleicht doch ganz gut im Bett sein könnte. Diese Mutmaßung verbiete ich meinem Hirn strikt und drohe mit einem Alkoholexzess, der Milliarden an Hirnzellen zerstören würde.

»Ich will nicht und ich kann nicht. Du bist zu schön.« Ich hasse mein Hirn. Es findet immer einen Ausweg. Warum musste ich das als Grund angeben?

»Wirklich?«, sagt er lachend und trinkt einen tiefen Schluck. »Willst du etwas trinken? Wir können ja bei einem netten Getränk darüber diskutieren, was an mir *zu* schön ist.«

»Nein, danke. Ich bin auf der Suche nach etwas anderem«, erkläre ich und klimpere mit meinen Wimpern, um einen unschuldigen Engel zu imitieren.

»Ah, nach Sex mit einem nicht so schönen Mann«, vermutet er lächelnd.

»Nein«, lüge ich und weiß, dass man mir die Lüge ansieht. *Natürlich* schaltet mein Hirn auf die Funktion »Wangenröten«. Es ist unfair, wenn dein größter Feind alles an dir kontrollieren kann. Wie soll es auch anders sein? Es ist ein gegenseitiger Hass zwischen mir und meinem Hirn. Ich mag es nicht, es mag mich nicht, aber wir sitzen zusammen in einem Boot. Übrigens ist es ziemlich erschreckend, dass der Kerl mich so leicht durchschaut. Kann man einem ansehen, wenn frau auf der Suche nach unverbindlichem Sex ist? Obwohl das in meiner Situation gar nicht so schlimm wäre. Dann könnte ich mich zurücklehnen und auf meinen One-Night-Stand warten, bis der auf mich zukommt. Ich runzele die Stirn und versuche eindeutige Signale zu senden, um die Männer auf meine Sexwilligkeit aufmerksam zu machen. Ein Kerl an der Theke sieht mich an und rutscht dann unauffällig von seinem Stuhl, um das Weite zu suchen.

Ich seufze. Zurück zu Plan A: Lächeln und den richtigen Kerl suchen, um ihn anzusprechen.

Der Kerl neben mir grinst und seine schneeweißen Zähne blitzen auf. Außerdem zeigt er, als er den letzten Rest von seinem herrlichen Bier trinkt, die beeindruckenden Muskeln an seiner Kehle. Och Mensch, hätten nicht wenigstens die hässlich sein können? Ich komme mir plötzlich vor wie ein Vampir, weil ich den Drang bekämpfen muss, ihm in den Hals zu beißen und einen dicken, blauen Knutschfleck zu hinterlassen. Lächerlich. Ich benehme mich wie ein Teenager! Dabei bin ich das fast gar nicht mehr. Nur noch wenige Monate und ich bin ein Twen.

»Was willst du trinken?«, fragt er und wendet sich dem Barkeeper zu, der immer noch mit Verona, der eigentlichen Vampirin unsere Gruppe, quatscht.

»Nichts von dir. Geh weg! Ich werde eh nicht mit dir schlafen«, erkläre ich steif und richte mich zu meiner vollen Größe auf, um ihn einzuschüchtern. Bei Männern funktioniert das doch, warum nicht bei mir? Ich werde jetzt mein Territorium markieren und ihn in die Schranken weisen. Jawohl! Er ignoriert mich ärgerlicherweise, als sei mein Bemühen lächerlich, und versucht stattdessen, Blickkontakt mit dem Barmann aufzunehmen, der – Wunder über Wunder – im selben Moment aufsieht. Keine zwei Minuten später habe ich ein Bier in der Hand und stoße mit dem Kerl an, obwohl ich das gar nicht will. Aber … *Bier*!

»Ich werde nicht mit dir schlafen. Warum gibst du nicht einfach auf und ich mache mich auf die Suche nach einem anderen?« Ich versuche, ihn böse und ganz und gar unattraktiv anzustarren, weiß aber selbst, dass es mir nicht gelingt. Meine Augen strahlen wie Wunderkerzen, wenn ich ein Bier habe. Es ist schwierig, dann angemessen sauer auszusehen.

»Weil ich mich mit dir unterhalten möchte«, erklärt er.

Langsam werde ich wirklich sauer. »Ich mich aber nicht mit dir. Ich bin wahnsinnig langweilig, weißt du? Ich kann stundenlang über meine neuen Schuhe reden, ohne mich zu wiederholen.

Ich weiß einfach zu viele Synonyme für göttlich. Und ich werde wahnsinnig zickig sein, wenn du nicht gehst.« Ha! Ich danke stumm meinem Gehirn, dass es so wunderbare Eigenschaften weiß, die Männer abschrecken!

»Warum gehst du dann nicht?«, fragt er und zieht seine helle Augenbraue hoch. Von hinten kommt in diesem Moment das Licht eines roten Scheinwerfers und gibt seinem blonden Haarschopf einen teuflischen Glanz. Wie ein böser Engel sieht er aus. Arrogant und golden und *zu schön*!

Ich atme tief durch, um meine Wut runterzukochen. Hinter seiner breiten Schulter habe ich gerade einen vielversprechenden Typen gesehen, der sich aber schnell wieder verzieht, als er den Adonis bemerkt. Der Kerl wagt es, meine Orgasmus-Chancen zu drücken, so ein Halunke! »Geht nicht. Ich bin dazu gezwungen, *dich* anzuhimmeln.« Ich rolle bewusst mit den Augen, damit er sieht, dass ich es sarkastisch meine. Auch wenn es eigentlich nicht so ist. Er ist wie für eine Leinwand gemacht, die seine Schönheit und sein schelmisches Grinsen einfängt. So ein perfektes Gesicht und das goldig schimmernde dichte Haar. Ein Filmstar. Ich könnte mir vorstellen, ihn auf einem Cover von *GQ* zu sehen. Lässig an sein Motorrad gelehnt. »Und ich muss auf meine Freundin aufpassen«, fahre ich fort, meine schlagenden Argumente aufzuzählen, als ich endlich in der Lage bin, meinen Blick von seinem herrlichen Hals zu lenken. »Sie neigt dazu, mit den falschen Männern rumzuknutschen.«

»So wie das Mädchen da? Die knutscht mit dem Barkeeper.« Er weist mit seiner Bierflasche auf Verona.

»Oh, Mann!« Ich drehe mich wieder zur Theke und starre sie an. Das ist wirklich wildes Geknutsche! Ohne Theke zwischen den beiden würden die sich wahrscheinlich auffressen.

Einige Augenblicke beobachten wir in stiller, friedlicher Übereinkunft das schamlose Treiben, bis er seinen Arm um meine

Schultern legt und ich erstarre. Entweder sein Arm ist so heiß, dass er mich bis in meine Organe hinein wärmt, oder ich bekomme Magenfieber – falls es so etwas gibt. Ich winde mich aus seinem Affenarm und funkle ihn böse an. »Geh endlich weg! Du vertreibst meine möglichen Sexualpartner für heute Nacht.«

»Das ist auch mein Ziel.« Er grinst nur und streicht sich kurz durch sein Haar. »Alle Kerle sollen verschwinden, damit dir am Ende keine andere Möglichkeit bleibt, als mit mir zu schlafen.« Er sieht mir tief in die Augen und sieht unfassbar arrogant und sexy aus. »Ach, und fürs Protokoll: Ich bin Niklas.«

Niklas. Mhm. Fast wie Nikolaus. Und der Nikolaus bringt Schokolade. Leckere halbflüssige Schokolade, die ich von seinem Unterbauch lecke, um dann langsam meine Lippen um seinen steifen Schaft zu schließen, während die Vibrationen seines Stöhnens das Feuer in mir noch weiter entfachen …

Oh, Mann. Ich denke gerade nicht an Sex mit ihm. Nein, mache ich nicht! Ich will nicht mit ihm schlafen. Will nicht … will nicht … Wie ein Mantra murmele ich es vor mich hin, bis es auch meine Libido vernommen hat. Blöde Libido.

»Lass mich in Ruhe«, knurre ich böse. Ich bin wirklich mittlerweile nicht mehr nur maulig, sondern ernsthaft wütend. So ein Mistkerl! Was bildet der sich eigentlich ein? *Ich* entscheide über mein Leben. Nur ich!

»Lieber schlafe ich mit niemandem als mit dir.« Wenn das mal nicht ein guter Konter war!

»Danke.« Er lächelt, als hätte ich ein Kompliment gemacht. »Und wie heißt du?«, geht er einfach über meine Beleidigung hinweg. Ein dunkelhaariger Kerl steuert auf mich zu und ich strahle ihn einladend an. Meine Rettung! Leider bemerkt er plötzlich Niklas' Arm hinter meinem Rücken und dreht ab.

Wütend schüttele ich ihn ab. »Okay, okay. Du willst es nicht verstehen, oder? Ich muss wohl schwerere Geschütze auffahren?

Ich warne dich, ich kann auf Kommando weinen.« Das ist eine dreiste Lüge und aus irgendeinem Grund werde ich nicht rot. Wahrscheinlich will mein Hirn ein Friedensangebot machen. Ich ziehe einen Schmollmund und lasse meine Unterlippe zittern, während ich meine Augen aufreiße, um den Eindruck zu erwecken, dass ich jeden Augenblick in Tränen ausbreche. Unter meinen Lidern brennen plötzlich tatsächlich Tränen, aber aus purer Wut und Machtlosigkeit!

Er zieht sich leicht zurück. »Fein, eins zu null für dich. Aber es wird noch andere Momente geben. Und dann werde ich nicht nachgeben«, prophezeit er wie der beste Bösewicht aus einem James-Bond-Film.

»Viel Glück«, wünsche ich ihm und sehe ihm einen letzten Augenblick halb hasserfüllt, halb sehnsüchtig nach. Wäre er nicht so schön, könnte sich möglicherweise ein interessanter Kerl hinter der arroganten Fassade verbergen, auch wenn er mich stinkwütend macht. Dann wende ich mich entschlossen ab und sehe mich nach einem geeigneten One-Night-Stand um. Leider entdecke ich dabei nur meine Elfenfreundin Lina, die wild unser Zeichen in meine Richtung macht. Fein, verschiebe ich die Suche eben auf später und gehe jetzt auf Rettungsmission.

*

Ich hebe langsam den Kopf und versuche, mir eine Million Gründe auszudenken, warum ich gerade diesen verräterischen Laut vernommen habe. Vielleicht ist das sein Stöhnen, vielleicht ist es das auch nicht, sondern ein ... eine Art Räuspern. Vielleicht hat er sich auch einfach verschluckt. Oh bitte, lass ihn sich verschluckt haben. Bitte!

Ich atme zittrig ein und lasse langsam seinen Schwanz aus meinem Mund gleiten; dann hebe ich vorsichtig den Kopf. Mein

Mund schmeckt nach Kondom mit Kirsche. Widerlich. Mein ganzer Körper kribbelt und mein Unterleib juckt, als hätten sich Tausende kleine Schmetterlinge darauf abgesetzt und streichelten mich mit ihren sanften Flügeln. Oh, bitte … lass es nicht das sein, was ich befürchte …

Mein Blick gleitet seinen Bodybuilderkörper hinauf, über die bretthaarten Muskeln seines Bauches, die sich trotz Entspannung unter seiner straffen Haut wie Wellen abzeichnen, über seine Brustmuskeln, die mit feinem Flaum bedeckt sind, über seinen Stiernacken bis hin zu seinem Gesicht. Ich starre auf seine geschlossenen Lider und bekämpfe den Wunsch, ihn zu hauen.

Ich schnaube unterdrückt und verschränke die Arme unter meinem nackten Busen. Das darf einfach nicht wahr sein! Ich starre ihn an und versuche, ihn mit bohrendem Blick zu zwingen, seine Augen zu öffnen. Er schläft seelenruhig weiter. Und schnarcht.

Arrrrgh! Das gibt es doch gar nicht. Ich drehe durch! Dieser blöde … blöde … Dingsda!

Er schnarcht leise und ich merke, wie sich Tränen in meinen Augen sammeln. Es ist zu bitter, er schläft! Der blöde … Dingsda ist eingeschlafen, während ich seinen Schwanz im Mund hatte. Oh Mann, ich will sterben. Das ist wohl das Peinlichste, Schlimmste und Demütigendste, was mir jemals passiert ist. Das ist sogar noch schlimmer als damals in der sechsten Klasse, als mich die Jungs nur »Tittenmonster« gerufen haben und mein Klassenlehrer zusammen mit einer Kollegin ein Gespräch mit mir geführt hat, um mich darauf aufmerksam zu machen, dass es vielleicht eine gute Idee wäre, wenn ich mir einen BH zulegen würde …

Ich habe meine Brüste schon mit dreizehn bekommen, quasi über Nacht. Ein volles, großes, festes D-Körbchen mit so kleinen rosa Nippelchen und einer netten Form. Ja, der Größe entsprechend liegen sie leicht auf meinem Brustkorb auf, aber sie sind dennoch rund. Ich mag meine Brüste meistens. Während ich den Rest an mir für annehmbar bis durchschnittlich halte, stechen meine Brüste wirklich heraus. Schade nur, dass ich so wenig Spaß an den Dingern habe. Sie sind eben da, die BHs sind schweineteuer und kneifen *grundsätzlich* und alle erzählen einem ständig, dass sie auch solche Brüste haben wollen. Also ich würde sie gerne gegen kleinere eintauschen, die wenigstens empfindlich sind. Meine sind wie ... Kleidung. Man trägt sie mit sich rum, bemerkt sie beim Anziehen und irgendwie fühlt man sich mit ihnen sexy, aber eigentlich sind sie unangenehm. Zu schwer und womöglich führen sie irgendwann zu Rückenproblemen.

Auch kann man nicht gemütlich auf dem Bauch schlafen und durch die Größe sehe ich fetter aus, als ich bin. Und sowieso ist der Kleidungskauf eine Katastrophe. Ich kann meine Brüste nicht in Kleidung quetschen, die zum Rest meines Körpers passt. Ich muss also immer zu große Kleidung kaufen und sie für meinen Bauch enger nähen oder eben aufs Atmen verzichten.

Wahrscheinlich ist das mit mir und meinen Brüsten so eine typische »Der Rasen meines Nachbarn ist grüner als meiner«-Angelegenheit. Man will immer das, was man nicht hat. Und wenn man es sich leisten kann, hat man eben ein paar OPs und behauptet am Ende, das sei alles Natur. Falls ich eines Tages sehr bekannt bin und Geld habe, werde ich auf jeden Fall sagen, dass ich nicht operiert bin, bis mir niemand mehr glaubt. Mit meinem Studium kann ich ja nicht viel reißen, aber dann werde ich eben Chef. Chef kann jeder werden. Das habe ich auch aus den Hollywoodfilmen. Da sind die Chefs immer Idioten, die den schlauen Leuten keine Chance geben. Das würde ich anders machen. Ich lerne viel, während ich Filme sehe, und ich sehe so gerne Filme. Da ist mein Studium einfach perfekt. Hier kann ich mit meinem Wissen richtig gute Noten schreiben. Neulich hat mein Professor zu mir gesagt hat, dass ich Humor hätte. Ich bin mir nicht sicher, was das bedeuten soll … ich glaube, es sollte ein Kompliment sein. Humor ist doch eine gute Eigenschaft?

Ich habe also große Brüste und Humor. Ich denke, das reicht, um Chef zu werden. Da finde ich meine Brüste gleich viel besser! Aber im Alter von dreizehn Jahren waren sie mir einfach nur peinlich – besonders nach dieser Geschichte mit meinem rotwangigen Klassenlehrer und seiner BH-Empfehlung. Nur durch die andere Lehrerin, die dabei war, hat er es überhaupt auf die Reihe gekriegt, mir zu sagen, dass die Jungs der Klasse dem Stoff sehr wenig Aufmerksamkeit schenken würden. »Wenn du verstehst, was ich meine …« Ich hab es natürlich nicht verstanden. Was habe ich mit den Jungs zu tun, die sind doch voll doof! Und dann hat er mir geraten, dass ich vielleicht etwas kaufen könnte, was … *das* kaschieren würde. Dabei hat er an die Decke gestarrt. Ich habe auch an die Decke gestarrt auf der Suche nach etwas, das man kaschieren müsste. Aber da waren nur die alten Deckenplatten. Und dann ist er so rot angelaufen, dass ich dachte, er würde platzen, und er sagte nur »Deine Brüste!«, bevor er das Klassenzimmer verließ. Er hat mich nicht mehr oft drangenommen, aber es gab einen Tag, an dem er dieselbe rotlila Gesichtsfarbe bekam: als er uns erklären musste, wie man ein Kondom benutzt. Der Mann hat nicht durch Zufall acht Kinder! Für ihn ist die richtige Handhabung eines Kondoms wahrscheinlich genauso ein Mysterium wie für mich die Welt der Physik.

Aber diese Geschichte war nur halb so schlimm, nein, ein Viertel so schlimm wie die Situation mit meinem eingeschlafenen One-Night-Stand jetzt in diesem Augenblick. Ich will doch nur einen Orgasmus! So einen richtigen Orgasmus, von dem die Frauenzeitschriften immer schreiben und für den die Sexshops Spielzeug verkaufen. So eine »Explosion«, von der alle Welt spricht. Wofür Frauen ihre Familien verlassen und Männer Affären beginnen. Wofür Prostituierte richtig Geld bekommen.

Einmal nur. Das würde mir schon reichen, bevor ich mich auf die Suche nach meinem Richtigen begebe.

Meine Mutter hat mir mal erzählt, dass man drei Sexualpartner haben müsse, um den Richtigen zu entdecken: Mit dem einen wäre es so … lala, mit einem ganz schlimm und mit einem die perfekte Erfüllung. Also werde ich als Nächstes auf eine Granate im Bett treffen – oder aber ich werde niemals einen Orgasmus kennenlernen. Mich für etwas, ohne das ich mein Leben bis jetzt ganz gut auf die Reihe gekriegt habe, durch die Gegend zu vögeln, halte ich für unnötig, verschwenderisch. Außerdem bin ich da einfach nicht wie … meine rothaarige Freundin Verona. Ich bin nämlich gehemmt, glaube ich. So ein bisschen zumindest. Gehemmt und vielleicht unsexy. Schließlich ist mein One-Night-Stand gerade eingeschlafen. Da kann man ja depressiv werden! Und das will ich nicht. Ich bin kein depressiver Mensch. Das habe ich mal beschlossen, als ich betrunken war und mich gerade frisch von meinem Freund getrennt hatte: Ich musste weinen und fand mich selbst lächerlich. Da habe ich es einfach sein lassen mit der Traurigkeit, für immer.

In solchen Momenten ist es, glaube ich, ganz gut, mein Gehirn zu besitzen. Wenn ich etwas beschließe, passiert es meist auch. Mir fällt gerade auf, dass es wirklich viele Situationen gibt, in denen ich mich mit meinem Hirn gut verstanden habe. Aber es ist schwierig, es langfristig zu mögen; wenn es zum Beispiel beschließt, dass der Typ, der jetzt neben mir schnarcht, so aussieht, als sei er gut im Bett.

Ich gähne herzhaft und betrachte den Muskelprotz. Schon traurig, dass ich seinen Namen nicht kenne. Aber bei aller Liebe: Ich bin bereit, mich nicht mehr an seinen Namen zu erinnern, wenn mein Hirn so gnädig ist, mich die Namen meiner Freundinnen nicht vergessen zu lassen. Dabei kann man sie sich ganz leicht merken: Verona Kraus, ihr Name passt zu ihr mit ihren kurzen roten Locken. Und Lina Kaufmann klingt irgendwie schon nach Elfe. Ich denke, das kriege ich auf die Reihe.

Ich lasse mich theatralisch auf mein Bett fallen und atme langsam und tief ein und aus, bis sich mein Puls wieder beruhigt hat. Mein erster glorreicher One-Night-Stand endet, bevor es eigentlich zur Sache geht. Und ich habe es nicht einmal gemerkt, dass er eingeschlafen ist, bis ich sein Schnarchen gehört habe.

Ich hätte mir doch einen anderen nehmen sollen. Aber dieser hier war höflich genug, um mir zu gefallen. Leider war er zu betrunken, um die erste Runde zu schaffen. Da hätte ich ja gleich diesen goldenen Engel-Adonis nehmen können, bei dem ich wenigstens etwas zum Kucken gehabt hätte. Aber theoretisch hätte es ja mit diesem Typen klappen müssen. Dieser Nikolaus hingegen ... Niklas, der sah schon so aus, als sei er schlecht im Bett. Wie schlimm wäre das wohl geworden? Er war einfach die Art von Mann, die man sich ankuckt; die einfach so gut aussieht, dass man mit ihr ins Bett geht und niemals sagen würde, dass sie schlecht im Bett war, weil man sich kleine blonde rosa Babys mit blauen Augen erträumt und davon fantasiert, mit diesem Typen verheiratet zu sein. In einem schönen Haus zu leben und den Rebell zu bändigen, der aber immer noch Macho genug ist, um die Freundinnen eifersüchtig zu machen; der aber zu treu und verliebt ist, um jemals auch nur an eine Affäre zu denken ... Zumindest müssen das andere so sehen. Ich würde nie im Leben so vor mich hin fantasieren. Dafür bin ich viel zu sarkastisch und abgebrüht. Er würde sich niemals in mich verlieben und ich würde ein gebrochenes Herz am Ende mit einer Reihe gebrochener Männerherzen kitten müssen. Soll ein herrlicher Kleber für das weibliche Herz sein!

Einen Moment stelle ich mir vor, was ich mit meinem One-Night-Stand machen will, um ihn zu bestrafen. Ich könnte seine Kleidung bei neunzig Grad waschen und dann in den Trockner stecken. Und morgen früh könnte ich zusehen, wie er versucht, sich in sein eingelaufenes Hemd zu quetschen. Oder ich könnte …

Meine Lider werden schwer. Ich gähne noch einmal herzhaft.

Ich könnte ihn jetzt wecken. Ja, ich wecke ihn aus seinen schönen Träumen und schmeiße ihn aus meiner Wohnung. Ja, das ist ein guter Plan. Gleich richte ich mich auf und …

Hattrick

Er sieht mich an, als hätte ich etwas Seltsames gesagt. Ich hab nichts Seltsames gesagt, da bin ich mir absolut sicher. Darum raffe ich mein Handtuch ein bisschen enger um meinen feuchten Körper und warte, bis er schließlich antwortet: »Soll ich schon losgehen?«

Er sagt es, als solle ich nachkommen. Komischer Kauz. Wirklich. Jetzt, so nüchtern, im morgendlichen Licht und mit üblem Kater versteh ich kaum noch, warum ich ihn mit zu mir genommen habe. Und wenn ich an die verschwommenen Bilder der letzten Nacht denke, verstehe ich es noch weniger.

»Du hast dich schon mal angezogen, während ich geduscht habe, also …«, versuche ich ihm den Sachverhalt zu erläutern, damit er selbst auf den nächsten logischen Schritt kommt: nämlich so schnell wie möglich zu verschwinden! Ich hatte eigentlich gedacht – gehofft, dass er abhauen würde, während ich unter der Dusche stand. Kurz bevor ich aus dem Zimmer geschlüpft bin, habe ich ein Kissen nach ihm geworfen. Ich hab mir sogar extra viel Zeit gelassen und bestimmt zehn Minuten mein Gesicht in meine Duschbrause gehalten, damit er den Wink kapiert.

Doch hier sitzt er nun auf meinem Stuhl und lächelt betreten. Ich kann schüchterne Männer nicht leiden. Ich mag sie, wenn sie männlich sind, doch dieser ist irgendwie wie ein kleiner Hund mit großen Augen und einem eingezogenen Schwanz. Ha!

Irgendwann in den Morgenstunden hat er mich ein bisschen geleckt, wahrscheinlich, um die Pleite wiedergutzumachen, aber keines meiner »Ja, da … weiter … höher, da, *da* … nee. DA! … nein« schien ihn auf die richtige Fährte zu bringen. Zweimal hat er in meine Klitoris gebissen, nicht sanft, oh nein. Irgendwann hat er sogar angefangen, mein Poloch zu lecken. Meine Güte, zuerst dachte ich noch: Oh, vielleicht will er ja Analsex, das wollte ich schon immer mal ausprobieren. Tja, bis ich merkte, dass er das tatsächlich für meine Vagina hielt. Er war immer noch so betrunken, der Arme!

Verdammt – er versteht den Wink offensichtlich nicht. Ich versuche es wieder mit der Frage, die ich gerade schon gestellt habe: »Willst du los?« Er fängt an, seine Schnürsenkel zu binden. Ich bemühe mich, meine Erleichterung nicht allzu sehr zu zeigen. Wieder lächelt er mich schüchtern an und sagt dasselbe wie vorhin: »Soll ich denn schon losgehen?«

Kreisgespräche, oh, Mann! Ich kann sie nicht leiden. Ich führe sie zwar auch immer mal wieder gerne, wenn ich einen im Kahn habe, aber ... meine Güte, kann er nicht ein Mann in dieser Situation sein und irgendetwas von wegen »Ich meld mich mal bei dir« sagen und verschwinden? Stattdessen ergreife ich die Initiative: »Ja, ich wollte noch ein bisschen schlafen – war ja auch 'ne lange Nacht.«

Ich lächle so, als seien er und seine fantastische Leistung im Bett dafür verantwortlich. Er grinst wie ein glücklicher Köter – nun fast gänzlich zufrieden mit sich. Ich unterdrücke den Drang, mit den Augen zu rollen. Dafür habe ich eindeutig zu schlimme Kopfschmerzen. Wodka Lemon ist tödlich für den Schädel. Ha, endlich habe ich eine Waffe gegen mein Hirn gefunden!

Der Muskelprotz hat mittlerweile einen Schuh geschnürt. Entweder ist er immer noch betrunken oder er ist sogar dümmer als angenommen. Er braucht jetzt bestimmt schon zehn Minuten für diesen Vorgang.

Falls er wirklich so ... dumm ist, wie ich vermute, verstehe ich gar nicht, warum er nicht wie ein junger Gott vögelt! Wahrscheinlich hat er tatsächlich zu viel Alkohol intus.

»Also«, sage ich auffordernd. Langsam steht er auf und kommt auf mich zu, um mich zu küssen. Auch das kann ich nicht leiden. Am Morgen sollte man sich nur küssen, wenn beide entweder ihre Zähne geputzt oder beide noch immer den Geschmack von Verwestem im Mund haben. Einfach fair.

Ich will mit meinem Minzemund nicht seinen Verwesungsmund küssen. Denn seien wir mal ehrlich – jeder Mensch hat am Morgen nach einem Saufgelage das Gefühl, ein abgehangenes Tier gegessen zu haben, beziehungsweise eine Horde Insekten, die langsam und qualvoll auf der Zunge krepiert ist. Er belässt es auch nicht bei einem Schmatzer. Letzte Nacht hat er nicht knutschen wollen …

Aber jetzt!

Ich tue mir gerade schrecklich leid. Alles ist so furchtbar schiefgegangen! Und ihm scheint das – ganz im Gegensatz zu mir – nicht einmal unangenehm zu sein. Endlich geht er leicht wankend zur Tür. Ich nehme an, dass es gar nicht so einfach ist, mit diesen Muskelpaketen geradeaus zu laufen. Aber er sieht beeindruckend aus, wenn er auf der Stelle steht.

»Ich meld mich bei dir«, sagt er und wendet sich mir zu, um mir ein erneutes Hundeblicklächeln zu schenken. Bestimmt ist er gar nicht so übel – womöglich lieb, höflich, nett, freundlich, anhänglich …–, aber mir ist das alles gerade total egal, und ich bin furchtbar wütend und quengelig. Sicher auch eine Spätfolge meiner Sauferei mit ihm an der Bar, wo er mich angequatscht hat. Außerdem warte ich immer noch auf meine Orgasmusorgien. Oder zumindest auf *einen* Orgasmus. Ich will keinen netten Kerl und keine süßen Sprüche. Da hätte ich ja gleich bei meinem Adonis bleiben können. Vielleicht hätte ich das *ihm* hier auch ganz deutlich erklären sollen? Aber wer konnte schon ahnen, dass er so anhänglich werden würde? Er sieht so schön dumm aus! Jetzt ist es zu spät. *Er meldet sich bei mir …* Endlich mal ein männlicher Satz. Ich bin fast stolz auf ihn. Besonders, weil er nicht nach meiner Nummer fragt, die ich ihm auch gar nicht geben würde.

»Du bist ja bei StudiVZ.« Er lächelt. »Bis dann.«

Oh, *verdammter* Mist. Habe ich ihm das anvertraut? Wahrscheinlich war ich gestern sogar noch betrunkener, als ich gedacht habe. Hilfe! Was soll ich machen? Wegen eines Spacken mein Profil bei StudiVZ.de auflösen? – Hmmm. Dort sind meine beiden neuen besten Freundinnen verzeichnet. Meine gottgesandten Seelenverwandten Lina und … Verona. Und in meiner Heimat können mich meine ehemaligen Bekannten finden – falls sie eines Tages auf die Idee kommen. Ich werde mein Profil nicht auflösen! Ich zucke mit den Schultern und versuche, mir zu merken, dass ich so etwas nie wieder erwähnen darf. Aber mal ehrlich … Was kann schlimmstenfalls passieren? »Tschüs!«

Ich lasse mein Handtuch fallen und reibe mich mit Bodylotion ein, während er wahrscheinlich noch auf der Treppe herumlungert. Ich habe diese herrliche duftende Bodylotion aus dem Supermarkt. Sie hat zwar keine andere Funktion, als meine Haut duftend zu machen, aber das reicht schon, finde ich, für die knapp zwei Euro. Außerdem wäre diesem Typen zum Beispiel niemals aufgefallen, ob ich eine teure Lotion nehme oder eben nicht.

Ich lege meine Decke um mich und sehe auf meinen Schreibtisch, als ich mich zur Seite drehe. Da liegen sechs Kondome – alle kaputt. Viel Geld für eine arme Studentin. Jedes Mal, wenn er im betrunkenen Zustand halbwegs steif war, griff er auch schon in meine Schatulle und zog sich das Kondom unter Reißen und Zerren über seinen halbschlaffen Schwanz – nur um es am Ende zu zerreißen und mich mit nun völlig schlaffem Schwanz schüchtern anzulächeln. Ich habe mich nie unattraktiver und weniger begehrenswert gefühlt. Dabei weiß ich rational betrachtet, dass einfach die Umstände schuld waren. Eine halbe Stunde lang hab ich seinen Schwanz geleckt, gelutscht, gesaugt, massiert und seine Hoden verwöhnt, bis er eingeschlafen war ...

Wahrscheinlich bin ich frigid. Wahrscheinlich kann ich gar keinen Orgasmus bekommen. Schließlich habe ich auf mich selbst den gleichen Effekt. Klar, ich berühre mich schon ab und an, doch bevor sich die Wärme da aufbauen kann, schlafe ich ein. Jetzt habe ich allerdings viel Zeit. Ich drehe mich zur Seite und massiere leicht meinen Venushügel, bevor ich über meine Klitoris streiche. Gähnend mache ich weiter, bis mir warm wird. Warm und kuschelig. Vielleicht klappt es ja diesmal, hoffe ich.

Damit schlafe ich ein ...

*

Am Nachmittag ziehe ich meine Bettwäsche ab und gehe nach unten, um sie im Waschkeller zu waschen. Mr Schlappschwanz – ich weiß, es ist fies, aber ich muss auch erst einmal verdauen, dass ich frigid bin! – hat sich dreimal über StudiVZ bei mir gemeldet und eine »War schön gestern Nacht«-Nachricht auf meiner digitalen Pinnwand hinterlassen, wo sie jeder lesen kann.

Gerade als ich aus dem Waschkeller komme, höre ich, dass mein Handy klingelt. Ich ziehe es aus meiner Hosentasche.

»Hi«, erklingt es zögerlich. Unmännlich.

Der Typ von gestern Nacht. Galle steigt meine Speiseröhre hoch, während ich gleichzeitig die Treppen hochsteige. Das darf einfach nicht wahr sein! Warum muss ich an einen Typen geraten, der einen One-Night-Stand nicht als das ansieht, was er ist? Und überhaupt: Woher hat dieser Typ meine Nummer? Ich weiß nicht mal mehr seinen Namen!

»Ich habe ein paar deiner Freunde im Internet angeschrieben, einer hat mir deine Nummer gegeben«, beantwortet er meine unausgesprochene Frage. Ich schweige. Die Person bringe ich um! Aber ganz langsam.

»Aber ich sag den Namen nicht.« Kindisch! Mädchenhaft!

Ich schweige eisern.

»Hör mal …«, beginnt er wieder das einseitige Gespräch. »Gestern Nacht …

…

… war schön …

…

… oder nicht?«

…

Ich stehe noch halb auf der Schwelle; darum höre ich, wie sich die Wohnungstür von nebenan öffnet. Ein dunkler, riesiger Kerl kommt heraus. Ich lächle ihn an.

Er lächelt zurück.

Süßes Lächeln. Wieder so ein Schönling. »Ich könnte ja heute Abend noch mal vorbeikommen und uns was Schönes kochen …«, sagt der Typ von gestern am Telefon.

Da kommt mir eine Idee. Ich lege wortlos das Handy in die Hand meines neuen unbekannten Nachbarn und flüstere leise: »Tu so, als seiest du mein eifersüchtiger Freund.«

Der dunkle Hüne starrt mich an, nimmt das Handy ans Ohr und lauscht einige Minuten lächelnd. Dann formen seine Lippen lautlos die Worte: »Was kriege ich dafür?«

»Alles«, wispere ich.

Er sieht mich von oben bis unten an. Seine Augen gleiten sozusagen über meine ganze Figur, durchleuchten mich, messen mich … befinden mich für gut. Mir wird heiß. Mein Herz rast plötzlich. Meine Haut kribbelt. In meinem Bauch rumort die Luft, da ich immer noch nichts gegessen habe – wegen meiner Wut. Und weil mir nach dem heißen Duschen so schwindelig war. Wahrscheinlich wegen des Restalkohols in meinem Blut. Aber irgendwie fühlt sich dies anders an. Mein Herz setzt aus, während ich seine riesige Gestalt betrachte, und mein Blut schießt mir entweder in den Kopf oder zu einer Stelle unter meinem leeren Magen. Meine Finger zittern plötzlich. Mein Unterbauch vibriert.

Oh, Gott, ein Herzanfall!

Benommen höre ich, wie der Riese brüllt: »Bist du der kleine Dreckskerl, der meine Freundin angefasst hat? Wenn ich dich in die Finger kriege, du winselndes Stück …«

Ohne weiter auf ihn zu achten, drehe ich mich um, gehe zurück in meine Wohnung und setze mich in meiner Küche auf einen Stuhl. Ich presse meinen Kopf zwischen die Knie und atme langsam ein und aus. Tausend Gedanken schießen mir in den Kopf – falls ich jetzt sterbe, ich habe meine hässliche Waschtagunterwäsche an! Ich muss doch noch eine dramatische letzte Nachricht irgendwo hinterlassen und ein Testament aufsetzen, damit meine neuen Freundinnen auch ja beide gleich viel bekommen und meine Eltern nicht leer ausgehen. Und ich muss meine Unterwäsche wechseln.

Ich ziehe gerade meinen Pullover über den Kopf, als mein heißer Riese von Nachbar in meine Küche kommt. Er bleibt einige Augenblicke stehen und sieht mich an, dann seufzt er: »Sollte ich nachfragen, was du da machst, oder es besser ignorieren?«

»Ich sterbe«, erkläre ich ihm durch den Stoff meines Pullovers hindurch und zerre an einem Ärmel – nur ein winzig kleines bisschen hysterisch. Endlich reißt eine Naht und ich bin frei. Ich gehe über den Flur zu meinem Kleiderschrank und öffne nun auch meine Hose. Es ist mir ziemlich egal, dass er mir dabei interessiert zusieht, denn ich merke in dem Moment, wie mir nochmals heißer wird und dann kalt. Und wieder heiß. Ich sterbe wirklich.

»Und darum ziehst du dich aus?«

Ich hüpfe meine Hose von den Beinen und öffne meinen Schrank, um meine beste Unterwäsche herauszuholen. »Ich kann doch nicht in meiner Waschtagunterwäsche sterben!«, sage ich und merke, dass ich brülle. »Das geht nicht! Und danke wegen grade! Ich werde vom Himmel auf dich aufpassen.« Ich kriege keine Luft mehr, als ich versuche, den Verschluss meines BHs hinter meinem Rücken zu öffnen. Ich sehe mittlerweile Sterne. Ich keuche, hyperventiliere und dann ...

Kippe ich um.

*

Als ich meine Augen wieder öffne, liege ich in einem Bett.

Jaa ... so hab ich mir den Himmel immer vorgestellt. Ein Bett und ohne Ende essen. Und nie das Gefühl, zu viel gegessen zu haben, sondern immer diesen Appetit, keinen Hunger, nur so eine leichte Lust, vier Kilo Schokolade zu essen, und jede Menge Toffifees und niemals dick werden ...

Mein Nachbar steht vor mir und sieht auf mich herunter.

Schön.

Ich mag Gott. Super Kerl.

Macht echt den besten Himmel.

»Hey du«, sagt mein dunkler Gott.

»Hey du«, strahle ich ihn an. Ja, mir ist klar, dass ich nicht tot bin. Ich spüre einige ziemlich böse Blutergüsse an meinem Ellbogen und an meiner Stirn. Aber deswegen muss ich ja nicht gleich der Realität in den Rachen schauen.

Ich lebe. Na fein.

»Du bist umgekippt«, stellt er fest. Ganz schön auf Zack, der Bursche.

»Danke, dass du mich wiederbelebt hast«, sage ich ehrlich gerührt. Er lächelt mich an. Süß. »Ich kann deine Brüste sehen.«

Ich sehe an mir runter. Tatsächlich. Mein BH ist in der Rettungsaktion wohl verloren gegangen. Ob ich wohl einen Herzfehler habe? Vielleicht brauche ich eins dieser Elektroschockdinger in meinem Herzen, das immer losgeht, wenn ich mal wieder sterbe.

»Schöne Brüste«, sagt er.

»Danke«, sage ich und fühle mich geschmeichelt. Dann wird mir bewusst, dass er meine Brüste sehen kann. Er kann meine Brüste sehen! Ich verschränke die Arme vor der Brust und starre ihn böse an. Man sieht keiner Todgeweihten auf den Busen! Also wirklich, wie pietätlos!

Er seufzt. »Schade.« Er richtet sich zu seiner überaus beeindruckenden Größe auf und sieht sich in meinem Schlafzimmer um, bevor er den Blick wieder auf mich senkt. »Warum bist du umgekippt?«

»Weil ich einen Herzanfall hatte«, kläre ich ihn auf. Das muss doch offensichtlich sein. Er hat mich schließlich wiederbelebt. Ob er auch Mund-zu-Mund-Beatmung ... Seine Lippen sind toll. Rund und voll und weich und er lächelt die ganze Zeit dieses süße, undefinierbare Lächeln.

Plötzlich wird mir heiß.

»Es geht schon wieder los!«, brülle ich.

»Was?«

»Mein Herzanfall!«, kreische ich und atme in hastigen Zügen. Ich greife an meine Kehle. Ungerührt sieht er mich an. Beobachtet mich in meinem Todeskampf.

»Dir vererbe ich gar nichts!«, keife ich.

Er lächelt. »Hör mal, ich hab für so was eigentlich keine Zeit. Ich wollte waschen und ... Was ist nun los mit dir?«

»Mir ist ganz heiß und meine Haut kribbelt und dann ist mir kalt und mein Herz rast und ich *sterbe*!«

»Nein«, sagt er plötzlich ein wenig atemlos.

»Was?«

»Nein.«

»Nein?«

»Nein, du stirbst nicht.«

Ich atme tief durch. »Oh.« Ich warte einige Augenblicke. Nirgends ein Mann mit Kapuze, der unheilvoll seine Sense schwingt. Ich sehe ihn wieder an. »Was fehlt mir denn dann, Herr Doktor?«

»Du bist geil.«

»Danke.« Ich werde rot. Wow, dieser heiße Typ macht mir Komplimente! Schade, dass er so dunkel ist.

»Nein ... doch, das auch, aber ich meine geil ... sexuell erregt«, fährt er fort und betrachtet mich nun weitaus interessierter.

Oh. Ich drücke meine Oberschenkel ein wenig zusammen, um das zu prüfen. Ich spüre, dass ich ... da unten feucht, naja, *nass* bin. »Oh!«

»Ja«, sagt er selbstgefällig und selbst ein bisschen geil, wenn ich das beurteilen darf. »Dann wollen wir das mal nutzen!« Damit steht er auf und setzt sich auf meine Bettkante, um sich auszuziehen. Einige Augenblicke später sehe ich ihn immer wortlos an. Dann muss ich grinsen. »Du siehst eine Menge Pornos, kann das sein?«

Er ist gerade dabei, seine Schuhe auszuziehen, und kämpft sogar schon mit einer Socke. »Was?«

Ich setze mich ein wenig aufrechter hin und ziehe an meiner Bettdecke, die keinen Bezug mehr hat, um damit meinen ziemlich nackten Körper zu bedecken. »Ich hab mich gefragt, ob du deine Verführungskünste aus einem Porno hast.«

Er greift währenddessen bereits nach seinem Pullover im Nacken und zieht ihn über seinen Kopf. Lustig – Frauen ziehen ihre Oberteile immer aus, indem sie sie am Saum anfassen und hochziehen, Männer packen den Stoff meist im Nacken.

Seltsam, dass ich jetzt gerade darüber nachdenke. Er beschäftigt sich mittlerweile mit seinem Gürtel. Ich rücke so weit wie möglich von ihm ab. Er hat einen tollen Rücken. Muskulös, breit und braungebrannt. Ich starre ihn an, als er schon seinen Gürtel aus den Schlaufen zieht. Dann dreht er sich zu mir um und greift nach der Decke.

»Dann bringen wir es mal hinter uns«, erklärt er pragmatisch.

»Moment mal …«, versuche ich mich aus der Situation zu winden und zerre an der schützenden Decke. »Ich weiß nicht, was dich auf den Gedanken bringt, ich könnte mit dir schlafen wollen …«

»Du bist erregt«, sagt er und nimmt mir einfach die Decke weg, um meine Schultern zu umfassen und mich einfach zu ihm auf den Schoß zu heben. Wow, der Mann ist stark. Mir wird wieder warm und die Nässe in mir scheint sich auszuweiten.

»Und du hast mir *alles* versprochen, damit ich den Anrufer abwimmele«, fährt er oberlehrerhaft fort.

Ja, aber damit meinte ich eine Waschmaschinenmarke oder dass ich mal für ihn koche. Er betastet bereits meine Brüste. Ich wehre ihn ab.

Er seufzt und setzt sich ein Stück zurück. »Also, wir können die Sache auf zwei Arten klären: Entweder ich schlafe jetzt mit dir und du legst dein prüdes Verhalten ab, oder du spielst heute die Frau mit Prinzipien und lernst ein anderes Mal, was es heißt, richtig erregt zu sein. Glaub mir, Süße, ich werde früher oder später deine Löcher erkunden.«

Ich starre ihn wortlos an. Wie vulgär. Wie selbstbewusst!

Und wie erregend, dieser Gedanke.

Hitze steigt in mein Gesicht und die tieferen Regionen.

Er lächelt. »Gute Entscheidung.« Und drückt mich auf das Bett nieder. Dann sind seine Lippen auch schon auf meinen Brustwarzen. Huch – naja, das ist zwar ganz nett, aber erregen tut mich das nicht unbedingt. Viele Mädels haben mir erzählt, sie fahren voll darauf ab, aber wenn ich ehrlich bin, mag ich das nicht so sonderlich gern …

Er beißt ein bisschen und nuckelt an meinen Nippeln, leckt ein paar Kreise um die braunen Vorhöfe, knabbert daran herum. Schließlich hebt er seinen Kopf. »Was ist?«

»Nüscht.« Ich zucke mit den Schultern.

»Du stöhnst nicht«, sagt er empört.

»Oh ... nun ja, soll ich mich mehr anstrengen? Ohhh ... Besser? Nicht? Ich weiß auch nicht, aber das ist nicht so mein Fall.« Ich werde wieder rot. Man redet schließlich nicht mit einem Mann über ... Sex. Man *tut* es mit ihm.

»Brustnuckeln?« Er lächelt. Er senkt den Kopf wieder, küsst ein letztes Mal meine Brustspitzen. Dann leckt er langsam, zart einen Weg hinunter zu meinem Bauchnabel. »Besser?«, nuschelt er und taucht seine Zungenspitze in das ovale Loch.

»Jah ...«, kommt es erstickt aus meinem Mund. Ich spreche eine Oktave höher, fällt mir verwirrt auf. Blut rauscht plötzlich in meinen Ohren, als seine Zunge noch tiefer wandert. Sie streift über meine glatte, nach Bodylotion riechende Haut und berührt mein Schamhaar. Ich muss die Augen schließen. Das Licht aus meinem Fenster blendet mich, so stark haben sich meine Pupillen geweitet. Als hätte ich Drogen genommen; herrliche, heiße, nasse Drogen. Ich zerfließe innerlich und merke beschämt, dass es an mir herunterrinnt. Ich hab nicht geglaubt, dass ein Orgasmus so geil sein kann. Er hebt meine Beine an, richtet sich selbst noch etwas mehr auf und presst meine Waden nach oben, bis meine Knie fast meine Achseln erreichen. Er sieht nach unten.

»Äh ... Was machst du? Das willst du dir doch jetzt nicht ankucken, oder?«, frage ich mit viel zu hoher Stimme.

»Und ob!« Er grinst und beugt sich vor, um mich noch genauer zu betrachten. Dann fühle ich seine Finger an der Innenseite meiner Beine, er streichelt sie – und berührt meine Scham.

»So schön«, murmelt er an meinen Genitalien und streichelt mit einem Finger über meine Schamlippen. Mein Orgasmus ist wirklich unfassbar! Doch er hört gar nicht auf, dort drüberzustreicheln, öffnet meine Schamlippen und drückt mit einer Fingerkuppe meine kleine Klitoris. Meine Brustwarzen ziehen sich noch fester zusammen.

Mein Herz hämmert in meinen Ohren, mein ganzer Kopf pulsiert im gleichen Takt wie mein Puls an den Händen. Er drückt, massiert, streicht, ein weiterer Finger streichelt kreisend über meine inneren Schamlippen, taucht ein, verteilt die Nässe, taucht schließlich tiefer ein, ohne mit der Masturbation meines Kitzlers aufzuhören. Ich kriege keine Luft mehr, obwohl ich hechelnd atme und so viel Luft in meine Lungen pumpe, dass ich das Gefühl habe, gleich zu platzen. Seine Fingerkuppe streichelt mich in langsamen, gleitenden Zügen, bevor sie zielgerichtet auf meiner Klitoris tanzt.

Rote Sterne tauchen hinter meinen Lidern auf, einzeln platzend; dann einige gleichzeitig, noch mehr … alle. Ich bade im Licht, fühle mich so gut, so glücklich, dem Himmel so nah. Wie Wellen intensiviert sich das Gefühl, rauscht durch meinen Unterleib hinauf bis in meine Nasenspitze, hinunter bis in meine Zehennägel. Alles strahlt im hellen Licht des Glücks, ebbt langsam ab.

Ich versuche, mich an das Gefühl zu krallen, beiße mich daran fest und schließlich … schwebe ich wieder hinauf. Auf fließenden Wolken, die unter mir geräuschlos ihre Kreise ziehen. Ich tauche in sie ein, lasse mich von den feinen Tröpfchen umspülen und lande sanft auf der Erde.

Als ich meine Augen aufschlage, liegt ein »Wow« auf meinen Lippen, doch ich sage: »Was war das?«

»Ein Orgasmus. Nein, ein multipler Orgasmus, glaube ich«, sagt der rote, selbstgefällige Kopf meines Nachbarn. Er liegt zwischen meinen Schenkeln und ich spüre den unverwechselbaren Druck an meiner Öffnung.

»Das war ein Orgasmus? *Das?*«, frage ich verwirrt. Ich dachte, das warme, wohlige Gefühl vorher wäre der … »Oh …!«

Sein Schwanz senkt sich unvermittelt in mich und reibt dabei an meiner nun hyperempfindlichen Klitoris. Nach Luft schnappend frage ich mich für einen schwindelerregenden Moment, wann genau er eigentlich das Kondom übergezogen hat, das jetzt zusammen mit seinem heißen, harten Fleisch in mich eindringt. Auf jeden Fall muss er viel Übung mit Kondomen haben. Dann ist der Gedanke auch schon verschwunden, denn der Druck ist enorm; er spaltet mich von innen, füllt mich aus, dehnt mich, bis ich das Gefühl habe, es fast nicht länger ertragen zu können.

Ich stöhne, versuche, mich zu entspannen, doch sein harter Pfahl fühlt sich wie ein Baum in mir an. Es schmerzt, brennt in meinem Unterleib. Er bläht meine inneren Muskeln wie einen Ballon auf. Ich atme schnaufend, um das Gefühl auszublenden, doch es ist zu stark, zu intensiv, zu präsent … Er drängt sich nicht weiter in meine malträtierte Öffnung, sondern küsst schüchtern meine Wange. »Hey, alles okay?«

»Nein.« Im selben Moment lässt der Schmerz nach, ich dehne mich, schließe mich fest um ihn. Ich fühle das unfassbare Wunder in mir und wie sein Schwanz in mir pocht und nur darauf wartet weiterzumachen. »Doch, geht!«

»Gut, nur noch ein Stückchen«, keucht er.

Noch ein Stückchen? Noch *mehr*? »Stopp!«

Er verharrt.

»Wie lang bist du denn eigentlich?«

»Du dehnst dich schon noch.«

»Du dehnst dich schon noch …?« *Du dehnst dich schon noch …?* »Das kann nur ein Mann behaupten!«

»Das sind gerade mal zwanzig Zentimeter!«

»So viel?«

Er stöhnt auf, klemmt meinen Körper zwischen sich und die Matratze und stößt mit seiner Hüfte verhalten vorwärts. Sein Schwanz bohrt sich in Tiefen von mir, deren Existenz ich noch nicht einmal erahnt habe. Er rotiert seine Hüften, presst sich vor, drückt, schiebt, weitet mich …

Meine Füße trommeln auf seinen Arsch, wodurch ich ihn selbst in mich hineindrücke. Noch nie habe ich mich so ausgefüllt und ergänzt gefühlt. Ja, es schmerzt immer noch, aber es ist irgendwie ein heißer, feuchter Schmerz. Ich mag seine Leidenschaft; ich liebe seine zärtliche Rücksichtslosigkeit. Es ist, als könne er es vor Lust auf mich kaum aushalten. Ich habe mich noch nie so überrascht und … *begehrt* gefühlt. Die Schmerzen sind immer noch da, aber auf eine seltsame Art sind sie mir plötzlich ganz egal.

Endlich hält er inne und blickt mir tief in die Augen. Er küsst meine Wangen, meine Stirn, meine Nase, meine Lippen. Dann gleitet seine Zunge in meinen Mund. Ich küsse zurück und verliere mich auf berauschende Weise in seinem herrlichen, köstlichen Mund. Unsere Zungen schlingen sich umeinander, dann lassen sie sich frei.

»Ich bin auf ewig taub da unten«, beklage ich mich grinsend. Es fühlt sich gut an, als er meine vorgeschobene Lippe in den Mund nimmt und daran saugt.

»Sicher?«, fragt er typisch männlich, wie wenn ein Mann glaubt, es besser zu wissen. Dann hebt er leicht seine Hüften. Mein Fleisch lässt ihn nur ungern gehen und nimmt ihn bereitwillig wieder auf, um sich fest um ihn zu schließen, als er von Neuem in mich eindringt. Er stöhnt heiß und feucht in mein Gesicht. Sein Atem riecht nach Erdnüssen. Ich mag Erdnüsse.

»Gott, bist du eng«, flüstert er mir ins Ohr und ich brauche ewig, um seine Worte zu entschlüsseln.

»Tut mir leid …«, röchele ich, als sich die Erregung wieder ihren Weg durch meinen Bauch bahnt.

»Nein … das ist … gut!«, widerspricht er heiser und küsst mein Gesicht. Sein nächster Stoß ist tiefer, er zieht sich zurück, sodass sich meine Innenwände wieder entspannen können; beim Eindringen reibt die Oberseite seines Schwanzes meinen Kitzler. Ich lasse meinen Kopf in den Nacken fallen und hebe unbewusst meinen Unterleib, um ihn tiefer aufzunehmen und mehr von dieser köstlichen Reibung zu erfassen.

Tiefer? – Ich muss wahnsinnig sein.

Dann entzieht er mir wieder seinen Schwanz, zieht ihn aus meinem feuchten Eingang und dringt erneut in mich ein. Seine Hüfte erhebt sich, senkt sich. Einen Moment will ich das Gefühl noch genießen, so aufgespießt zu sein und schlinge meine Beine enger um ihn. Dadurch ziehen sich meine Beckenmuskeln weiter zusammen und quetschen ihn. Ich fühle sie tief in mir drin: seinen Schwanz, seinen Puls.

Ich lechze nach mehr, lasse ihn wieder gehen, nur damit er zu mir zurückkommt. Langsam, stetig steigert er sein Tempo. Immer wieder küsst er meine Lippen, unsere Zungen spielen ein herrlich verwirrendes Versteckspiel. Er treibt seinen Schwanz in mich hinein, schiebt sich zurück. Wieder vor, zurück. Der Schweiß auf unseren Körpern macht uns ganz glitschig und glänzend. Ich kralle selbstvergessen meine Finger in seinen Rücken und hebe mein Becken jeder seiner schwindelerregenden Bewegungen entgegen.

Wieder baut sich dieses Gefühl in mir auf. Tief in meinem Unterbauch beginnt es nach jedem Stoß, weitet sich aus, erfasst bald meinen ganzen Körper, steigert sich ins Unermessliche. Ich vergesse zu atmen und muss gleich darauf Luft schlucken, als er einen Punkt in mir berührt, der sowohl schmerzt als auch wundervoll ist. »'tschuldigung!« Er blickt mich an. »Nein, weiter«, stöhne ich. »Nicht aufhören.« Ich treibe hinauf, ohne dass ich die Bewegungen seines Körpers auch nur für einen Moment weniger deutlich wahrnehme. Sie sind intensiv und scharf und klar. So unfassbar klar.

Seine Hüfte pumpt jetzt so schnell, dass sich mein Unterbauch bei jedem Aufprall wölbt und meine Brüste unter der Gewalt zittern. Ich hebe meine Hüfte in seinem Rhythmus, jage seinen Schwanz, jage dem Gefühl der Schwerelosigkeit entgegen. Die Geräusche treten in den Vordergrund. Das Klatschen unserer schwitzenden Leiber, das Geräusch meiner feuchten, engen Vulva, sein keuchender Atem, mein leises Wimmern, mein Stöhnen.

Er verlagert sein Gewicht auf eine Hand und greift dann zwischen unsere beiden Körper. Ich stoße zischend die Luft aus, als er behutsam meine schmerzhaft gedehnte Öffnung streichelt. Meine Vulva ist so empfindlich geworden, dass seine Berührung wie ein Feuerstrom durch meinen Körper jagt. Er widmet sich, wie schon zuvor, mit seinen Fingern meiner Lustknospe und massiert sie leicht, ohne die Erschütterungen, die sein Pumpen in mir auslöst, zu unterbrechen. Sein Rhythmus steigert sich noch mehr, wird zur Raserei. Ich kann ihm und seinen Stößen nichts mehr entgegensetzen. Ungehindert dringt er jetzt in mich ein. Mein Körper schwebt zwischen Diesseits und Jenseits, bis die letzte Penetration meines Muttermundes mich über die Klippe schießt …

Ich schlottere am ganzen Körper, zucke konvulsiv zusammen. Diesmal schwebe ich nicht davon, sondern erlebe meinen Orgasmus in meinem Körper. Ich schreie, bocke, winde mich, mache ein Hohlkreuz und lasse ihn so weit in mich eindringen, dass ich das Gefühl habe, wir wären eins. Dann bewegt auch er sich unkontrolliert und ergießt seinen heißen Samen. Immer wieder, bis er nach einer halben Ewigkeit auf mir zusammenbricht. »Aaaaah …«, macht er am Ende und küsst meine Haare direkt unterhalb meiner Schläfe. Dann umarmt er mich fest und ich merke, wie sein umhüllter Schwanz aus mir flutscht. Mein ganzer Körper zieht sich zusammen, will ihn nicht gehen lassen.

»Ich dachte schon, ich halte es nicht mehr aus, bis du kommst«, lacht er atemlos. »Heilige Scheiße, bist du eng!« Er wischt sich den Schweiß von der Stirn, zieht das Kondom von seinem Schwanz und schmeißt es gezielt in meinen Papierkorb. Dann legt er sich neben mich, um mich gleich darauf an seine warme Haut zu ziehen. »War das geil!«

»Wir müssen heiraten!«, kläre ich ihn auf. Dieser Gedanke ist plötzlich so glasklar in meinem Gehirn, dass es schon unheimlich ist. Er küsst meine Schläfe erneut. »Ach, echt?«

»Jepp. Ich habe beschlossen, dass du mein Traummann bist.« Ich zucke mit den Schultern und küsse den Schweiß von seinem Bizeps. Lecker; salzig und herb. Und irgendwie wundervoll männlich. »Widerstand ist zwecklos«, schließe ich zufrieden und lege meinen Arm auf seine Brust.

»Süße kleine Stalkerin«, lächelt er nur milde. »Als ob ich vorhätte, Widerstand zu leisten …« Er gähnt leise und seine Finger gleiten müßig über die Stellen meines Körpers, an die er herankommt, ohne sich weiter bewegen zu müssen. Sein Atem wird langsam ruhiger. Auch ich bin total müde, aber irgendwie viel zu aufgekratzt, um schlafen zu können. Während er neben mir langsam ins Reich der Träume hinübergleitet, schließe ich die Augen und stelle mir das Leben an der Seite meines Richtigen vor.

Sch(l)äferstündchen

Ich weiß jetzt schon, was Lina und Verona sagen werden, wenn ich ihnen erzähle, dass ich meinen Nachbarn heiraten will. Denn mal ehrlich – wer denkt schon in einer Nacht an einen One-Night-Stand und will am nächsten Tag einen anderen Mann heiraten? Wahrscheinlich nur ich, und das zu erklären, ist gar nicht so einfach. Obwohl es natürlich reichen sollte, wenn ich ihnen sage: »Ich liebe ihn.«

Aber so, wie ich die beiden einschätze, werden die mir wohl kaum glauben, dass ich ihn liebe. Man liebt schließlich nicht einfach so und so weiter und so fort. Aber ich tue es. Ja, okay, zugegeben: Ich weiß seinen Namen nicht und eigentlich weiß ich gar nichts über ihn, außer, dass er süß lächelt, herrlich aussieht, einen großen Schwanz hat und ein begnadeter Liebhaber ist (obwohl er gut aussieht). Also, ich finde, das ist genug, um sagen zu können, dass man verliebt ist. Mein Exfreund zum Beispiel – von dem wusste ich so ziemlich alles und ich habe ihn trotzdem nicht so schrecklich geliebt wie meinen Nachbarn jetzt. Der ist mein absoluter Traummann, und er sieht es wohl ähnlich. Schließlich hat er mich anschließend an sich gezogen, damit wir kuscheln können. Auch wieder eine Eigenschaft, weswegen ich total verliebt in ihn bin.

Er ist mein Seelenverwandter – das spürt man als Frau. Wie oft passiert es schon, dass man den perfekten Liebhaber trifft, wenn man sich gerade auf der Suche nach einem Orgasmus befindet? Das war eine gottgewollte Fügung. Ich glaube sonst nicht an Gott, aber in dieser magischen Situation kann und muss man seine Existenz in Betracht ziehen! Mein Nachbar und ich ... wir sind wie zwei Hälfen, zwei Brötchenhälften. Das klingt zwar nicht besonders romantisch, aber es stimmt. Wir sind Gebäck. Geformt von einem Bäcker; Gott, der Bäcker. Ich kenne mich mit der Bibel nicht besonders gut aus ... Da war diese Rippengeschichte, oder? Ja, Gott hat uns aus einer Rippe gebacken und dann auseinandergeschnitten. Oh, Mann, das ist jetzt wirklich eher blutrünstig als romantisch! Wie auch immer, ich habe jedenfalls meinen Seelenverwandten gefunden und werde ihn demnächst heiraten.

Heiraten. Viele Mädchen denken sich ja schon in der frühen Jugend aus, wie ihr Hochzeitskleid aussehen soll, und sie träumen von ihrem Märchenprinzen. In dieser Hinsicht bin ich also ganz normal. Nur habe ich nicht bloß mein Hochzeitskleid im Kopf, sondern eben alles: vom Menü über das Blumenarrangement bis hin zum Sitzplan beim Empfang. Ich weiß, wohin unsere Hochzeitsreise gehen wird und welche Unterwäsche ich mir für die Hochzeitsnacht kaufen werde. Und alles habe ich – es begann, als ich elf Jahre alt war – fein säuberlich in einem kleinen Büchlein festgehalten und mit hübschen glitzernden Dingen verziert: Zeitungsausschnitte und Hochzeitsannoncen habe ich mit einem Glitzerstift kommentiert. Einige Stoffproben habe ich zusammen mit rosa Zettelchen und den zugehörigen Adressen versehen. Kuchenbäckernamen sind aufgelistet. Ich habe für alles gesorgt. Und jetzt habe ich sogar den Mann dazu!

Ich hebe müde meinen Wattekopf und küsse seine leicht behaarte Brust, bevor ich meine Schläfe auf seinen Muskeln bette. Ich hatte sie jetzt alle drei: meinen mittelmäßigen Exfreund, meinen furchtbaren One-Night-Stand und meinen bombigen Nachbarn. Okay, meinen One-Night-Stand hatte ich nur theoretisch, aber der Versuch zählt, finde ich.

Dass mit den drei Partnern denkt meine Mutter im übrigen nur, weil es bei ihr auch so war. Damals, als sie meinen Vater kennengelernt hat, war sie gerade mal fünfzehn und hatte ihre ersten beiden Erfahrungen gemacht. Das erste Mal fand sie total schlimm, warnte sie mich vor, als es mit meinem Exfreund ernster wurde. Zwar war das zweite Mal etwas besser, aber bei meinem Vater wusste sie dann Bescheid. Sie sind jetzt seit hundert Jahren zusammen und lieben sich immer noch wie am ersten Tag.

Sie sind so ein Ehepaar, das nackt durch das Haus rennt und sich gegenseitig in den Hintern kneift. Sie sind schrecklich verliebt und machen ständig alles zusammen. Kaufen sich Blumen oder lernen zusammen töpfern.

Ich glaube, sie sind ganz froh, dass ich endlich aus dem Haus bin. Nicht dass sie mich nicht lieb hätten, nur ... sie haben halt sehr oft vor allem Augen füreinander und da freut man sich dann eben, wenn man auch mal etwas Zeit für sich hat. Früher wurde ich gelegentlich zum Spielen nach draußen geschickt, auch wenn es in Strömen regnete, oder ich bekam zehn Mark in die Hand gedrückt und konnte mir davon so viel Eis kaufen, wie ich wollte. Mensch, das war richtig toll damals!

Wie in jeder Familie kam es natürlich vor, dass sie die Namen der Lehrer vergaßen oder nicht mehr wussten, dass ihr Kind Abitur macht. Aber sie waren immer für mich da, wenn ich sie brauchte. Ich bin das erhoffte und wundervolle Ergebnis ihrer unvergleichlichen Liebe. Ich bekomme immer alles von ihnen, wenn ich sie nur um etwas bitte, und sie haben mich nie ausgeschimpft, wenn ich in Physik eine schlechte Note hatte. Sie sind absolut verständnisvoll und versuchen, mir so gut wie möglich mein Studium zu finanzieren. Sie sind absolut glücklich miteinander, und so ist es kein Wunder, dass ich auch unbedingt in so einer Partnerschaft leben möchte. Wenn sie dann auch noch besiegelt ist – also mit Kirche und Heirat –, dann ist es das Beste, was einem Menschen passieren kann!

Ich würde zwar nicht sagen, dass ich konservativ bin, aber schon konservativer als beispielsweise Verona, die überhaupt keine Hemmungen hat. Bei mir daheim in Ostfriesland wurde zwar jede Menge über Sex gesprochen, sodass ich, als ich in der dreizehnten Klasse war, ziemlich genau wusste, in welche Richtung sich der Schwanz meiner Mitschüler neigte, aber das war nur *Gerede*. Man tat *es* dort eigentlich nur mit dem Freund, mit dem man schon seit mindestens einem halben Jahr zusammen war und den man den Eltern vorgestellt hatte.

Vielleicht bin ich da auch ein wenig religiös angehaucht, obwohl ich eigentlich nie zur Kirche gehe – höchstens an Weihnachten, wenn ich keine Lust habe, zum Kochen oder Putzen eingespannt zu werden. Jesus ist für mich eher wie ein … Vorbild. Ein netter Kerl, doch die Wunder … Ich bin, wie gesagt, keine Leuchte in den Naturwissenschaften – mit der Ausnahme von Mathe –, aber dieses Wasser-Wein-Ding und diese Blinde-die-sehen-Story … Das sehe ich dann schon realistisch. Eine Träumerin bin ich vielleicht, aber eben eine *realistische* Träumerin. Ich träume von Hochzeiten.

Aber mal ganz abgesehen von der inneren Einstellung und Moral gibt es einfach nichts Schöneres als eine Hochzeit. Meine Tante hat geheiratet, als ich elf war, und es war zauberhaft. Zauberhaft, ehrlich! Keine dummen Vorfälle wie in *American Pie* oder anderen Hollywoodfilmen. Das Paar hat in der Dorfkirche geheiratet, ganz klassisch. Es war alles perfekt organisiert: von der Blumendekoration bis hin zur weißen Pferdekutsche und den weißen Tauben. Alle Bauern aus der Gegend haben mitgeholfen und Bauer Bernd hat sogar seine Kutsche angemalt. Die Pfautauben waren von einem Züchter aus Aurich und konnten nicht fliegen, aber sie sahen toll aus, wie sie da auf den Stangen hockten und gurrten.

Ich durfte so viel essen, wie ich wollte, und den Geschmack der Kokosnusstorte habe ich heute noch auf meiner Zunge. Die Kellnerinnen haben zwar etwas komisch gekuckt, aber zur Feier des

Tages durfte ich sogar Bier probieren. Also ein bisschen Schaum zumindest. Ich fand es leicht ekelhaft, weil das Gebräu bitter und metallisch schmeckte, aber damals habe ich wohl meine Liebe fürs Bier entdeckt. Und zu Cremetorten. Und zu Drei-Gänge-Menüs.

Auf der Feier waren alle ganz ausgelassen und ich durfte ewig aufbleiben, bis meine Eltern nach Hause wollten, und das war lange nach Mitternacht. Sehr lange nach Mitternacht. Alle haben getanzt und waren glücklich. Jeder Gast hatte wunderschöne Kleider an und die Haare der Frauen und Mädchen waren zu schicken Frisuren geflochten und gedreht worden. Wegen all der Blumen haben die Räume wie eine Waldwiese geduftet.

Der Pastor – unser Nachbar – hat eine wunderschöne Rede gehalten und alle haben ein bisschen geweint. Selbst mein Vater, der als Dorfpolizist schon ganz viele erschütternde Dinge in seinem Leben erlebt hat, brauchte ein Taschentuch.

Und das Beste war, dass die Braut das absolut schönste Kleid der Welt getragen hat und zauberhaft aussah – das sagten alle. Sie trug ihr Haar ganz eng am Kopf und hinten hatte sie sich ihre Locken zu einer Hochsteckfrisur arrangieren lassen.

Jeder hat ganz aufmerksam nach vorn zum Altar gesehen, als sie ihre Jas austauschten, und glücklich geseufzt, als sie sich endlich geküsst haben. Selbst meine Eltern haben zu meiner Tante gesehen und sich nur ganz selten gegenseitig angekuckt. Und dann wurde die Braut hochgehoben und sie hat ganz laut gelacht und ständig ihren frischgebackenen Gatten geküsst und geknuddelt. Der sah auch super aus in dem Anzug, aber Männer in Anzügen sehen immer fantastisch aus! Mein Nachbar wird auch superheiß aussehen. Bei seiner Statur wird ein schwarzer Anzug absolut perfekt sein.

Meine Tante musste weinen, als ihr Mann eine herzergreifende Rede für sie vorgetragen hat. Sie haben sich ständig gesagt, dass sie sich lieben. Ich durfte einen Diaprojektor bedienen, als ihre besten Freundinnen eine Rede mit lustigen Bildern zum Besten gegeben haben. Die Braut stand völlig im Mittelpunkt der ostfriesischen Welt und das zu Recht. Meine Eltern haben wochenlang nur von ihr gesprochen und wie sehr sie sich für sie freuen würden; während meine Tante ihren Urlaub von der Fleischtheke auf Ibiza genossen hat.

Wenn ich meinen Nachbarn heirate, will ich das auch: die Geschenke, die Hochzeitsreise, die bedingungslose Aufmerksamkeit meiner Eltern, das Brautkleid, das Tanzen, das Essen, die Torte, die Tauben, die Kutsche, die Reden, die Tränen, die Freude ... All das und vieles mehr, wobei ich einen Mann bekomme, der meine Hochzeitsnacht zu einem Erlebnis der Sonderklasse machen wird!

Ich weiß trotzdem, dass mich Lina und Verona für bescheuert halten werden. Vor allem Verona wird voll dagegen sein. Ich kann mir gut vorstellen, dass sie Hochzeiten für antiquierte Scheiße hält. Aber Lina, die Elfe, wird vielleicht sogar dafür sein – wenn ich sie überzeugt habe – und ganz begeistert mit mir Brautmodenhefte durchsehen, damit ich irgendwo das Kleid finde, das in meinem Kopf herumschwirrt, soweit ich zurückdenken kann.

Es soll so ein schulterfreies, cremefarbenes Kleid sein, mit ganz raffinierten kleinen Perlen und Falten dran und einem Glockenrock. Ganz geschmackvoll, aber auch sexy; ein guter Blick auf mein Dekolleté muss drin sein. Aber es darf nicht zu sehr ausgeschnitten sein. Schließlich will ich nicht, dass ich beim Hochlebenlassen meine Brüste der Allgemeinheit präsentiere. So etwas muss man alles bedenken. Und meine Schuhe müssen perfekt sein; hoch genug, damit ich neben meinem Riesen von Nachbarn nicht wie ein kleines Kind aussehe, aber nicht zu hoch, sonst werde ich an dem Tag nicht alt. Schließlich kann ich die nicht einfach ausziehen – wie würde das denn aussehen?

Meine Frisur sehe ich schon vor mir: Ich möchte nämlich dieselbe wie meine Tante sie hatte, aber die Spangen sollen am Ende so kleine Perlen haben, die dann wie glänzende Leuchtpunkte in meinem dunkelbraunen Haar wirken.

Die Tauben kann ich ohne Probleme wieder besorgen – sofern der Züchter bis dahin nicht das Zeitliche segnet (oder die Tauben) – und die Kutsche kann man ganz leicht noch einmal überstreichen lassen. Die beiden perfekten Schimmel für die Kutsche hat mein angeheirateter Onkel und die wird er mir leihen. Das haben wir abgemacht, als ich dreizehn war. Wahrscheinlich werden die Pferde zwar während der Fahrt an Altersschwäche sterben, aber so schnell werde ich nicht an bessere kommen. *Een bitchet Völust is imme*, wie man auf Plattdeutsch sagt.

Die Blumenarrangements werden aus wunderschönen, roten Blumen gefertigt sein; am liebsten habe ich Tränende Herzen. Die sind klasse. Aber ich würde mich auch mit weißen Orchideen zufriedengeben. Die Dorfkirche werde ich auch reservieren können – schließlich bin ich nie aus der Kirche ausgetreten.

Die Torte wird dreistöckig und eine Zitronencremevariation. Oder doch die Kokosnusstorte, falls mein Nachbar die leckerer findet. Da gebe ich ihm völlig freie Hand, damit er auch seinen Beitrag leisten kann. Meine Haut klebt ein bisschen, als ich meinen Kopf hebe, um meinem Traummann ins Gesicht zu sehen. Er hat dunkle Augenbrauen und ein ziemlich kantig-attraktives Gesicht. Ein bisschen zerklüftet, aber auf den Hochzeitsfotos wird es klasse aussehen. Seine geschlossenen Lider verdecken seine wunderschönen Augen leider, aber ich weiß, wie sie aussehen, auch wenn ich sie nicht sehen kann: grünbraun, fast mehr grün als braun.

Plötzlich mache ich mir Sorgen. Schließlich könnte es gut sein, dass ich neben diesem schönen Mann nicht die hübscheste Person auf meiner Hochzeit bin. Doch dann schüttele ich das Gefühl ab. Mit ein bisschen Make-up kann man ganz bestimmt eine souveräne Schönheit aus mir machen – bei meiner Tante hat es auch geklappt.

Und Verona wird mir ganz sicher ganz viele Tipps geben können – so makellos wie ihr Make-up immer wirkt. Sie macht nie zu viel, aber genug, damit es einfach fantastisch aussieht. Das muss man, glaube ich, über lange Zeit lernen, denn egal wie oft ich schon die Schminktipps in den Zeitschriften gelesen habe – ich bekomme das nie hin. Deshalb beschränke ich mich auf eine Gesichtscreme – nun, Bodylotion tut es auch –, einen Labello und Mascara. Obwohl ich dunkle Haare habe, sind meine Wimpern total hell; die muss ich schminken.

Aber Verona wird mir schon das richtige Zeug und die richtige Technik zeigen können. Und mit Lina plane ich den Rest. Oder besser gesagt, ich weihe sie in meine Pläne ein. Sie wird bestimmt begeistert sein. Als ich mich wieder in die Achsel meines Lieblingsmannes kuscheln will, dreht der sich leicht zur Seite.

Ich setze mich auf und beobachte verträumt das Spiel seiner Muskeln, als er sich im Schlaf zuerst auf die Seite dreht und schließlich auf den Bauch. Nach einigen Sekunden streckt er seine Arme von sich und nimmt am Ende den gesamten Platz meines Bettes ein. Ich quetsche mich in die Lücken, lege meinen Kopf auf meine Hände und beobachte ihn, bis ich zu müde werde und meine Augen schließen muss, weil sie anfangen zu brennen. Ich habe immer noch den Alkohol der letzten Nacht im Blut und trotz meines Schläfchens heute Morgen merke ich, wie sich mein Körper wieder ausruhen will. Wer hätte gedacht, dass ein Orgasmus gleichzeitig so spannend und entspannend sein kann?

Ich wohl am wenigsten. Dieses Gefühl … endlich verstehe ich, warum die Leute so viel Aufhebens darum machen. Es ist wirklich unfassbar berauschend. Wie die Liebe, die ich für den schwarzen Riesen neben mir empfinde. Ich bin so unfassbar glücklich, dass ich Bäume ausreißen könnte, aber erst, wenn ich noch ein bisschen geschlafen habe.

Ich verstehe gar nicht, wie Verona das alles so emotionslos sehen kann. Für sie ist ein Orgasmus, so scheint es mir jedenfalls nach dieser kurzen Zeit, wie ein Preis, den man gewinnt, wenn man sich im Bett anstrengt und die richtigen Anweisungen gibt. Oder auf den man eben verzichten muss, wenn man in der Konkurrenz auf dem zweiten Platz landet. Und der zweite Platz bedeutet, dass man sich einen neuen Partner zum Wettrennen aussucht. Ja, okay ... vielleicht hatte ich auch nicht vorgehabt, meinen One-Night-Stand wieder anzurufen und mich noch einmal mit ihm zu vergnügen – sonst wäre er ja auch kein richtiger One-Night-Stand gewesen –, aber die *Möglichkeit* hätte zumindest bestanden.

Wenn ich das gestern Nacht richtig mitbekommen habe, ist nur Lina allein nach Hause gegangen, während Verona sogar zwei Typen mitgenommen hat. Sie würde nie im Leben auch nur ein Wort mit jemandem wechseln, der es im Bett »nicht bringt«, meinte sie, gleich nachdem ich sie kennengelernt hatte.

So sehe ich das nicht. Aber ich muss auch bedenken, dass ich jetzt einen Traummann habe und deshalb aufpassen muss, dass ich meinen Singlefreundinnen gegenüber nicht zu kritisch werde. Schließlich war ich auch mal ein Single. Mit meinem Nachbarn an meiner Seite ... und um mich herum ... und ein bisschen auch auf mir drauf ... kommt mir diese lange Phase meines Lebens mit einem Mal ganz weit weg vor. Fast, als hätte ich gar kein Leben vor dem Leben mit meinem Liebsten gehabt.

Ich vertrage mich jetzt sogar mit meinem Gehirn. Schließlich teilt es absolut meine Meinung über meinen Süßen. Obwohl es anmerkt, dass es schwierig sein wird, neben ihm zu schlafen, wenn er so viel Platz im Bett beansprucht. Aber diesen Platz hat er auch verdient, nach der Glanzleistung, die er gerade vollbracht hat.

Es ist schon erschreckend, wie mühelos er meinen Höhepunkt herbeigeführt hat – schließlich habe ich es jahrelang selbst versucht. Wie perfekt wir doch aufeinander abgestimmt sind. Sicher ist er auch neugierig auf Analsex und will das mit mir ausprobieren. Das möchte ich nämlich unbedingt bis zu meinem Tod einmal gemacht haben. Wenn es mir nicht gefällt, kann ich immer noch klarstellen, dass ich das Erlebnis nicht wiederholen möchte, aber einmal muss ich es auf jeden Fall getan haben. Auch wenn sonst keine Frau, mit der ich darüber gesprochen habe, das verstehen kann.

Als ich noch jünger war, habe ich Oralsex auch nicht verstanden. Da nimmt man die Dinger in den Mund, wegen denen man sich sonst die Hände waschen würde. Bis ich es einmal mit meinem Ex ausprobiert habe und ganz begeistert davon war, wie mühelos man mit ein paar Mal lecken und saugen einen Mann zum Zittern und Stöhnen bringen kann. Und mit meinem Schatz habe ich jetzt endlich gemerkt, dass es umgekehrt auch wundervoll ist. Mehr als wundervoll. Extraordinär. Oder so. Ich muss das Wort gleich mal nachschlagen, damit ich sehen kann, ob es in den Kontext passt. Am besten ich google es. Aber erst später, wenn ich nicht mehr so müde und träge bin.

Gähnend ziehe ich ein Stück meiner Decke unter meinem Liebsten hervor und bedecke meinen Körper. Der Schweiß ist mittlerweile getrocknet und es ist merklich kühl in meinem Schlafzimmer, wenn man nicht ganz direkt vom Brennofenkörper seines Liebsten gewärmt wird. Auf Dauer spare ich durch ihn bestimmt eine Menge Heizkosten. Jetzt ist es noch Herbst, aber bald werde ich wohl meine Heizung anschmeißen müssen, wenn er nicht an meiner Seite liegt.

Vor dem Zusammenpacken meiner Wäsche und dem Eklat im Hausflur habe ich meine Eltern heute angerufen. Niemand ist drangegangen, aber ich mache mir keine Sorgen. Schließlich habe ich erst vor ein paar Stunden eine Nachricht auf ihrem Anrufbeantworter hinterlassen. Vielleicht melden sie sich morgen, wenn ihnen bewusst wird, dass ich schon über eine Woche fort bin.

Edda, meine Freundin aus Ostfriesland, hat sich auch noch nicht gemeldet, aber damit habe ich gerechnet. Um ehrlich zu sein, wüsste ich nicht, was ich ihr erzählen sollte. Es ist eine Menge vorgefallen in dieser Woche und sie war diejenige, mit der ich mein ganzes Leben verbracht habe, aber irgendwie ... ist dieses alte Leben so fern von mir. Hier muss man Berge hinaufklettern und kann in Keller gehen. In Ostfriesland gibt es keine Keller, weil der Boden zu feucht ist und ein Keller ständig volllaufen würde. Wir sind das Holland Deutschlands; wenn die Erderwärmung zunimmt und die Polkappen weiter schmelzen, verschwindet Ostfriesland, denn wir leben unter dem Meeresspiegel. Hier hingegen, in meiner kleinen Studentenstadt, muss ich jedes Mal einen Berg raufkraxeln, wenn ich einkaufen gehen will. Aber damit ist jetzt Schluss, denn ich werde meinen starken Nachbarn bitten, meine Einkäufe für mich zu schleppen!

Ich glaube, ich bleibe doch lieber dabei, meine Einkäufe selbst hochzutragen. Schließlich mache ich keinen Sport, abgesehen von ein bisschen Gymnastik, aber das, was ich mache, sollte ich wohl fortführen. Am Ende geht meine Figur noch völlig auseinander. Und ich bin ohnehin viel zu pleite, um groß einzukaufen! Nächsten Monat werde ich erst einmal keine teuren Lebensmittel und vor allem kein Fleisch mehr kaufen. Von Tütensuppen und Nudeln kann man schließlich auch ganz gut leben.

Es wäre wohl besser, wenn ich meine Eltern noch einmal anrufe, um sie wegen Geld anzubetteln. Vielleicht komme ich mit einer weiteren Finanzspritze erst einmal über die Runden. Auf jeden Fall brauche ich einen guten Job. Einen Job, der Rücksicht auf meinen Studienstundenplan und meine neue Beziehung mit meinem Nachbarn nimmt. Außerdem wäre es gut, wenn ich nicht allzu lange arbeiten müsste und auf jeden Fall unterm Strich genug Geld dabei herauskäme.

Mein sarkastisches Schnauben endet in einem erneuten Gähnen. Mein Nachbar legt sein Bein auf meinen Rücken und presst mich tief in die Matratze. Ich wusste gar nicht, dass er so schwer ist. Als er vorhin auf mir gelegen hat, ist mir das gar nicht aufgefallen. Allerdings war ich da auch ziemlich abgelenkt von meiner Lust. Mir wird wohlig warm, als ich daran denke, wie sich sein fester Schwanz in mir angefühlt hat. Steif und prall. Und fast zu groß. Ich darf nie wieder meine Beckenbodenübungen machen. Ich muss weiter werden. Ich erschaudere, als mir einfällt, wie sich die scharfe, enge Reibung tief in mir angefühlt hat.

Ich werde meine Beckenbodenübungen weiterhin durchziehen. Scheiß auf die unangenehmen Teile vom Sex, solange am Ende so ein Mörderorgasmus dabei herauskommt. Am liebsten würde ich es gleich wieder tun, aber ich will ihn nicht wecken. Außerdem ist es mir aus einem seltsamen Grund nicht möglich, meine Augen zu öffnen. Dabei würde ich ihn so gerne betrachten. Mein Zukünftiger hat nicht nur die wunderschönsten dunkelbraunen Haare und dieses schöne Brusthaar, nein, er ist auch noch muskulös. Glücklicherweise nicht so krass wie der Stiernacken von letzter Nacht. Aber schon ziemlich krass.

Mein Verlobter ist ein ziemlich muskulöser Mann, mit den richtigen Rundungen – eigentlich sagt man das ja über Frauen, aber in diesem Fall trifft es genauso zu – und einem funktionierenden Gehirn. Er hat mich nur kurz angesehen und wusste gleich Bescheid. Der Typ *muss* etwas auf dem Kasten haben. Dann werden unsere Kinder also nicht nur wunderhübsch, sondern auch noch schlau sein. Das ist sehr gut. Ich will zwar in den nächsten acht oder neun Jahren noch keine Kinder haben, aber wenn man heiratet, sollte man nicht nur an die steuerlichen Vorteile denken. Und nicht nur an die alles verzehrende Liebe, die ich – und bestimmt auch er – empfinde und ewig empfinden werde, sondern gleichzeitig an die größere Zukunft. Und meine Zukunft beinhaltet kleine, rosa Päckchen, die spucken, weinen, kotzen, pupsen und klebrig sind. Und sie werden dazu auch noch wunderbar hübsch aussehen – hoffentlich kommen sie nach ihm.

Klar, ich war auch ein süßes Baby, aber eben nicht auffallend hübsch – mit meiner Glatze und den seltsamen Spuckefäden, die auf jedem einzelnen Bild zu sehen sind, das meine Eltern jemals von mir als Baby gemacht haben. Ich werde als junge Mutter eines Tages auf jeden Fall immer ein Taschentuch bei mir haben, damit meine Babys auf den Fotos niemals sabbern. Sie werden natürlich sabbern wie alle Babys, aber eben nicht besabbert aussehen. Das habe ich mir fest vorgenommen.

Ich kann nicht fassen, wie schnell mein Leben so wunderbar geworden ist. Ich bin weggezogen und jetzt habe ich nicht nur meinen Zukünftigen in der ersten Woche kennen- und lieben gelernt – ich habe auch noch die besten, tollsten Freundinnen gefunden, die es auf der Welt gibt. Meine Zukunft leuchtet in schillernden Farben vor mir. Mein Körper wird ganz träge und entspannt sich bis in die letzten Zellen. Ich spüre die zuckenden Ausläufer meines Orgasmus immer noch tief in mir und lächele. Wir sind eins.

Ich liebe dieses Stadium des Einschlafens. So kurz, und dennoch manchmal erholsamer als zehn Stunden Schlaf. Mein Nachbar neben mir bewegt seinen Riesenkörper und drückt mich leicht von sich weg, bevor ich mich wieder an ihn heranrolle. Ich spüre, dass er wach ist, obwohl ich meine Augen nicht öffnen kann und er sich nicht bewegt. Ich weiß einfach, dass er wach ist, sich umsieht und begreift, wie tiefschürfend eine einzige Nacht oder, besser gesagt, ein einziger Mittagsschlaf sein kann. Sein Oberkörper hebt sich langsam vom Bett, um möglichst jede Art der Erschütterung zu vermeiden. Er ist ganz sanft und vorsichtig, weil er mich nicht wecken möchte.

Ich will meine Augen öffnen und ihm sagen, wie warm mich die Liebe durchströmt, die ich für ihn empfinde. Ich will ihm sagen, wie wundervoll er ist, wie liebevoll, wie vorsichtig. Aber ich kann nicht. Meine Augen sind zu müde. Mein Körper zu schlaff. Mein Hirn zu träge.

Er erhebt sich langsam und zieht an einer meiner zerzausten Haarsträhnen, als er sich abstützt. Der Schmerz reißt mich nicht aus meinem Vorschlafstadium, sondern gibt mir das Gefühl für meinen Körper zurück. Von den seligen Haarspitzen bis zu meinen kühlen Zehen. Die Matratze wackelt leicht und ich rolle weiter in die Mitte. Über mir, vielleicht auch neben mir, spüre ich, wie sich die Bettdecke bewegt. Dann legt sich der warme Stoff auf meine kühlen Schultern. Um meine Beine.

Ich seufze angetan und versuche, mich in der Wärme zu rekeln, doch nur das Seufzen zeigt meine Zustimmung. Bewegen kann ich mich einfach nicht. Ich wünsche mir, dass er sich zurück zu mir legt, mich in den Arm nimmt, mich streichelt, mich in seine Hitze hüllt, die noch angenehmer und wundervoller ist als die Wärme der Decke. Im selben Moment spüre ich, wie sich die Matratze wieder senkt, doch er stützt nur einen Teil von sich auf. Vielleicht setzt er sich, um seine Schuhe oder Socken anzuziehen. Wie gerne würde ich dem massigen Muskelspiel zusehen. Dann fühle ich seinen warmen Atem an meiner Schläfe und kurz, eine Nanosekunde lang, seine weichen, warmen Lippen an meinem Mundwinkel.

Tränen schießen mir unter meinen geschlossenen Lidern in die Augen. Doch die Kraft, die es meinen Körper kostet, diese kostbaren, glücklichen Tränen zurückzuhalten, ist die letzte, die mich im Halbschlaf hält. Ich versinke langsam, wie auf einem ewigen Tauchgang in der wohligen Dunkelheit des Schlafs.

Mädchen und andere Machos

»Hey-hey-hey! Warum ist mein Glas voller als deins?«, mault Lina und versucht, Veronas Vorteil auszugleichen, indem sie drohend mit der Flasche *Sierra Tequila* auf ihr Glas zuschwebt.

»Das muss so!«, bestimmt Verona und hält ihre Hand schützend über das Glas.

»Ach Quatsch! Du willst mich nur abfüllen.«

»Das wäre gut«, entgegnet Verona. »Du solltest mal deine Spießigkeit ablegen.«

»Das Wort ›Spießigkeit‹ gibt es gar nicht.«

»Ach, und wie heißt es dann?«

»Spießertum oder so ... hey, Sara! Wir müssen noch anstoßen!« Schuldbewusst senke ich meinen selbstgemischten Tequila Sunrise und lächle die beiden entschuldigend an. »Ich habe nur die Oberflächenspannung abgetrunken.«

»Ober-*was*?«, rufen sie beide.

»Keine Ahnung. Ich kenn das Wort aus dem Chemieunterricht. Hat irgendwas mit Wasser zu tun.«

»Aber wir trinken doch Tequila!«

»Ich liebe Tequila!«, ruft Lina und hebt ihr Glas.

»Und das, obwohl du so ein braves Mädchen bist.« Verona füllt sich den Orangensaft ein.

»Ich bin kein braves Mädchen!«, widerspricht Lina. Sie nippt ihren Tequila pur, was ihr mittendrin einfällt, woraufhin sie schnell nach dem Tetrapak greift. Sie kippt vorsichtig; trotzdem hinterlässt sie ein paar Flecken auf der dunkelroten Wachsdecke. »Nur weil ich nicht mit jedem schlafe.«

»Nein, du schläfst mit niemandem, Lina.«

»Na, und?«

»Das ist doch nicht normal«, erklärt Verona großspurig. Als ob sie die normalste Person der Welt sei. »Heutzutage ist es nicht mehr schlimm, wenn eine Frau sagt, dass sie Sex hat und mag. Wir dürfen verkünden, dass wir auf Schwänze stehen, ohne gleich an den Pranger gestellt zu werden.«

Lina runzelt die Stirn. »Ich möchte nur nicht durch die Gegend ficken, weil man es von mir erwartet«, entgegnet sie. »Ich erlebe meine Emanzipation nicht durch Sex mit Männern. Ich möchte mir nicht beweisen, dass ich genauso gut wie sie bin. Oder besser. Indem ich sie imitiere.« Sie wirft einen harten Blick auf Verona, der mich zum Schlucken bringt.

Jetzt brauchen wir ganz dringend eine Deeskalationsstrategie, nur fällt mir keine ein. Verona erwidert lange den Blick von Lina; dann trinkt sie einen Schluck und lacht laut auf: »Ich will mir nichts beweisen, wenn ich Männer abschleppe. Ich habe Sex, weil ich Sex genieße. Ganz einfach. Ich will nicht zeigen, dass eine Frau Sex wie ein Mann haben kann. Ich habe viele wechselnde Geschlechtspartner, weil ich mich nicht auf einen beschränken möchte. Ich mag die Vielfalt und ich mag das Abenteuer. Aber ich bin nicht so dumm zu glauben, dass dieses Spiel ganz ungefährlich ist oder dass ich ewig so leben möchte. Doch sich den Spaß ganz entgehen zu lassen, wie du, das könnte ich mir nicht vorstellen.«

Veronas Vampiraugen bohren sich in Lina und Lina blickt mich hilfesuchend an. Mir ist das alles ein wenig zu ernst. Ich möchte Spaß und Witz. Ich will ihnen von meiner Hochzeit erzählen und mit ihnen auf meinen Traummann anstoßen. Warum plötzlich diese Grundsatzdiskussion über Keuschheit und Promiskuität?

Dann bröckelt Linas tapfere Fassade und sie sinkt in sich zusammen. »Ich muss euch da was erzählen. Ich bin eigentlich extra aus Hamburg weggezogen, um all das hinter mich zu bringen, aber wir sind ja nun Freundinnen, nicht wahr? Ihr werdet mich danach nicht anders behandeln als jetzt, ja?«

Oh, scheiße. Sie war eine Kriminelle. Eine Kriminelle aus der Großstadt?

»Mein Vater ist ein Geschäftsmann. Er mischt bei vielen Dingen mit, aber er besitzt unter anderem ein Bordell«, bricht es aus ihr hervor. »Ich habe davon nicht viel mitbekommen als Kind. Wir haben natürlich nie darüber gesprochen und uns ging es immer gut. Aber irgendwann ließ sich die Sache nicht mehr geheimhalten. Meine Klassenkameraden haben mich darauf aufmerksam gemacht, was mein Vater so treibt.«

In einem einzigen Zug trinkt sie ihren Drink aus, den sie gerade erst zusammengemixt hat. Sie verzieht nicht einen Moment das Gesicht.

Zuerst sehen wir sie nur an. Doch als wir merken, dass sie nichts mehr zu sagen hat, tauschen Verona und ich einen Blick aus. Dann fragt Verona vorsichtig: »Das war's …?«

»Was? – Ja!«

Einen Moment fühle ich mich völlig überrumpelt, doch dann ist es wie bei einem Legostein, der endlich in diese kleinen Noppen passt: Lina ist eine Rebellin. Abstruser Gedanke, wenn man sich ihre rosa Bluse und ihren Blümchenwestover und den schwarzen Rock ansieht, aber es stimmt trotzdem. Lina rebelliert mit »Keuschheit« und Neokonservativismus. Was kommt als Nächstes? Verona auf einem katholischen Internat?

Schließlich zuckt Verona mit den Schultern und grinst. »Wo wir schon mal beim Beichten sind: Ich hatte gestern meinen ersten Dreier.«

»Mit den beiden Männern, die du abgeschleppt hast?«, frage ich interessiert. Ich halte es für eine gute Idee, dass wir das Thema wechseln.

»Ja, es war besser als erwartet. Kann ich sehr empfehlen.«

Wir schweigen einen Moment gemeinsam und lassen die Geständnisse sacken. Dann trinken wir alle synchron einen Schluck und müssen kichern.

»Morgen früh werden wir eh nicht mehr wissen, wie verdammt tiefgründig und intelligent unser Gespräch heute Abend ist«, ruft Verona in die Runde. »Wir sollten es nicht übertreiben.«

»Ja, stimmt«, nicke ich und trinke einen großzügigen Schluck. Lina hat plötzlich einen Schluckauf. Den bekommt sie immer, wenn sie etwas Kaltes trinkt. »Oder wir werden uns darüber kaputtlachen, was wir Dummes geredet haben«, erklärt sie.

Ich bin nicht einverstanden mit Linas Einschätzung dieses Abends, aber in diesem Moment fällt mir wieder ein, weswegen ich mich eigentlich mit den Mädels treffen wollte. »Ich werde übrigens heiraten.«

Stille.

»Meinen Nachbarn, Ben«, ergänze ich. »Ich werde ihn heiraten.«

»Was?«, fragen meine Freundinnen unisono. Beide sehen mich völlig entgeistert an.

»Dieser Name steht auf dem Klingelschild, wenn ich mich richtig erinnere: Ben irgendwas, Stein-hart oder so. Da ist Graffiti auf dem Schild. Man kann es nur schwer lesen.« Ich trinke einen Schluck. »Sara *Steinhart*, klingt ganz schön porno, oder? Naja, ich werde mich dran gewöhnen.«

»Bist du schwanger?«, fragt Lina leise, als wolle sie mich nicht erschrecken, obwohl ich offensichtlich gerade zu einer hochentzündlichen Bombe mutiert bin.

»Nein«, lächle ich munter, »aber ich liebe Ben!«

»Wer ist das überhaupt?« Verona kreischt etwas bei ihrer Frage. Ich wusste, sie würde dagegen sein. Darum richte ich meine nächsten Worte auch nur an Lina. »Also, ich habe ja gestern diesen Typen mitgenommen ...«

»*Den* willst du heiraten?«, fragen wieder beide unisono und naserümpfend.

»Nein!«, erkläre ich schnell. »Ich sagte doch: Er ist mein Nachbar, mein Verlobter, meine ich. Mit dem anderen habe ich nur geschlafen – oder es zumindest versucht. Er ist *ein*geschlafen, als ich ihm einen geblasen habe. Was für ein Debakel! Aber am nächsten Morgen habe ich dann meinen Nachbarn kennengelernt und mit Ben geschlafen. Ich hatte meinen ersten Orgasmus, Mädels! Stoßen wir darauf an?«

»Das ist kein Grund zum Heiraten!«, ruft Lina. Ihr Gesicht hatte interessanterweise aufgeschlossener gewirkt, als ich vom Blasen geredet habe. Aber ... dass sie dagegen ist, hätte ich von *ihr* nicht erwartet. »Nein, das vielleicht nicht«, versuche ich es noch einmal, »aber ich *liebe* Ben.«

»Und wie heißt der? Stein*hart* – das glaubst du doch selbst nicht!« Verona lacht. »Der hat dir einen Bären aufgebunden.«

»Nein! Er hat sich mir nicht vorgestellt. Das ging alles so schnell. Ich habe den Namen wie gesagt auf dem Klingelschild gelesen. Hier ist ein Foto von ihm, wenn ihr mir nicht glaubt.« Ich hole das stark pixelierte und farbverfremdete Foto, das ich auf meinem Primitivdrucker ausgedruckt habe, aus meiner Gesäßtasche hervor und lege es auf den Tisch.

»Okay, es trifft ihn nicht ganz genau. In Wahrheit ist er noch viel hübscher. Ich habe es heute Morgen geschossen, als er zum Joggen raus ist. War richtig gefährlich. Ich musste mich weit zum Fenster rauslehnen. Ich finde den Namen gar nicht so schlecht. Es gibt jedenfalls peinlichere Namen ... Ich hatte mal einen Schulfreund, der hieß ›Biertümpel‹, aber das ist fast schon wieder lustig.«

»*Der* ist nicht schlecht!« Verona nickt anerkennend, während sie das Foto von Ben betrachtet, woraufhin sie es in Linas Richtung schiebt. Lina hält kurz inne und plötzlich breitet sich ein leicht amüsiertes Lächeln auf ihrem Gesicht aus. »Das ist doch … ich kenne den … das ist Benjamin Steinfoss!«

»Äh … ja«, gebe ich zögerlich zu. »Ihr wisst ja, Namen sind nicht mein Ding. Ich wusste, es war was mit ›Stein‹ …«

»Wow! *Der* wohnt hier? Weißt du eigentlich, wer das ist, Sara?«, fragt Lina plötzlich sehr aufgeregt.

Ich runzle die Stirn. »Ja, mein Verlobter. Zumindest so halbwegs mein Verlobter.«

»Steinfoss … das sind Bauunternehmer, ganz große Nummer hier in der Stadt, der Vater jedenfalls. Ich habe ihn und seinen Sohn in der Zeitung gesehen die Woche, als sie der freiwilligen Feuerwehr in einem Dorf in der Nähe einen großen Scheck überreicht haben. Sah ein bisschen albern aus. Lokaljournalismus halt. Aber sein Gesicht ist mir irgendwie aufgefallen, sah so nett aus. Der Juniorchef eines großen Bauunternehmens. Alle Achtung! Hätte ich nicht gedacht, dass der hier wohnt. In dieser Bruchbude.«

»Na hör mal«, rufe ich dazwischen, »ich wohne ja auch hier!«

Statt mich zu verteidigen, nickt Verona nochmals anerkennend in meine Richtung. »Wow, da steckt Kohle dahinter!«

Da wird mir plötzlich bewusst, was ich erreicht habe. Ja, bin ich nicht ein Knaller! Ich habe das getan, wovon alle nur träumen: Ich habe mir eine reiche Sexbombe geangelt, die obendran noch schön und liebevoll ist, meinen Ben eben.

»Und wie hast du es geschafft, dass er dich heiraten will?«

Verona will von mir wohl einen Ratschlag haben. So kenne ich sie gar nicht.

»Warum willst du ihn überhaupt heiraten?«, ruft Lina dazwischen und überrascht mich wieder. »Du kennst ihn doch nicht!« Ich bin baff. Ich hätte wirklich gedacht, gerade sie sei für diese Heirat. Schließlich ist sie so konservativ und altmodisch. Aber sie ist auch eine Jungfrau. Und das als Hamburgerin! Hamburg – die

Stadt der Kieze und der Prostitution. Aber Lina ist die Tochter der Unschuld. Naja, nicht ganz.

»Ich weiß nicht …« Ich lasse meinen Zeigefinger um den Rand meines Glases gleiten. »Also eigentlich hat er mich nicht wirklich gefragt, ob ich ihn heiraten möchte … Das kommt noch. Ich habe es einfach beschlossen. Er wird sich schon an den Gedanken gewöhnen und mich irgendwann fragen.«

Einen angespannten Moment lang herrscht bei uns absolute Stille. Schließlich grinst Verona und klatscht in die Hände. »Also, ich bin dafür! Dann gehört dir die Hälfte seines Vermögens.« Sie setzt sich gerader hin und beugt sich zu mir. »Kleiner Tipp: keinen Ehevertrag unterschreiben.«

Na, toll. Jetzt ist Verona aus den falschen Gründen dafür und Lina aus den falschen Gründen dagegen!

»Das ist doch einfach viel zu früh. Heiraten sollte man nur, wenn man sich viel länger kennt und sein Leben miteinander verbringen will.«

»Aber das will ich doch gerade!«, erwidere ich und haue auf die Tischkante. Die Gläser zittern kurz und alle greifen schützend nach ihren Getränken.

»Du vielleicht, aber er ist reich. Reiche Männer nehmen sich ganz schnell eine Geliebte oder gehen zu einer Nutte, wenn man mal nicht so nett ist. Oder einen schlechten Tag hat.« Linas letzter Satz verebbt in neuerlicher Stille.

Einen kurzen Augenblick denke ich über diese Frage nach: Ist Ben vielleicht ein Fremdgeher? Ein Schauspieler? Doch dann schüttele ich den Kopf. Nein, dafür ist er viel zu lieb und viel zu verliebt in mich. Denn er hat sich ja so wunderbar sanft aus meinem Bett geschlichen, um mich auf gar keinen Fall zu wecken. Wenn das nicht romantisch ist, was dann?

Lina seufzt abgrundtief und greift nach dem Tequila. Verona und ich reichen ihr synchron den Orangensaft beziehungsweise diesen roten Sirup, dessen Namen ich mir einfach nicht merken kann. Verona erhebt sich und geht aus dem Raum.

»Wir brauchen Eis, Verona!«, rufe ich halb über die Schulter.

»Ich komme gleich! Ich muss nur kurz pullern.«

»Ich bin gegen die Hochzeit!«, schließt Lina.

»Ja, ist gut. Hab ich verstanden.« Ich erhebe mich schwerfällig und muss mich kurzzeitig an Lina festhalten, als die Welt kippt, bevor sie wieder ins Lot gerät und ich meinen Weg fortsetzen kann. Die Klappe des Kühlschranks ist vereist; also ziehe ich sehr vorsichtig an der Tür, bevor ich nach dem Eiswürfelbeutel greife, um ihn auf den Tisch zu legen. Dann drehe ich mich erneut um und rufe in den Flur: »Verona, wenn du kiffen willst, mach das hier! Ich habe kein Problem damit.«

»Weiß ich! Wäre mir auch egal. Aber ich muss wirklich pullern.«

»Oh Gott«, fragt Lina, »sie *pullert* bei offener Tür?« Ihr Gesicht verzieht sich zu einer angewiderten Grimasse.

»Klar, sonst könnte sie uns schließlich nicht hören.« Ich setze mich wieder. »Ohne Alkohol kann man auch Spaß haben«, lalle ich still vor mich hin. Derweil knacken die ersten Eiswürfel in meinem Drink.

»Ja, aber nicht viel!«, ruft Verona freudestrahlend, als sie wieder in den Raum gleitet. Sie setzt sich an den Tisch. »Ich will jetzt über meinen Dreier reden. Das war nämlich echt gut.«

»Darf ich weghören?« Lina grinst.

»Ja, Lina, geh in die Spielecke.«

»Also, der eine Kerl, Daniel, der hatte einen ganz dünnen Schwanz, der total nach links neigte …«

»Oh, Gott!« Lina verschluckt sich an ihrem Sunrise.

»… aber seine Eichel war riesig. Als der in mir drin war, bin ich fast durchgedreht. Habt ihr das schon mal gehabt, wenn es sich wie eine … große, geile Kugel anfühlt?«

»Nein.« Lina schüttelt den Kopf und bekommt einen Lachanfall.

»Ich weiß, wie sich ein riesiger Schwanz in mir anfühlt und mich fast aufreißt«, erkläre ich nachdenklich, »aber eine Kugel ... nein.«

Verona zuckt mit den Schultern. »Kennt ihr denn diese Liebesperlen?« Wieder sehe ich sie ratlos an.

Sie seufzt. »Auf jeden Fall fühlte sich das genauso an, nur eben mit einer großen Perle, die in mir auf und ab gleitet. *Richtig* geil.«

»Und der andere?«, will Lina wissen.

»Den hatte ich im Mund.« Verona lehnt sich leicht mit ihrem Getränk in der Hand in den Stuhl zurück und aalt sich in unserer Neugier.

»Nicht im Hintern ...?«, frage ich – fast schüchtern.

»Nein! Gott, das ist doch *ekelhaft*!«, ereifert Verona sich und trinkt einen großen Schluck.

Ich hätte es mir denken können. – Ich werde für verrückt erklärt, wenn ich über so etwas fantasiere. Selbst Verona, die mit dem Dreier und den tausend Sexualpartnern, hält das für zu krass.

»Scheiße! Habt ihr mal auf den Wecker geschaut? Es lohnt sich ja fast nicht mehr loszugehen!« Verona zeigt mir ihre Armbanduhr. Ich werfe einen Blick darauf. Sie zeigt mit dem großen Zeiger ... irgendwohin. »So spät ist es doch noch gar nicht!«

»Aber wenn wir noch später losgehen, haben alle geilen Typen schon eine Ische«, jammert Verona.

»Oh, Himmel«, rufe ich. »Du nennst Frauen ›Ische‹? Wie respektlos ist das denn?«

Sie steht auf und trinkt im Stehen ihren Drink aus. »Jeder darf mal ein Macho sein.«

Minimale Entscheidungsschwierigkeiten

Als ich morgens die Augen aufschlage, merke ich, wie gerne meine Augen meinen Kopf verlassen würden, um ein glücklicheres Leben zu führen. Mein Mund fühlt sich taub an und meine Zunge ist mit einem tierischen Pelz bedeckt. Mein Hirn ist bestimmt angeschwollen und versucht durch meine Stirn und meine Augenhöhlen nach außen zu gelangen. Jeder Muskel in meinem Körper schmerzt.

Einen Moment bin ich davon überzeugt, dass ich im Krankenhaus liege, weil ich mich verprügelt fühle. Vielleicht bin ich gestern verhauen und an einen Wagen gebunden worden, der mich durch die Straßen – die steinigen, holprigen Straßen – geschleift hat. Ja, mindestens zwanzig Muskeln sind gebrochen.

Ich schließe meine Augen wieder. Am liebsten würde ich sie geschlossen halten, um nicht mehr das Gefühl zu haben, dass sich das Tageslicht wie ein Laserschwert von Luke Skywalker in meine Birne bohrt. Dennoch muss ich meine Augen wieder aufmachen, da mein Rachen vor Durst stärker schmerzt, als das Licht meinen Augen wehtut. Als würde ein glühendes Stahlrohr sich in meine Kehle drücken und versuchen, meinen Hals zu verbrennen. Ich muss etwas trinken. Doch wie kriege ich es hin, dass ich etwas trinken kann, aber nicht die Augen öffnen und schon gar nicht das Bett verlassen muss? Mir fällt keine Möglichkeit ein.

Dann dämmert mir langsam, dass ich gar nicht auf meinem Bett liege, sondern auf einer Iso-Matte auf dem Boden von Veronas Zimmer. Lina und ich haben hier gepennt, weil wir auf gar keinen Fall nach Hause gehen wollten. Jetzt bereue ich die Entscheidung. Klar, betrunken heimzugehen ist doof, aber mit einem Kater durch sonnengetränkte Altstadtstraßen zu wandeln, ist einfach nur … furchtbar.

Ich muss was trinken. »Lina!«, krächze ich und weiß, dass ich wie ein rostiges Rohr klinge.

»Was?«, stöhnt sie und rollt sich auf dem Sofa zur Seite.

»Ich muss was trinken.«

»Hol dir was.«

»Nein. Du!«

»Ich hol dir nichts.«

»Schnauze«, krächzt Verona aus dem Bett. Sie hat gestern wie verrückt getanzt und sich ansonsten den ganzen Abend nur mit einem Mann unterhalten, einem süßen Japaner namens Takumi. Absurd! Ausgerechnet an seinen Namen kann ich mich erinnern. Seit ich Verona kenne, war gestern das erste Mal, dass sie keinen Mann mit nach Hause genommen hat. Oder zu einem nach Hause gegangen ist.

»Hol uns was zu trinken, Verona«, quengelt Lina.

»Nein. Schlafen. Jetzt. Wir.«

»Geht nicht. Durst«, maule ich.

»Geht euch was holen.«

»Ich will nicht. Geh du«, sagen Lina und ich aus einem Mund.

»Und Hunger«, füge ich an Verona gerichtet hinzu.

»Hab nichts. Müssen kaufen gehen.«

Lina: »Müssen trinken.«

Ich: »Müssen in ganzen Sätzen sprechen.«

»Zu müde dafür«, entscheidet Verona. »Aber jetzt habe ich auch Durst.«

»Wer steht nun auf?«, frage ich.

Einen Moment herrscht bittendes Schweigen.

»Ich geh nicht«, erklärt Lina und zieht sich die Decke bis unter die Nase.

»Aber ich oder wie?«, mault Verona.

»Das ist deine Wohnung.«

»Die ihr belagert und mich nervt, obwohl ich nur schlafen will.«

»Ich dachte, du hättest Durst?«

»Ich kann mich nicht entscheiden.«

Fast zeitgleich wagen wir es, uns langsam aus unseren Decken zu rollen.

»Hast du Aspirin?«

»Nein. Zu teuer.«

Lina und ich seufzen und setzen uns auf. Sie greift an ihren Kopf. »Ich sterbe.«

»Aber bitte nach mir. Ich will den Notarzt nicht anrufen müssen«, erkläre ich krächzend.

»Okay.«

Langsam ziehe ich meine Beine unter meinen Körper, um mich selbst vom Boden aufheben zu können. Wackelig stehe ich auf der Iso-Matte und versuche, meinem Kopf klarzumachen, dass sich nicht der Boden dreht, sondern er selbst für dieses Schaukeln verantwortlich ist und bitte damit aufhören soll. Mein Kreislauf kommt langsam und allmählich in Gang. Lina neben mir hält sich krampfhaft an der Couchlehne fest und starrt konzentriert auf den Boden.

»Auch eine kleine Diskussion mit deinem Gleichgewichtssinn?«, frage ich sie, während Verona vor ihrer Wand steht und ihre Ohren zudrückt.

»Was?«, fragt Lina mich verwirrt.

»Nichts.«

»Sausen eure Ohren auch so?«, ruft Verona gegen die Wand. Sie presst immer noch ihre Hände auf ihre Ohren und hat die Augen fest verschlossen.

»Nee ... aber der Rest«, stöhne ich.

»Was haben wir denn gestern getrunken?« Statt nach der Couchlehne greift Lina nun nach dem Fensterbrett.

»Keine Ahnung. Irgendwann haben wir sogar Hustensaft getrunken, wenn ich mich richtig erinnere.«

»Das war Minzschnaps, Sara.« Verona hält sich nun abwechselnd das eine und dann das andere Ohr zu.

»Schmeckte genauso.«

»Ja«, ächzen die anderen beiden.

»Wollen wir in die Küche gehen und was trinken?«, schlage ich vor.

»Ich weiß nicht. Ich will mich nicht bewegen.« Lina krallt sich immer noch am Fensterbrett fest. Zum Glück stehen da keine Blumen drauf.

Langsam schleppen wir uns wie Zombies durch die Wohnung und bleiben wie angewurzelt vor der Küche stehen.

»Gott, stinkt es da. Bähh!«

»Haben wir die Tequilaflasche nicht zugedreht?«, ruft Verona.

»Ich glaube nicht.« Mit angehaltenem Atem gehe ich mutig vorneweg und nehme mir aus einem Glasschrank ein Glas, das ich mit Leitungswasser fülle. Erst nach dem dritten Glas hört meine Kehle auf zu brennen. Jetzt ist mir schlecht. Die anderen beiden drängen mich zur Seite, um auch an den Wasserhahn zu gelangen. Nach einigen endlosen Minuten im Alkoholdunst der Küche stehen wir in gemeinsamer Leidensqual im Flur und starren in verschiedene Richtungen.

»Wollen wir an die frische Luft?« Lina sieht sehr bleich aus. »Willst du, Verona?«

»Keine Ahnung.«

Ich frage mein Hirn. Es lässt meine Schultern zucken. »Keine Ahnung.«

»Habt ihr Hunger?«

»Ich weiß nicht.« Mein Hirn ist zu müde.

»Ja!« Verona greift sich einen Regenschirm. Dabei sieht es sehr grell draußen aus.

»Wollen wir raus und uns was zu essen kaufen?«

»Müssen wir wohl.«

Ich öffne den Mund und vergesse mittendrin zu antworten. Ich bin so müde. In meinem Kopf schlägt ein Hammer von innen gegen die Schädeldecke. Es hallt richtig fies.

»Also los.«

»Ja!«

Wir bewegen uns keinen Zentimeter.

»Jetzt aber!« In friedlicher Stille betrachten wir die verschiedene Ecken von Veronas Flur.

»Irgendwas fehlt noch«, erkläre ich langsam.

Nach einer ganzen Weile Konzentrationsaufbau trotten wir schließlich gemeinsam in das Schlafzimmer, suchen unsere Sachen zusammen und gehen anschließend nacheinander ins kleine Bad, wo wir uns an dem winzigen Waschbecken frisch machen. Wir trinken nochmals ein paar Liter, bevor wir nach einer oder zwei Stunden endlich vor der Wohnungstür stehen und die Treppe hinunter sehen.

»Ganz schön tief«, stelle ich fest.

»Ja.«

»Warum hast du keinen Fahrstuhl, Verona?«

»Keine Ahnung. Altbau.« Wir kriechen vorsichtig die Treppe hinunter, um vor der Haustür wieder stehen zu bleiben.

»Wir essen jetzt was«, entscheidet Lina.

Sie übernimmt die Führung. Das ist sehr gut. Dann muss ich nicht mehr darüber nachdenken, was ich als Nächstes tun will. Ich will in mein Bett. Mein Kopf möchte mit. Langsam gehen wir die Straße hinunter.

»Wohin gehen wir?«

»McDonald's?«

»Haben die da auch Salat?«, fragt Lina erschrocken.

»Ich hoffe nicht«, erkläre ich.

»Aber wir wollen doch etwas essen, oder?«, will die dünne Lina wissen.

»Ja, Fett mit Öl und Salz«, schlage ich vor.

Lina erschaudert. »Nie im Leben!«

Ich denke nach. Ich brauche lange für meine Antwort. »Ja, kann sein.«

»Ich bin nicht magersüchtig.«

»Wen interessiert das? Wie wäre es mit Subway?«, schlägt Verona vor.

»Ja«, beschließt Lina.

Ich nicke einfach. Da war ich noch nie. Und ich muss dort hoffentlich nichts entscheiden. Ich bin nicht in der Lage, eine Entscheidung zu treffen, wenn ich so müde bin. Ich will essen und dann ins Bett. Wir gehen langsam weiter. Schleppend bewegen wir uns in Richtung Innenstadt. Das ist auch gut. Dort wohne ich. Irgendwo. Wenn mir wieder einfällt, wie ich dahinkomme, kann ich mich besser darüber freuen, dass mein Heimweg so kurz ist. Ich atme tief die frische Luft durch meine Nase ein und muss husten. Der Rauch von gestern Abend in der Disco hat meine Atemwege aufgeraut.

Verona klopft mir auf den Rücken, als hätte ich mich verschluckt.» Geht's wieder?«

»Sicher, danke«, antworte ich und wische mir die Tränen aus dem Gesicht.

»Sind wir bald da?«, will Lina wissen. »Mir ist kalt.«

Verona reicht ihr einen grauen Wollpullover, den sie sich leger um die Hüften gebunden hatte. »Hier. Lasst uns bei der nächsten Bushaltestelle auf den Plan schauen. Vielleicht können wir eine Abkürzung finden.«

Abkürzung klingt hervorragend. Wir schlurfen weiter bis zur nächsten Bushaltestelle. Dort bleiben wir stehen. Ich deute auf eine dunkelblaue Linie. »Ich glaube, wir sind da.«

»Das ist der Fluss.«

»Ist es nicht!« Ist es doch. Ich ziehe mich diskret von dem Stadtplan zurück.

Lina und Verona sehen sich weiter die Karte an. Zeigen auf rote Linien, nicken sich zu. Danach geht es weiter. Mein Hirn pocht immer noch unangenehm gegen meine Stirn und meine Augen. Trotz Wasser und Zahnpasta schmeckt mein Atem wieder nach Kadaver.

Ein paar Jahre später stehen wir endlich vor einem Subway-Restaurant. Ich träume so vor mich hin, dass ich gar nicht mitbekomme, wie die anderen beiden bestellen. Doch dann stehe ich vor einem dickbäuchigen Mann, der mich anstarrt, als sei ich etwas Ekeliges, was man sich von der Schuhsohle abkratzt – am besten mit einem sehr langen Stäbchen.

»Was für ein Sandwich soll es sein?«

»Was?«

»Was willst du essen?«

»Äh…« Ich hebe meinen schweren Kopf und sehe zur Anzeigentafel über dem Kopf des Dicken. »Nummer eins«, erkläre ich auf gut Glück. Bitte keine Entscheidungen mehr, flehe ich das Universum an.

»Welches Brot?«

Ich betrachte ihn lange und versuche zu entscheiden, ob er mich quälen will. Er sieht nur angewidert aus, nicht bösartig. In möglichst freundlichem Ton erwidere ich: »Egal.«

»Sesam, Oreg…«

»Sesam«, entscheide ich schnell. Bitte lass das die letzte Option sein. Ich will essen und schlafen. Ah, ich seh mein Bett schon vor mir, weich und kuschelig…

»Schmierkäse, Scheibenkäse oder Fetakäse?«

»Wurscht«, versuche ich es erneut.

Der Mann seufzt. »Schmierkäse, Scheibenkäse oder Fetakäse?«

Ich versuche mich daran zu erinnern, was für einen Käse ich mag. »Gouda«, sage ich schließlich leise. Er verdreht die Augen.

»Käse, der so ähnlich ist …?«, versuche ich es erneut.

Er sieht mich wortlos an und wiederholt dann etwas lauter: »Schmierkäse, Scheiben…«

»Das!«

»Was denn jetzt?«

»Das zweite.«

»Scheibenkäse?«

»Was waren noch mal die anderen Käsesorten?«, frage ich und würde am liebsten weinen. Warum kann er mich nicht in Ruhe lassen?

»Schmierkäse, Scheibenkäse oder Fetakäse.«

»Äh … das zweite … Schmierkäse … nein, äh, ich meine den … Scheibenkäse.«

»Also Scheibenkäse.« Er atmet erleichtert aus. Dann verzieht er das Gesicht. »Das Brot – soll es getoastet werden oder nicht?«

»Äh … nein …?«

»Gut.« Er weist auf die Salatbar. »Alles?«

»Alles … was?«

»An Salat!« Er ist offensichtlich wütend. Ich betrachte die Auslage. Viel Grün und Rot. Ganz bunt. »Ja.«

»Ja, was?«

»Ich weiß es nicht«, heule ich fast. »Ich bin zu müde.«

»Okay. Versuchen wir es anders: Sie wollen *alles*!«

Ich nicke, um ihn zufriedenzustellen. Er legt jede Menge Zeug auf mein Brot und schiebt es dann weiter. »Sie wollen es *nicht* scharf!« Ich nicke wieder, ohne die Aussage verstanden zu haben.

»Sie wollen *diese* Soße!« Er hebt eine rosa Flasche. Ich lächle ihn an.

»Sie wollen es *hier* essen!« Ich suche nach meinem Portmonee.

»Sie wollen es als Menü!«

»Wir verstehen uns«, sage ich und gebe ihm mein Portmonee.

Er holt das passende Geld heraus und legt mir dann alles auf das Tablett. »Sie wollen einen Mandelkeks!«

»Ja, bitte.« Ich nehme das Tablett an mich und mit einer genervten Bewegung weist er auf die Getränkespender.

»Sie wollen *Cooola*«, ruft er mir etwas hysterisch nach. Dann wendet er sich dem nächsten Kunden zu. »Und was wollen *Sie*?«

Erleichtert laufe ich auf meine Freundinnen zu, nachdem ich mir wie angeordnet Cola genommen habe. Am Tisch reiße ich das Papier auseinander und beiße in mein erstes Subway-Sandwich. Eine Masse aus Sesam, Oliven, Zwiebeln und Peperoni drängt sich zwischen meine Zähne und ich muss würgen. Es ist ein widerliches Gemisch, das ich trotzdem hinunterschlucke. Nie im Leben werde ich wieder bei Subway essen, entscheide ich und bin begeistert, dass ich wieder in der Lage bin, etwas zu entscheiden. Ich falte mein Sandwich auseinander und kratze die Hälfte des Belags hinunter. Dann kann ich zufrieden mein Brot und meinen Salat essen.

Lina starrt mich an. »Schmeckt dir dieser Matsch?«

»Schmeckt dir dein frittiertes Eisbein?«

Sie lacht laut auf und knabbert weiter wie ein kleines Vögelchen an ihrem Brot.

»Was machst du denn jetzt eigentlich mit diesem Ben?«, will Verona plötzlich wissen. Warm durchströmt es mich, als ich an den dunklen Hünen denke, mit dem ich mein Bett geteilt habe. Aber komisch, gestern Nacht habe ich ihn nicht vermisst. Ich habe mich mit Verona und ihrem Typen unterhalten. Takumi hat mir sogar ein klitzekleines bisschen auch gefallen, obwohl er natürlich nicht wie Ben war …

»Sara?«

»Ja, richtig, nun, ich überzeuge ihn langsam und gründlich davon, dass ich seine Richtige bin und dann heiraten wir.«

»Aber ohne Ehevertrag!«, wiederholt Verona.

»Jaja.«

»Warte doch besser noch ein Weilchen.«

Ich starre Lina an. »Ich werde genau so lange geduldig sein, bis ihm klar wird, dass er mich heiraten will. Dann wird es ganz schnell gehen. Warum sollte ich warten, wenn ich mir so sicher bin? Wenn du wüsstest, wie es sich angefühlt hat. – Und jetzt iss deine Butter.«

Sie streckt mir ihre Zunge entgegen. Dann stöhnt sie leise und reibt sich die Augen. »Ich werde nie wieder trinken.«

»Das sagen alle.« Verona steckt sich eine Zigarette in den Mund, ohne sie anzuzünden.

»Warum hast du eigentlich deinen Typen gestern nicht abgeschleppt?«, frage ich Verona, die auf ihr Tablett starrt, ohne etwas zu sehen.

»Er war zu schüchtern.« Sie hebt nicht einmal ihren Blick.

Eiskalte Füße

Ich google gerade »Liebesperlen« – auf die Idee hat mich Verona gebracht –, als es an der Tür klopft. Liebesperlen sind entweder Zuckerkügelchen oder eine Art Perlenkette für den analen Bereich. Wahrscheinlich hat sie Liebesperlen woanders ausprobiert als in ihrem Hintern. Warum nicht!

Ich schließe schnell die Seite und gehe dann zur Tür, um den Summer zu betätigen. Im Augenwinkel sehe ich im Guckloch meiner Tür einen Schatten. Ich ziehe die Tür auf und muss dann langsam meinen Kopf in den Nacken legen, um zu meinem Ben hinaufzuschauen. Meine Wirbel knacken einmal und Hitze durchströmt mich in dicken, trägen Wellen.

»Hey!«, hauche ich entzückt und packe ihn an den Ohren, um einen dicken Kuss auf seine Lippen zu setzen. Er lässt sich nur widerstrebend an den Ohren ziehen, weshalb ich ihm auf halbem Weg entgegenkomme, soweit mein Körper diese Streckung zulässt. Doch dann beugt er sich auch zu mir herunter und küsst mich tief und innig zurück. Seine Zunge schleicht sich in meinen Mund und ich sinke wie eine weiche Butterwolke an seinen Körper. Schließlich schnappt er nach Luft und macht sich von mir frei.

»Ich wollte eigentlich mit dir reden.«

»Oh, schön!« Ich ziehe ihn in meine Wohnung und zerre ihn bis in die Küche. »Was hältst du davon, wenn ich eine Kleinigkeit für uns koche?« Ich werde Ben zeigen, was für eine perfekte Hausfrau ich bin. Hätte ich gewusst, dass er heute bei mir klingelt, hätte ich natürlich die Wäscheberge vorher weggeräumt. Er zögert einen langen Moment und sieht auf seine Armbanduhr, als müsse er rechnen, wie viel Zeit er noch habe. Als Juniorchef einer großen Baufirma ist er sicher ein vielbeschäftigter Mann. Darauf muss ich Rücksicht nehmen. »Okay«, sagt er und macht ein auffallend ernstes Gesicht.

»Setz dich. Was hältst du von Spätzle und Champignonrahmsoße?« Das klingt doch bodenständig, oder? – Kommt zwar aus der Tüte, aber ich habe zur Zeit nicht sonderlich viel Geld, darum muss es bodenständig und günstig sein.

»Klingt gut«, brummt er nur und setzt sich auf einen Küchenstuhl.

»Weshalb wolltest du denn mit mir reden, Ben?«

»Hör mal, Sara …«

»Warte, sag das noch einmal.«

»Was?«

»Meinen Namen.«

»Sara …?«

»Bei deiner Stimme klingt das wie … eine Süßigkeit.« Ich verspüre ein angenehmes Prickeln in meinem Bauch und öffne meinen Schrank, um die Lebensmittel herauszuholen.

Er lächelt kurz, doch dann wird er wieder ernst. »Sara, ich habe mich nur gefragt, ob du vielleicht die ganze Sache etwas … überinterpretierst.«

Ich schäle eine Zwiebel und lege sie auf ein Schneidebrett, bevor ich einen Topf mit Wasser fülle. »Welche Sache?«

»Den Sex, unseren Sex.«

»Und inwiefern überinterpretiere ich unseren Sex?«

»Du hast was von Heiraten gesagt.«

»Ahhh … *das.*« Ich stelle den Topf auf den Herd und schalte ihn an.

»Ja.« Er räuspert sich leise. »Und?«

»Ich werde dich heiraten.«

Ich höre förmlich, wie er *nicht* stöhnt. »Warum, Sara?«

»Weil du perfekt bist. Wie oft lernt man schon einen perfekten Mann kennen?«

»Ich bin nicht perfekt. Und selbst wenn – du könntest es gar nicht beurteilen. Du kennst mich nicht.«

»Dann lass mich dich kennenlernen.«

Er atmet tief aus. »Die ganze Sache mit dem Sex ... und das, was ich danach gesagt habe ... ich war einfach ... gestresst, okay? Ich kam gerade aus Bonn und dann war da plötzlich diese Verrückte mit dem Handy und plötzlich hatten wir Sex. Das war alles zu viel für mich.«

»Ich bin nicht *wirklich* verrückt«, sage ich und zerhacke langsam eine Zwiebel. »Ich war auch nur gestresst.«

»Wie auch immer. Ich bin viel zu jung, um auch nur ans Heiraten zu *denken*. Und du erst recht.« Er rollt die Ärmel seines hellgrauen Pullovers über die Unterarme und legt die nackte Haut auf meine Tischplatte.

»Okay«, murmle ich und hacke weiter.

»Nein, nicht *okay*. Ich ... das, was wir gemacht haben, war ... wirklich schön.«

»Ach?«

»Ja, fein, mehr als schön. Es war fantastisch, um die Wahrheit zu sagen, aber das ist kein Grund zu heiraten.«

Das Gleiche hatte Lina gesagt.

»Ich weiß.«

»Warum hast du dann ...?«

»Oh, ich liebe dich.«

Er sieht mich einen Moment intensiv an. Dann hebt er seine Hände und bedeckt damit sein Gesicht.

Ich hacke weiter, gebe die Zwiebelstückchen schließlich in meinen Topf und greife nach einer Knoblauchzehe, um sie ebenfalls zu zerkleinern.

»Das ist nicht dein Ernst, oder?«

»Doch.« Der Knoblauch landet im Topf und ich reiße die Plastikfolie vom Champignonkörbchen auf. »Hör mal, wenn du nicht *sofort* heiraten willst, ist das völlig in Ordnung, Ben.«

»Mein Gott, du bist völlig ... übergeschnappt!« Er linst zwischen seinen Fingern hindurch und sieht mir beim Schnippeln der Champignons zu. »Das ist doch nicht *normal*!«

Ich lasse mein Messer sinken und betrachte sein schönes dunkles Haar, seine riesige Gestalt. »Ich bin nur ehrlich. Glaube mir, wenn Frauen mit einem Mann im Bett Spaß haben ... Dann stellen sich die meisten automatisch vor, wie ihre Kinder aussehen könnten oder wie der Kerl im Hochzeitsanzug glänzen wird. Ich bin da einfach nur ehrlich. Ich möchte dich heiraten und ich liebe dich. Ich brauche dich dafür nicht in- und auswendig zu kennen. Es ist ein Gefühl! Man braucht keine Gründe, um zu lieben. Man tut es einfach. Ich tue es.« Nachdem das endlich raus ist, strahle ich ihn an.

Er zieht den Kopf ein, legt aber die Hände zurück auf den Tisch. Zögernd streicht er sich dann durch sein sehr kurz geschnittenes Haar und spreizt dabei seine Finger zu einem grob gezinkten Kamm, den er wahrscheinlich nicht einmal braucht. »Sara ...«

»Ich mag es wirklich, wie du meinen Namen aussprichst.«

»Das ist alles viel zu schnell.«

»Hatten wir das nicht schon?«

Er seufzt. »Wie stellst du dir das denn vor? Wie soll das ablaufen?«

Ich wende mich wieder meinen Pilzen zu. »Ganz normal. Wir beide lernen uns kennen, wenn dir das so wichtig ist, und irgendwann ... Wenn du so weit bist und endlich begriffen hast, dass wir füreinander bestimmt sind, dann ... reden wir weiter.«

»Also ... Sex, bis ich mich besinne?«

»Eine Beziehung«, erkläre ich mit Nachdruck. »Ist das in Ordnung für dich?«

»Sara, ich werde mich nicht anders entscheiden wegen der Hochzeitssache.«

»Werden wir ja sehen.«

»Es ist verdammt schwer, mit dir zu reden, weißt du das?«, murmelt er, dass ich es fast nicht verstehen kann. »Du bist so halsstarrig! Ich will dich nicht verletzen und ich bin älter als du. Ich trage Verantwortung. Ich kann nicht so vor mich hin leben.«

»Ja, und?«

»Sara, ich mag dich, aber ich kann doch gar nichts anderes machen, als dir wehzutun. Du *willst* ja regelrecht, dass ich dir wehtue!«

Ich gebe die Pilze in den Topf und schalte den Herd an. Dann salze ich das kochende Wasser und stelle die Hitze runter, weil meine Pilze noch etwas brauchen. »Lass einfach meine Gefühle meine Sorge sein, ja? – Du scheinst mich ja auch zu mögen. Gegen den Sex hast du jedenfalls nichts, oder?«

»Nein. Ich mag dich ... Zumindest das, was ich von dir kenne«, seufzt er schicksalsergeben.

»Ich bin also gut im Bett?«, frage ich strahlend.

Er steht auf, grinst kurz und stellt sich hinter mich, um seine festen Arme um mich zu schlingen. »Ja.« Dann lacht er an meinem Hals.

»Und du bist lustig, du bringst mich zum Lachen. Das ist schön. Das Leben ist sonst so ernst.«

»Da siehst du mal, das sind schon zwei Gründe, mich zu lieben, Sex und Humor. Dir scheinen ja Gründe ganz wichtig zu sein. Du bist ein rational denkender Mensch. Das ist gut.«

Er küsst wortlos mein Ohr und steht mir im Weg, während ich Sahne und Kräutersalz in den Topf gebe, nachdem ich die Schmierkäseschale ausgekratzt habe. »Was machst du eigentlich so den ganzen Tag?«, frage ich ihn, während der Käse langsam schmilzt.

»Ich studiere Wirtschaftswissenschaften.« Seine Finger liegen heiß auf meiner Taille und streichen in trägen Kreisen meine Hüften hinunter.

»Oh«, rufe ich überrascht. »Was für ein dröges Fach!« Dann beiße ich mir auf die Zunge.

»Ja, aber irgendwer muss es schließlich tun.« Seine Finger verharren auf meinem Jeansbund, als schrecke er davor zurück, darunter zu gleiten. »Und so dröge finde ich es gar nicht.«

»Und warum du?« Ich gehe ein Schrittchen zur Seite und löse mich leicht von ihm. Schließlich wäre es blöd, unanständige Dinge anzufangen, während dabei teure Lebensmittel verbrennen.

»Mein älterer Bruder, Justus, wollte lieber Anwalt werden und sich auf Umweltrecht spezialisieren.« Seine Hände legen sich wieder brav auf meine Taille. »Er erlebt tolle Sachen, aber ich werde eines Tages reich sein.«

»Ja, wieso?« Ich gebe die Spätzle ins Wasser.

»Weil ich den Laden meines Vaters übernehmen werde. Schon nächstes Jahr fange ich dort an, sobald ich meinen Abschluss habe.«

Bin ich hinter seinem Geld her?, frage ich mich. Ich denke nicht, dass Geld so gut für mich wäre. Ich verschwende mein knappes Einkommen ja jetzt schon für genug Unsinn, statt es sinnvoll zu nutzen. Wenn ich reich wäre, würde ich wahrscheinlich in sinnlosen Einkäufen ersticken und trotzdem verhungern.

Er mustert mich ein Weilchen, wortlos. »Das riecht übrigens sehr lecker.«

»Danke.« Mit einer für mich typisch ungeschickten Bewegung reiße ich die Tüte auf und gebe sie zu meiner Champignoncreme dazu. Normalerweise versuche ich, solche Fertigsoßen zu vermeiden, aber sie schmecken einfach und sind, wie gesagt, preiswert. Seine Finger erforschen den Bügel meines BHs. Ich rühre weiter und betrachte das Blubbern in meiner Soße. Seine Finger legen sich auf den unteren Rand meiner Brust und spielen auf dem Stoff.

»Du fummelst gern, oder?«, frage ich ihn.

»Sehr gern. Du hast geile … Brüste.« Ich kann förmlich riechen, dass er sich dank der guten Erziehung das Wort »Titten« verkniffen hat.

»Danke.«

Er stöhnt leise und legt seine Hände ganz auf meine Brüste. Dann wiegt er sie ein bisschen. Massiert sie. Drückt sie.

»Macht's Spaß?«

»Ja!«, keucht er und vergnügt sich weiter. Er findet meine Brustwarzen und massiert sie zu kleinen Knöpfen. Mit einem Grinsen nehme ich die Nudeln vom Herd. Mein Schatz verlustiert sich währenddessen weiter an meinen Brustwarzen.

»Nimmst du die Soße von der Platte?«

Mit einem unwilligen Brummen lässt er von mir ab und greift nach dem Topf. Den Topf haltend, steht er dann im Raum und sieht mich an. Er behält das Teil in der Hand, während ich die Nudeln im Sieb schwenke, bis der letzte Rest Flüssigkeit verschwunden ist.

»Möchtest du das nicht abstellen?« Manchmal ist es erstaunlich, wie viele Anweisungen ein Mann in der Küche braucht, sobald eine Frau dabei ist.

»Ja, aber wohin? Deine Küche ist so klein.«

»Auf den Tisch«, schlage ich vor.

»Soll ich das nicht in eine Schüssel umfüllen?«

»Weshalb?«

Ich stelle das Nudelsieb auf einen tiefen Teller und stelle beides auf den Tisch, während ich Ben ein Brettchen reiche. Er jongliert den Topf, bis er ihn nur noch in einer Hand hält und nimmt mir das Brettchen ab. Den Topf hat er immer noch in der Hand.

»Verarschst du mich?«

»Was? Weshalb?«

»Stell doch den Topf auf den Tisch! Auf das Brettchen.«

Ich reiche ihm Teller und Besteck. Dann setzen wir uns hin und ich verteile das Essen, erst großzügig an ihn und dann an mich.

»Okay, guten Appetit!«

»Guten Appetit«, murmelt er zurück und fängt an zu essen. Er isst sehr schnell, ohne dass es so aussieht. Er kleckert nicht und kaut auch anständig, aber obwohl seine Portion doppelt so groß ist wie meine, ist er schneller fertig. Höflich wartet er, bis ich fertig bin, und nimmt dann meine Hände in seine. Ich streichle die Stoppeln an seiner Wange.

Seine Zähne glänzen im Licht meiner Küche, als er nach oben blickt. Dann greift er plötzlich nach meinem Kopf, seine Lippen berühren meinen Mund. Ganz leicht, wie ein Schmetterlingsflügel tupft sein Atem auf meine Wange; er perlt ab wie Wassertröpfchen auf einer Lotusblüte. Seine Finger gleiten in die feinen Härchen an meinen Schläfen und streicheln sie. Schließlich presst er seinen Mund fest auf meinen. Genießt den Druck, wie ich ihn auskoste.

Dann steht er auf und zerrt mich hinter dem Tisch hervor. Meine Hände gleiten seinen Nacken hinauf, bis ich seine Kopfhaut unter meinen Fingern spüre. Meine Nägel kratzen sanft über seine Haut, seine Haare. Jetzt ziehe ich ihn fest an mich und öffne leicht den Mund. Er reagiert. Seine heiße, feuchte Zunge taucht in mich ein, füllt meinen Mund mit dem Geschmack von Pilzen und ihm. Sein ganz eigener Geschmack, feurig wie Schnaps und süß wie Erdbeerjogurt, lässt meine Knie erzittern.

Er zieht mich enger in seine Umarmung. Lässt seine Hände meine Konturen abtasten, bevor sie sich auf meinen Hintern legen, um mich an ihn zu drücken; bis ich die Härte seines Schwanzes an meinem Bauch spüre. Ich reibe mich ein wenig an ihm, lasse mein Becken kreisen, hebe und senke meinen Körper auf meinen Zehenspitzen. Doch plötzlich klingelt sein Handy, ein Alarm.

Er stöhnt auf, während wir uns küssen. »Scheiße. Ich hab keine Zeit«, murmelt er an meinen Lippen, und küsst mich flüchtig auf meine Nasenspitze. »Ich muss gleich weg und mein Koffer muss noch gepackt werden – ein paar Tage in Köln. Kommst du kurz mit rüber?« Er greift meine Hand. Alles in mir zieht sich vor Bedauern zusammen. Ich möchte einfach weitermachen, aber sein Ton verrät mir, dass er es ernst meint. Ich löse mich leicht von ihm und versuche, den glasigen Schleier von meinen Augen zu blinzeln, um ihn schärfer sehen zu können.

Ich nicke, schnappe mir meinen Haustürschlüssel vom Küchentisch und wir gehen gemeinsam zur Tür, um sie zu öffnen. Er schiebt sich an mir vorbei und greift wieder nach meiner Hand. Die drei Schritte bis zu seiner Wohnung – also über die beiden Fußabtreter und den kleinen Fleck zerkratzten PVC-Bodens dazwischen – überwinden wir mit verschränkten Fingern. Zum Türaufschließen braucht er aber beide Hände und wir lösen uns wieder voneinander.

»Möchtest du was trinken? Ein Glas Wein?«, fragt er mich. Als ich meinen Kopf schüttele, macht er eine einladende Bewegung in seine dunkle Wohnung. Dann schaltet er das Licht an.

»Warum machst du die Vorhänge nicht auf?«, frage ich. »Wow!« Ich sehe mich im Flur um. Er ist wie meiner, nur deutlich länger, größer und breiter. Und mehr Türen sind zu sehen. »Lass mich raten: dein Bad, deine Küche, dein Schlafzimmer und … noch ein Raum?« Ich deute auf die verschiedenen Türen. Er lächelt. In umgekehrter Reihenfolge zeigt er auf die Türen und öffnet sie. »Mein Wohnzimmer, mein Schlafzimmer, meine Küche, mein Bad.«

»Du hast ein extra Wohnzimmer?«, frage ich beeindruckt. »Wie dekadent.«

Er lacht leise und schubst mich in sein Schlafzimmer, als wir vor der Tür angelangt sind.

»Wie … subtil!«

»Ich lade dich nur in mein Schlafzimmer ein, weil ich packen muss. Versprochen.«

Ich weiß auch, dass er sich extra beeilen wird, um wenigstens noch ein bisschen mit mir knutschen zu können, bevor er in seinen Zug steigt. Ich betrachte seine Schlafzimmereinrichtung, während er hastig ein paar Hemden von der Kleiderstange nimmt. Alles ist schwarz: ein schwarzer Kleiderschrank, ein schwarzes Bett, ein schwarzer Fernseher, ein schwarzes Nachtschränkchen. Ich setze mich auf seine dunkelrote Bettwäsche und betrachte die weißen, gähnend leeren Wände. »Keine Fotos«, stelle ich fest.

Er nickt nur und öffnet seinen Kleiderschrank. Der ist voller als meiner. Interessant. »Gehst du oft einkaufen?«

»Eigentlich nicht. Warum?«

»Du hast da bestimmt … zwanzig Hosen und … vierzig Hemden mit denen von der Stange.«

»Ungefähr.«

Kurz darauf frage ich: »Warum fährst du eigentlich nach Köln?«

»Geschäftsessen.«

Ich starre ihn an. »Geschäftsessen«, wiederhole ich tonlos. »Sollte man Geschäftsessen nicht erst *nach* dem Studium haben?«

»Bei mir geht eben alles ein bisschen schneller.« Er holt eine Jeans aus seinem Schrank. Ich grinse süffisant. »Fast alles.«

Er blickt von zwei T-Shirts auf und grinst zurück. »Stimmt. Also, das weiße oder das schwarze?«

»Zum Geschäftsessen?«

»Nein, zum Schlafen.« Ich denke einen Moment nach. Auf der einen Seite will ich ihm einen Skianzug verpassen, damit er nicht auf dumme Gedanken kommt, doch dann fällt mir wieder ein, dass er nicht *so einer* ist. »Nichts. Schlaf nackt.«

Er legt die T-Shirts wieder weg und lächelt still vor sich hin, während er ein paar Boxershorts neu faltet und sehr sorgsam in seinen Koffer packt.

»Warum denkst du, ich sei gut im Bett?«, frage ich plötzlich von mir selbst überrascht. »Ich hab schließlich ...« Ich wedele mit den Händen in der Luft. »... nur so dagelegen.«

Er sieht von einem Schlips auf. »Na eben nicht. Du hast ... so Bewegungen gemacht.«

»Bewegungen?«

»Ja. Dich so ... gewunden ... irgendwie. Das war ... geil.«

Ich grinse. »Mehr muss ich nicht machen?«

»Nicht in der ersten Nacht.«

»Und es werden noch Millionen folgen ...«

Er rollt mit den Augen.

»Keine Angst, ich wollte dich nur testen. Ich lass dir noch etwas Zeit, mein Herzallerliebster.« Ich setze mich auf sein Bett.

»Wie beruhigend«, murmelt er und macht seine Tasche zu. »Ich komm vorbei, wenn ich wieder da bin. Versprochen.«

»Ich weiß.«

Die Schwiegereltern

Mit einem generverten Stöhnen betrachte ich meinen *Huulbessen* – meinen Heulbesen, sprich Staubsauger – und denke darüber nach, ihn einfach aus dem Fenster zu werfen. Warum zum Teufel funktioniert dieses Scheißteil nicht? Es ist ein neuer Beutel drin und trotzdem muss ich hunderte Male über ein Staubkorn saugen, bis dieses Gerät es aufnimmt.

Ich schließe meine Augen fest und versuche, mich daran zu erinnern, warum ich es nicht tun sollte – nicht das Aufräumen, sondern das Rausschmeißen. Das Gerät könnte unschuldige Passanten treffen – oder noch schlimmer: kaputtgehen. Ich kann mir keinen neuen Staubsauger leisten, obwohl dieses Exemplar schon im Arsch war, als ich es meinen Eltern abgenommen habe! Ach, das Leben ist hart, alles ist dreckig und mein Staubsauger versagt! Ich ziehe den Stecker und setze mich auf meine Couch.

Ich habe schlechte Laune heute. Obwohl es zwischen mir und Ben einfach perfekt läuft, finden meine Freundinnen immer wieder was an ihm auszusetzen. Sie verstehen einfach nicht, wie Ben wirklich ist. Sie sehen nur den Menschen, den sie kennengelernt haben. Aber an dem Morgen war mein Schatz einfach müde und unausgeschlafen – in solchen Momenten bin *ich* auch unausstehlich. Und Ben hat sich sogar noch zusammengerissen und mit mir und den Mädels einen Kaffee getrunken, bevor er wieder rüber in seine Wohnung gegangen ist. Vielleicht hätte er mehr sagen können, aber morgens bin *ich* auch nicht der gesprächigste Mensch. Hätten sich die Mädels angekündigt, wäre das ja etwas völlig anderes gewesen, aber sie sind einfach aufgetaucht, um mich zum Shoppen abzuholen.

Klar ist es schön, wenn man nicht vergessen wird, aber niemand sollte sich beschweren, wenn man unter diesen Umständen eben nicht mitgeht. Ben ist für mich kein Grund, etwas abzusagen, auf das ich richtig Lust habe. Ich sage auch nicht *ständig* ab, wie sie behaupten. Okay, vielleicht hätte ich den Kinoabend mit Lina und Verona nicht canceln sollen, weil Ben mit mir Fußball sehen wollte, aber sie waren ja schließlich nicht allein. Sie hatten sich und ich … hatte einen netten Abend mit Ben. Ich verbiege mich auch nicht, nur weil Ben mal wieder zu mir kommt. Das stimmt einfach nicht!

»Partner kommen und gehen«, hat Verona neulich so in den Raum geworfen, »aber Freundinnen bleiben. Sie sind auch noch da, wenn man mal wieder sitzengelassen wird!«

Ich weiß nicht, worauf sie anspielt, denn mein Verlobter wird mich ja nicht sitzenlassen. Das macht man nicht mehr, wenn man einmal verlobt ist. Aber Freundschaften können auch enden, wie ich an Edda gemerkt habe. Sie enden, wenn man aufhört, in die Freundschaft zu investieren, und das muss nicht mal eine bewusste Entscheidung sein. Ich darf jedenfalls nicht aufhören, in meine Freundschaft mit Lina und Verona zu investieren. Sie sind für mich da und ich bin für sie da, auch wenn sie mir manchmal so richtig auf den Keks gehen, zum Beispiel, wenn sie an Ben herummäkeln.

Ich lasse nicht alles stehen und liegen, wenn er mal wieder ficken will, wie Verona behauptet. Ich versuche nur, meinen Tag und meine Wochenenden so zu planen, dass ich und Ben genug Zeit miteinander verbringen können, obwohl er so viel unterwegs ist. Ständig muss er irgendetwas für sein Studium oder seinen Vater erledigen. Ich hingegen habe immer noch keinen Job und kann Rücksicht auf ihn nehmen, wenn er spontan mal Zeit hat.

Ich lasse das Stromkabel für meinen Staubsauger in die Rolle zurückschnipsen und nehme den Besen aus meinem Flurschrank.

In schnellen, kräftigen Streifen kehre ich den Holzfußboden, während ich die Zähne zusammenbeiße, um nicht vor Wut zu weinen. Ich rede mir den Mund fusselig, wenn ich mit Verona und Lina unterwegs bin. Ich versuche alles, damit sie verstehen, dass Ben nicht so ist, wie sie denken. Ben ist ein toller Kerl, der beste, den ich je kennengelernt habe.

Lina meinte neulich: »Lass dich nicht so ausnutzen, Sara.« Doch wenn hier jemand jemanden ausnutzt, dann wohl ich. Ben macht ständig den Abwasch, räumt meine Wohnung auf oder bohrt, wenn ich ihn darum bitte, ein Loch in die Wand. Immer bringt er mir von seinen Reisen etwas mit – und wenn es auch nur eine Kleinigkeit fürs Schlafzimmer ist. Vor einem Monat hat er Unterwäsche für mich gekauft. Richtig teure von *Triumph*!

Er kommt nicht nur zum Vögeln zu mir, nein. Beim letzten Mal hat er meine Tür geölt. Er ist sehr aufmerksam und romantisch. Doch das alles übergehen meine Freundinnen mit einem Achselzucken und reden ständig darüber, dass Ben keine Rücksicht auf mich nimmt, weil ich ja anscheinend mein Leben nur noch um ihn herum plane. Ich bin ratlos.

*

Ich streiche etwas Schmierkäse auf mein halbes Brötchen und betrachte mein Werk: eine Schmierkäsebrötchenhälfte. Manchmal sollte man sich auch über Kleinigkeiten freuen. Schließlich hat Ben dafür meine obere Brötchenhälfte bekommen. Die mag ich nämlich viel lieber. Aber weil ich ihn noch lieber mag als eine obere Hälfte von einem Brötchen, war ich so lieb und habe sie ihm überlassen.

Es klingelt, als die Eier fertig sind. Ich betrachte Ben, der langsam aufsteht und sich zu seiner beeindruckenden Größe auseinanderfaltet. Es ist für mich immer wieder ein interessantes Schauspiel, das zu beobachten. Zuerst lässt er seine Knie einrasten, dann erhebt er seinen Oberkörper, indem er seine Wirbelsäule streckt. Auch wenn es komisch klingt, es sieht so absolut *anmutig* aus. Ich könnte Vergleiche zu geschmeidigen Tieren anfügen, wie ein Leopard oder ein anderes Katzentier, aber es reicht, wenn ich *geschmeidig* sage.

Er hebt den Deckel des Eierkochers und schreckt die Eier unter kaltem Wasser ab, bevor er sie vorsichtig in seine Becher stellt.

»Ben, was hältst du davon, wenn wir diese Woche ein Elternwochenende einlegen? Zuerst meine, dann deine. Ich weiß, das könnte etwas eng werden, weil meine Eltern ja so weit weg im Norden wohnen, aber ich dachte mir, dass wir vielleicht Sonntagabend kurz bei deinen Eltern vorbeischauen könnten, wenn wir wieder da sind. Zum Kennenlernen und so.«

Ben setzt sich langsam. Nach einer Weile, während der er bedächtig sein Ei öffnet und salzt, sagt er schließlich: »Okay.«

Ich atme tief ein – mir war gar nicht aufgefallen, dass ich die Luft angehalten hatte: »Okay?«

»Meinetwegen. Bringen wir es hinter uns. Aber ich muss dich warnen. Meine Eltern führen keine Traumehe und sie rechnen nicht im Geringsten damit, dass ich ihnen eine Schwiegertochter vorstelle. Ich kann dir nicht versprechen, dass sie dir gegenüber sehr freundlich sein werden.« Er nimmt etwas Ei auf seinen Löffel und fängt plötzlich an zu grinsen. »Und gegenüber deinen Eltern kann *ich* mich ja ganz furchtbar danebenbenehmen.«

Ich atme zischend aus und strecke ihm meine Faust entgegen. »Das wagst du nicht!«

Da lächelt er wieder sein süßes Lächeln. »Mal sehen.« Ben beugt sich über den Tisch und küsst meine Augenbraue.

*

Um ehrlich zu sein: Ich bin nicht die beste Autofahrerin. Die Fahrprüfung habe ich nur bestanden, weil der Fahrlehrer und der Prüfer sich die ganze Zeit über mit ihren jeweiligen Modelleisenbahnen übertreffen wollten. Für mich und mein Autofahren haben sie sich überhaupt nicht interessiert. Das war echt genial.

Das Tolle am Autofahren ist, dass man dabei Menschen, die einem die Vorfahrt nehmen oder einen sonstwie nerven, so richtig unartige Dinge an den Kopf werfen kann: knurren, brüllen, schimpfen, fluchen und den Stinkefinger zeigen. Besser kann eine Fahrt nicht sein! Doch, warte, einen Moment ... am allerbesten ist es, wenn dazu noch ein Lied im Radio kommt, das ich liebe. Dann geht die Post ab!

»Arschficker!«, schimpfe ich fröhlich und strecke einem Opa meinen Mittelfinger entgegen, bevor ich rechtsrum presche. Ja, vielleicht hätte ich blinken sollen, bevor ich abbiege, aber mal ehrlich – wen geht es etwas an, wohin ich fahre?

Ben, mein Verlobter und heimlicher Sexsklave, sitzt neben mir wie ein Häufchen Elend. Aber nicht, weil ich so mies fahre – was ich leider tue, ich gebe es zu –, sondern weil er einfach nur zusammengequetscht in meinen roten Wagen passt. Er ist zu riesig. In seinem Ausweis steht, er sei eins neunzig, aber das kann nicht sein. Er ist mindestens zweieinhalb Meter groß. Wenn wir nebeneinander stehen, reicht mein Scheitel gerade mal bis zu seiner Achsel. Und in meinem Ausweis ist zu lesen, dass ich eins achtundsiebzig bin. Okay, ich habe damals die Frau, die meinen Ausweis ausgestellt hat, wegen der Größe angelogen. Aber damals war ich erst sechzehn Jahre alt und die zehn Zentimeter bin ich bestimmt noch gewachsen.

Ben fährt sich etwas müde über seine Haarstoppeln und gähnt danach hinter vorgehaltener Hand. Dann verschränkt er die Arme. »Sara, warum haben deine Eltern eigentlich einen Lupo gekauft und keinen Wagen, in den ein normaler Mensch reinpasst?«, fragt Ben mürrisch und zieht seine Knie ein. Ich werfe einen Blick auf den schönen Mann neben mir. »Einen was?«

»Einen Lupo«, wiederholt er geduldig.

Ich strahle ihn kurz an, bevor ich einen Radfahrer anhupe. »Wie süß, du hast schon einen Namen für mein Auto! Du musst echt verliebt in mich sein.«

Männer geben Dingen, die sie mögen, immer einen Namen, nicht wahr? Da ich schon einen Namen habe, weicht er natürlich auf das Nächste aus, was interessant für ihn ist. Im Augenwinkel sehe ich, wie er mit den Augen rollt. Trotzdem zuckt dieses unglaublich süße Lächeln um seinen Mund.

»Ich habe keinen Namen für dein Auto, Sara. Dein Auto hatte schon einen Namen, bevor deine Eltern es gekauft haben.«

Ich schüttele meinen Kopf. »Das kann nicht sein. Dieses Auto war ein Neuwagen.«

»Ja, und?«

Ich kann ihm leider keinen Blick zuwerfen, der ihm zeigt, für wie doof ich ihn halte, weil ich gerade über eine kirschgrüne Ampel rase. »Also, wenn niemandem vor mir und meinen Eltern dieses Auto gehört hat, gibt es logischerweise auch niemanden, der meinem Wagen einen Namen hätte geben können.«

Manchmal kann er wirklich wahnsinnig langsam sein. Aber er lächelt so verdammt verführerisch! Ich denke, da kann ich auch gelegentlich trotz seiner Langsamkeit ein Auge zudrücken.

»Und wie denkst du, halten die Autohersteller ihre Autos auseinander?«, fragt er mit einem seltsamen Glucksen in seiner Stimme. Entweder hat er sich verschluckt oder er versucht gerade, nicht zu lachen.

»Keine Ahnung«, sage ich. Obwohl ich da so eine Vermutung habe: Ich glaube, die Hersteller nummerieren die. Das wäre wohl am einfachsten. Aber das sage ich besser nicht laut. Ich habe jetzt schon das Gefühl, dass er sich vielleicht dumm vorkommt.

Ich gebe Männern gerne das Gefühl, sie seien klüger als ich. Das macht alles einfacher. Wir schweigen einige Augenblicke. Nun, er schweigt, ich singe laut irgendeinen Song. Ich kenne den Text zwar nicht, aber da kann man ja ein bisschen improvisieren.

»Wie unterscheidest du eigentlich Autos voneinander?«, fragt er schließlich.

»An der Farbe natürlich.«

»Nur an der Farbe?«

»Klar, meins ist rot.«

»Ja, aber viele Autos sind rot.«

»Meins ist aber klein und rot.«

Er sagt nichts mehr. Meine Argumentation ist wohl unschlagbar.

»Weißt du was?« Er lächelt mich süß an. »Ich mag dich, Sara.«

Das geht mir runter wie Öl. Ja, vielleicht sagt er noch nicht, dass er mich liebt, aber dies ist ein Anfang. Er mag mich und das ist die Vorstufe der Liebe. Ich lege meine Hand auf seinen Oberschenkel. Er ist nicht unbedingt der beste Süßholzraspler, aber er ist auch unfassbar romantisch.

*

»Brauchen wir eigentlich Kondome?«

»Was? Wie kommst du denn jetzt darauf?«

Ich nehme schon seit einiger Zeit die Pille, jeden Abend. Sie ist mein Tic Tac vorm Schlafengehen. Und sie wirkt offensichtlich. Wenn man nach einem Monat Sex immer noch keinen Braten in der Röhre hat, kann man einem Medikament vertrauen, würde ich sagen. Eigentlich brauchen wir keine Kondome mehr benutzen. Ich vertraue ihm. Und selbstverständlich kann er auch mir vertrauen.

»Na, Verhütungsmittel«, spricht er unsicher weiter, »gegen Schwangerschaften ... Sollten wir noch welche besorgen? Ich habe keine dabei.«

»Ich weiß, was Kondome sind, Schatz.«

Er wird etwas rot. »Ich bin darauf gekommen, weil … du hast da heute Morgen einen komischen Ring an den Spiegel gemalt. Ich dachte, das sollte vielleicht ein Kondom sein, ein Wink, dass wir noch welche besorgen müssen, weil du in deinem Heimatdorf sicher nicht in die Apotheke gehen willst.« Dann grinst er frech. »Wegen Sex im Stroh und so …«

»Das ist ein ostfriesisches Dorf, keine Sexkolonie! Und es gibt bei uns keine Apotheke. Die ist im Nachbarort. Moment mal, wenn du einen Ring siehst, denkst du gleich an Kondome?«

Er umfasst meine Hand, die immer noch auf seinem Oberschenkel liegt. Wir sind mittlerweile auf der Autobahn gelandet. Da darf er gerne meine Hand halten. Ich muss ja nicht mehr schalten. Außerdem bin ich multitaskingfähig. Ich kann seine Streicheleinheiten genießen, ohne einen Unfall zu bauen.

»Ja«, grinst er und massiert meine Finger. »Ich denke ununterbrochen an Sex, seit ich dich kenne.«

Ich seufze verträumt und denke an die letzte Nacht. »Aber was hat ein Ring mit Kondomen zu tun?«

»Die Form, wenn man es gerade ausgepackt hat.«

Und mir wirft er seltsame Gedankensprünge vor! Ring gleich Kondom gleich Sex. Natürlich! Darauf hätte ich auch sofort kommen können. Ich nehme kurz meine Hand aus seiner. Die Schnecke vor mir nervt mich schon seit acht Metern. Ich liebe meinen Stinkefinger. »Es war ein Scherz«, erkläre ich. »Ich wollte dich daran erinnern, dass du dich um einen Verlobungsring kümmerst.«

»Warum sollte ich das?«, antwortet er etwas erbost.

»Also keine Verlobung?«

»Viel zu früh«, sagt er leise und geduldig und seufzend, als würde er etwas zum millionsten Male wiederholen.

»Du hast doch Ja gesagt«, rufe ich ihm in Erinnerung.

»Ja, aber du hast gleich nach dem Sex auf dem Küchentisch gefragt. Da war ich nicht zurechnungsfähig.«

»Und beim letzten Mal, als ich gefragt habe?«

»Das war nach dem Sieg meiner Fußballmannschaft. Das zählt auch nicht.«

»Und beim vorletzten Mal?«

Er seufzt. »Ich sage wohl häufig Ja?« Er atmet genervt aus und legt seine Stirn in Falten. »Warum beharrst du eigentlich so auf dieser fixen Idee, dieser blöden Heiratsfantasie von dir?«

Gute Frage – warum halte ich das jetzt schon so lange gegen seinen Widerstand aus? Normalerweise bin ich nicht so konsequent in meinem Leben. Ich lerne nie, wenn ich es mir vorgenommen habe. Ich mache maximal einmal im Jahr Sport, im Januar, bevor ich mir sage, dass Neujahrsvorsätze absoluter Quatsch sind. Ich halte eine Diät genau fünf Stunden aus, vom Frühstück bis zum Mittagessen. Meine Pflanzen vergesse ich nach drei Tagen zu gießen und meine Abgabetermine halte ich nur auf den letzten Drücker ein. Aber wenn ich meine große Liebe gefunden habe, lasse ich mich nicht von ein paar Bedenken ... und Einwänden unterkriegen. Das ist mir viel wichtiger als alles andere.

»Weil ich die beste Frau bin, die du je haben wirst«, erkläre ich großspurig. Ich hupe lautstark. »Penner! Kauf dir eine Brille, bevor du dich auf die Straße traust!«

»Müssen wir hier nicht ab?«

»Oh, richtig.« Ich reiße das Steuer herum und fahre nur knapp an der Leitplanke vorbei. Der kleine rote Flitzer, mein »Lupo«, bricht kurz nach hinten aus, bevor er wieder die Spur findet und weiterrast. »Da haben wir aber Glück gehabt!«

»Ja«, sagt er mit weit aufgerissenen Augen. Seine Hände klammern an dem Griff über dem Beifahrerfenster. Seine Knie pressen gegen die Armatur.

Ich schüttele den Kopf. »Ich hätte die Ausfahrt fast verpasst. Der Umweg wäre sooo lang gewesen. Das glaubst du gar nicht wie lang.«

»Wenigstens der Tod wäre weit weg gewesen.«

»Nun mach dir mal nicht in die Hosen, Schatz.«

Kurze Zeit später fahren wir endlich an einem gelben Ortsschild vorbei. »Hier bin ich aufgewachsen«, erkläre ich fröhlich.

»Sehr schön«, stellt er fest. Sein Finger deutet auf ein paar Kühe. »Hier gibt es sogar Kühe. Genial.«

»Und Schafe«, fährt er fort. »Und sieh mal da! Dort werden Karussells aufgebaut!«

»Ach stimmt, das hatte ich ja ganz vergessen! Wir haben Herbstfest. Das Ereignis des Jahres. Wir können ja heute Abend da hin«, schlage ich vor.

»Natürlich gibt es nicht so viel Action wie in der Stadt, aber dafür gibt es das Herbstfest, den Weihnachtsmarkt, das Osterfeuer und das Maibaumfest bei uns.«

»Als du erzählt hast, du kommst aus einem kleinen Dorf, habe ich es mir nicht so klein vorgestellt«, murmelt er vor sich hin und sieht sich weiter um. »Da vorne ist ja schon der Ortsausgang.«

»Hey, wir haben hier einhundertelf Bewohner. Das ist nicht so klein.«

»Wo ist denn der Supermarkt?«

Ich konzentriere mich eifrig auf die Schlaglöcher. »Imnnachbarroort«, brumme ich.

»Was?«

»Im …« Ich seufze. »Im Nachbarort.«

»Aha«, erklärt er. »Das habe ich mir gedacht. Was, wenn ich meine Zahnbürste vergessen hätte?« Er lacht laut auf und verschränkt die Arme.

»Hast du nicht. Wir haben hier sogar einen Bäcker. Und einen Kindergarten«, verkünde ich mit geschwellter Brust. Er soll mich nicht für ein dummes Landkind halten. Bis jetzt kennt er nämlich nur das Stadt-Ich. Und das ist ziemlich cool.

»Und Elektrizität? Internet? Telefon?«

Ich knurre leise vor mich hin. »Wir sind hier nicht zurückgeblieben. Wir sind nur ... nicht so viele«, erkläre ich mit Nachdruck und hupe, weil es so viel Spaß macht, die Kinder zu erschrecken. Sie rennen auseinander, um mir mit großen Augen ihre kleinen pinkfarbenen Zungen entgegenzustrecken. Ich liebe es, wieder daheim zu sein; und das mit einem tollen Kerl an meiner Seite. Mit einem Superkerl, mit dem ich ganz toll angeben kann, wenn wir heute Abend auf das Herbstfest gehen. Ja, ich gebe es zu, ich hatte es nicht vergessen, dass das Herbstfest gerade stattfindet. Wie denn auch? Mein ganzes Leben hat sich um jene vier Dorffeste gedreht. Das brennt sich ins Hirn. Und, ja, Ben habe ich für dieses Wochenende zu meinen Eltern eingeladen, weil es der perfekte Anlass ist, um mit einem Traummann durch die Gegend zu spazieren.

»Es riecht auch so schön nach Land«, neckt Ben mich.

»Blödmann!«, schimpfe ich zurück, aber nicht so enthusiastisch, wie ich sonst im Auto schimpfe. Es ist leider nicht das Gleiche, wenn man tatsächlich gehört wird. Ich biege ab und bald darauf stehen wir schräg auf der Auffahrt meiner Eltern.

»Dann lass uns mal reingehen«, schlägt mein Süßer vor, bleibt aber sitzen.

»Muffensausen?«, frage ich ihn.

»Auf keinen Fall!«

Ich genieße die letzten Minuten vor dem großen Augenblick, als wir das Gepäck aus dem süßen, kleinen Kofferraum holen. Meine Mutter hat bereits freudestrahlend die Tür geöffnet und ruft nach meinem Vater. Sie sieht sehr schick aus.

»Ach, Honey ...«, raunt Ben mir noch schnell zu. »Egal, was ich morgen vielleicht nach dem Sex sage: Ich fahre zurück, okay?«

»Warum?«, raune ich. Er rollt nur mit den Augen, bevor ich meine Hand von seiner löse, um meine Mutter zu umarmen, die gerade auf uns zustürmt. »Pa-Mama, das ist Ben!«

*

Natürlich wollte ich, dass sich Ben mit meinen Eltern versteht. Sie sollten ihn mögen, akzeptieren und all das ganze Zeug. Das habe ich mir wirklich gewünscht. Aber sollte mein Vater nicht auch einen auf Beschützer machen und meinen Freund aus Prinzip nicht mögen? Stattdessen reden die jetzt schon seit einer Stunde wie die besten Kumpel über Fußball. Und meine Mutter himmelt Ben an, als sei sie ein verknallter Teenager.

»Wir packen nur schnell aus!« Damit ziehe ich ihn hinter mir her und renne mit ihm die Treppe hinauf. Erst als ich die Tür zu meinem Zimmer öffne, fällt mir wieder ein, wie es dort aussieht. Meine Eltern haben seit meinem Auszug – ach, was sage ich, seit meinem elften Lebensjahr – mein Zimmer nicht mehr verändert. Rosa und blaue Feen fliegen an den Tapeten. Ben kriegt sich erst nach ein paar Minuten wieder ein und wischt sich die Lachtränen aus den Augen.

»So lustig ist das auch nicht«, erkläre ich ihm pikiert und lege meinen Schlafanzug unter mein Kopfkissen. Mein Schlafanzug ist ein Exemplar seiner Boxershorts. Ich mag die synthetische Seide an meinem Hintern, auch wenn ich eigentlich lieber nackt schlafe.

»Doch, es ist zum Totlachen!«, japst Ben und zieht mich an sich. »Du hast Feen auf deinen Tapeten.«

»Als ich elf war, war das megacool! Und irgendwie finde ich die heute auch noch ganz nett. Ich verstehe wirklich nicht, was daran so lustig sein soll.«

Er gibt mir einen Kuss, bevor er wieder losprustet. Langsam finde ich das etwas ärgerlich. »Du hast sogar rosa Bettwäsche!«

»Hallo-ho«, verschränke ich die Arme. »Dir muss doch wohl klar sein, dass ich ein Mädchen bin, oder? Ich habe da schließlich etwas, in das du gerne deinen Schwanz steckst, und so etwas gibt es nur bei Frauen.«

Sein Blick wird ein wenig trüb, als er meine Lippen fixiert. »Ja«, sagt er heiser und legt seine Hände auf meinen Hintern. »Etwas Besonderes.« Er drückt mein Becken an sich, bis meine Scham auf seinen halbsteifen Schwanz trifft. Ich weiß nicht, ob es in zehn Jahren auch noch so sein wird, aber bei ihm scheint diese ganze Erektionssache ziemlich einfach zu sein. Ein unanständiges Wort oder eine zufällige Berührung zu viel und sein kleiner Freund sagt »Hallo!«. Ben drückt seine Lippen auf meine und hebt mich mühelos hoch, um mich auf mein rosa Bett zu legen.

»Ah, Sex in meinem Kinderbett«, murmle ich irgendwie neben mir und ziehe langsam den Reißverschluss seiner Fleecejacke auf, um an seinem Schlüsselbein zu lecken. Er ist da um einiges pragmatischer. Ohne viel Brimborium zieht er an meiner schwarzen Stretchhose, bis sie aus dem Bett und zu Boden gleitet. Es ist schwierig, sich gegen einen Mann zu behaupten, der so viel an Sex denkt. Besonders wenn sich das eigene Hirn einfach ausschaltet, sobald man seine Lippen spürt. Wie ein Schalter. Klick. Verstand aus. Triebe an.

Meine nackten Beine umklammern instinktiv sein Becken, während ich die Jacke von seinen Schultern streife. Seine Haut ist immer heiß, sie vibriert regelrecht vor Hitze unter meinen Fingern. Ich streiche seinen Rücken hinab bis zu seinem festen Po und tauche meine Finger unter seine Hose, bis ich die beiden Äpfel in der Hand habe. Ich massiere sie kurz, prüfe ihre Festigkeit, bevor meine Finger an seiner nackten Hüfte nach vorne gleiten, um den Verschluss zu öffnen. Als meine Finger zum dritten Mal von seinem Gürtel abrutschen, lässt er von meinen Brüsten und meinen Lippen ab und setzt sich auf. Er hebt mein rechtes Bein auf seine Schulter und küsst die Wade, während seine Finger schon den Knopf seiner Jeans öffnen.

Plötzlich runzelt er die Stirn und leckt kurz über meine Wade. »Du bist gar nicht rasiert«, stellt er völlig überrascht fest.

»Hm?«, mache ich uninteressiert, während mein Blick wie ein Saugnapf an seinem Finger klebt. Nur ein kleines Ritsch und ich sehe den schönsten Schwanz der Welt. Gleich, jeden Moment …

Rasiert. Das Wort tanzt vor meinem geistigen Auge. Richtig. Da war was. Heute Morgen habe ich in der Dusche den Rasierer beiseitegelegt, weil … weil … Seine Lippen wandern langsam bis zu meinem Knie. Seine Finger öffnen immer noch nicht seinen Reißverschluss. Ich beuge mich vor, um ihn anzuspornen, aber er lehnt sich nur leicht nach hinten, um meinem Griff auszuweichen. Erst, als ich mich wieder zurücklege, küsst er langsam mein Bein herunter. »Das prickelt an den Lippen«, grinst er.

Was prickelt? Ach ja … nicht rasiert, Dusche. Weil … weil … Da fällt es mir ein: »Scheiße!«, fahre ich auf und nehme mein Bein von seiner Schulter, um mich richtig hinzusetzen und meine Beine zu schließen.

»Was ist?«, fragt er überrascht, in der Position eingefroren.

»Ich kann nicht mit dir schlafen!«, stöhne ich frustriert und angele mir meine Stretchhose.

»Du kannst nicht …« Der Rest des Satzes verebbt in fassungslosem Schweigen.

Ich trete in mein erstes Hosenbein. »Ich kann eben jetzt nicht mit dir schlafen.«

»Wegen deiner Eltern unten?« Oh Gott, das hatte ich völlig vergessen! Ich merke, wie mir Blut in die Wangen schießt. Hoffentlich haben sie nichts mitbekommen. Was gibt es Peinlicheres? »Auch.«

»Und was noch?« Seine Augen sehen riesig aus wie die eines Welpen, als ich meine Hose über meinen Hintern ziehe und meine

Nacktheit bedecke. »Geht es dir nicht gut? Habe ich etwas falsch gemacht?« Er legt seine Hand auf meinen Arm.

»Mir geht es sehr gut, aber ich kann nicht darüber sprechen.« Ich schüttele seine Hand ab.

»Aber warum nicht?«, flüstert er zurück.

»Das geht nicht. Wir sind noch nicht lange genug zusammen«, wispere ich.

»Aber wir heiraten doch!«, sagt er leise und sehr entrüstet. »Laut dir!« Es ist schon faszinierend, wie dieser Mann seine felsenfesten Meinungen über Bord wirft, wenn es ihm passt!

Am liebsten würde ich in getrennten Zimmern schlafen, aber dafür ist es zu spät. Sein Blick wird plötzlich ziemlich schräg. Er schielt mit einem Silberblick, als leide er höllische Kopfschmerzen, dann drückt er seinen Jeansknopf wieder in das dazugehörige Loch. »Warum quälst du mich so, Sara?«

»Ich quäle dich nicht weniger als mich selbst!« Das stimmt! Alles pocht bei mir, als versuche ein Presslufthammer, meine Haut von innen nach außen zu durchstoßen. Und das an meinem ganzen Körper. Nicht nur im Schritt wie bei ihm offenbar. Ich atme tief durch und sage dann so leise wie möglich: »Es geht nicht, weil ich …«

»Du hast deine Tage?« Sein Blick erhellt sich.

»Scht!«, mache ich empört und drehe mich kurz zur Tür um. »Ja.« Einen Moment herrscht absolute Stille. »Und?«, hakt er schließlich nach, als fehle ihm eine Information.

»Und?«, wiederhole ich blöd. »Was?«

»Ja … und?«

Wieder herrscht einen Moment Stille.

»Und … nein.«

»Nein?«

»Nein.«

»Warum?«

»Himmelherrgottnochmal!«, fluche ich und wünschte, ich säße wieder in meinem Auto. Dann würde der Fluch nicht so echt klingen. »Weil ich meine Tage habe. Und wenn du mir jetzt irgendeine Geschichte auftischst, in der ein mutiger Seemann in ein rotes Meer vordringt, dann bringe ich dich um!«

»Du willst also nicht mit mir schlafen, weil du deine Tage hast? Und deshalb hast du dich nicht rasiert?«

Gott, warum er fragt er mir jetzt Löcher in den Bauch? »Ja und ja«, antworte ich ihm unwirsch. »Das mit dem Rasieren war sozusagen meine Rückversicherung, falls ich nicht von selbst die Notbremse ziehe, falls ich mich von dir verführen lasse.«

»Wie hinterhältig!«, ruft er aus. Ich zucke mit den Achseln. Wo er recht hat, hat er recht. Er klettert vom Bett und baut sich mit seinen beeindruckenden zweieinhalb Metern – mindestens – vor mir auf. »Also, lass mich das noch einmal zusammenfassen: Ich sitze ein ganzes Wochenende bei deinen Eltern fest und kann nicht einmal mit dir vögeln?« Ich nicke wortlos und stemme die Arme in die Hüften.

Er holt tief Luft: »Ich werde der grimmigste, gemeinste und unausstehlichste Schwiegersohn sein, den sich deine Eltern überhaupt vorstellen können! Ich werde mit einer verdammten Kuh fremdgehen!«

»Ich warne dich!« Drohend hebe ich meine Faust, auch wenn ich es toll finde, dass er sich endlich mal als Schwiegersohn sieht und das, obwohl er so sauer ist. Ich werde das aber lieber nicht kommentieren, sondern seine Worte einfach mal so im Raum stehen lassen.

Er zuckt mit den Achseln. Mit einem Seufzen, das ganz tief aus seinem Inneren kommt, wendet er sich ab und greift nach seiner Tasche. Dann dreht er sich plötzlich wieder um. »Aber fummeln geht doch, oder?« Sein Gesicht erstrahlt, als habe er den Nobelpreis gewonnen.

Ich zeichne mit einer Handbewegung eine horizontale Linie in Höhe meines Bauchnabels. »Nur darüber.« Ich war noch nie in dieser Situation, dass ich mit einem Mann in einem Bett geschlafen habe, wenn ich meine Tage hatte. Ich weiß also nicht, wie viel Abstand zu viel ist. Aber Fummeln ist okay. Fummeln ist fantastisch!

»Liebling! Beeeehen! Seid ihr so weit?«, brüllt meine Mutter von unten.

»Jahaa!«, rufe ich durch die Tür bis ins Erdgeschoss. »Wir kommen gleich runter.«

*

Es ist ungefähr ein Uhr nachts, als wir wieder in mein Zimmer stolpern. Wir haben beide eindeutig zu viel Wein getrunken, zu viel gegessen, zu viel frische Luft gehabt und viel zu viel geredet. Der Abend war wundervoll.

Ben und ich sind zum Herbstfest gegangen und haben dort die ganze Zeit an den Bierbuden gestanden und den ganzen Teenies – ich weiß, ich bin auch noch ein Teenie – beim Karussellfahren zugesehen. Auf unserem Herbstfest gibt es drei Karussells, einen Schießstand, einen Bierdosenschießstand und acht Saufbuden, aber das reicht auch. Wer mehr Attraktionen will, sollte zum Auricher Stadtfest gehen und das weiß jeder hier. Wir standen also rum und haben uns betrunken. Ich habe ein paar Leute aus meinem alten Jahrgang getroffen. Edda war leider nicht da. Ihr scheint es aber ganz gut zu gehen, wie ich gehört habe. Und vom wem habe ich das gehört? Natürlich von Mirjam. Die ist meine Feindin, seit ich denken kann. Sie hat mal meiner Barbie ein Bein ausgerissen, die Ziege! Und Mirjam hat nicht nur das getan; sie hatte heute Abend sogar die Dreistigkeit, meinen Ben anzuflirten.

Ich meine, ich bin echt ein pazifistischer Mensch und würde eigentlich niemals zuschlagen, aber als sie Ben ihren Arm um die Taille gelegt hat, da hat es wirklich in meinen Fingerspitzen gejuckt, als hätte ich in einen Ameisenhaufen gegriffen. Glücklicherweise hat Ben sich gar nicht beeindrucken lassen, sondern nach 0,5 Sekunden einfach ihren Arm abgestreift. Er kam daraufhin auf mich zu, um mich zu fragen, ob ich ihm den Deich zeigen könnte.

War das romantisch! Zwar musste ich so spät erst einmal ein Taxi besorgen, aber bei unseren Festen stehen glücklicherweise immer ein paar Taxis in der Nähe. Damit sind wir dann nach Norddeich. Eigentlich hätte ich ihm ja lieber Greetsiel gezeigt, aber das ist eindeutig zu teuer fürs Taxi.

Das Wetter war ganz gut. Ein bisschen kühl vielleicht, besonders weil der Wind vom Meer her geweht hat und es knapp unter null Grad waren, aber es hätte nicht perfekter sein können. Der Sternenhimmel über dem Meer ist eindeutig der Beste. Nicht, dass ich schon viele Orte gesehen hätte, aber ich kann mir einfach nicht vorstellen, dass es irgendwoanders auf dieser Welt auch so viele Sterne gibt wie hier bei uns. In meiner geliebten Studentenstadt jedenfalls nicht. Hier in Norddeich hingegen gibt es hunderttausende kleine blickende Lichter. So klar und eindeutig, als könnte man danach greifen …

Ben und ich haben uns ins gefrorene Gras auf den Deich gesetzt und in den Himmel gestarrt. Im Hintergrund donnerte die Musik aus dem Meta und Betrunkene wankten unten am Deich entlang, aber ganz oben … Ruhe. Nicht die Abwesenheit von Geräuschen an sich, sondern einfach Ruhe, während die Wellen an den Strand schlugen. Und die Wärme von Bens Arm, den er um mich geschlungen hatte, mich einhüllte. Ich habe ihm ein paar Sternbilder gezeigt. Und mir einige ausgedacht, weil ich nur drei kenne. Und irgendwann sind wir dann ganz still geworden.

Ben hat sich aber plötzlich aufgerichtet und sich zu mir gebeugt, um mich zu küssen. An meinen Lippen hauchte er wie ein perfektes Double von Dr. Norden: »Sara …« Mein Herz schlug mir bis zum Hals, aber dummerweise sprach er nicht weiter. Ich hielt die Luft an und flüsterte schließlich: »Ja?«

Er schob seine freie Hand in seine Hosentasche und sah mir tief in die Augen. »Sara, es ist wunderschön hier … aber es ist schweinekalt. Wollen wir den Rückweg antreten?«

Naja. Das war es dann wohl mit dem perfekten Augenblick, aber es werden ja noch weitere kommen. Ich möchte auch nicht, dass er sich unter Druck gesetzt fühlt.

Mein Vater holte uns in Norddeich ab. Das hat er schon immer so gemacht, mein Papa, mich überall eingesammelt, ohne ein einziges Mal zu murren. Als wir wieder daheim waren, haben wir noch mit meinen Eltern zusammen in der warmen Stube gesessen und zuerst ostfriesischen Tee getrunken, bis wir zum Wein übergegangen sind. Meine Eltern haben Ben beigebracht, wie man richtig Tee trinkt. Mit *Kluntje* und einer Sahnewolke. Man muss die Tasse mit maximal drei Schlucken leeren; kein Löffel ist erlaubt, weil man nicht umrührt. Als Gastgeber nimmt man sich immer zuerst den Tee, der höchste Gast wird zum Schluss bedient, aus Vergiftungsgefahrgründen … Diese ganzen Regeln, die mir seit meiner Geburt selbstverständlich sind, waren Ben völlig unbekannt. Richtig seltsam! Aber wann kommt man schon mal in der Großstadt auf den Gedanken, Tee statt Kaffee zu trinken? Dort schmeckt das Wasser auch einfach nicht …

Meine Eltern waren wundervoll mit Ben. Und mit mir. Sie haben mir Heimweh gemacht, obwohl ich gerade zuhause war. Sie mussten sich richtig anstrengen, Hochdeutsch zu sprechen, weil Ben ja sonst kein Wort verstanden hätte. Ich selbst habe mich hunderte Male erwischt, wie ich plötzlich auf Plattdeutsch losgeredet habe, bis Ben mich in die Seite gezwickt hat. Seltsam, wie wenig einem das bewusst ist, dass man zwischen den Sprachen hin und her schaltet. Mein Vater hat sich sogar die Mühe gemacht, Ben ein paar Brocken beizubringen, wie »wo geit di't« oder »thun« für Garten, aber um ehrlich zu sein, klang es einfach nur lächerlich, wenn Ben versucht hat, diese Worte nachzusprechen. Ich musste mir ein paar Mal das Lachen verkneifen.

Mein Vater hat extra für unseren Besuch Kirschsaft gekauft, weil ich den so gern trinke. Meine Eltern sind einfach goldig. Ich merke auch zum ersten Mal, wie selbstverständlich man früher alles hingenommen hat, was eigentlich außergewöhnlich ist. Dass meine Mutter alles geputzt hat und zum Abendbrot extra den Aufschnitt auf Tellern verteilt hat, statt ihn einfach nur in den Packungen zu lassen, wie ich das immer mache. Ich kann nicht fassen, was für ein Glück ich hatte, an diesem Ort und in diese Familie geboren worden zu sein.

Und jetzt? Jetzt bin ich betrunken und kaputt. Wirklich kaputt.

Müdigkeit kriecht wie dickflüssiges Blei durch meine Beine langsam nach oben bis in mein Hirn. Lustlos kicke ich die Schuhe von meinen Füßen und ziehe meinen Rolli vom Kopf. Ich bin gerade dabei, Bens Boxershorts anzuziehen, als ich sehe, wie sein Blick auf mir liegt. Irgendetwas an mir scheint ihn zu faszinieren.

»Was?«, murmle ich müde und kuschle mich tief in meine dicke Federdecke. Der Bezug riecht nach Mamas Waschpulver.

»Du passt hier rein«, sagt er und beginnt endlich, seinen Traumkörper zu entkleiden. Obwohl ich im selben Augenblick einschlafen könnte, betrachte ich nun wie hypnotisiert seinen Körper. Manchmal kann ich nicht fassen, was für ein Glückspilz ich bin. »Was meinst du damit?«

Mit seiner Hand zeichnet er einen großen Kreis durch mein Zimmer. »All der Tüll, die Spitze, das Rosa ... Zuerst fand ich das noch lustig, weil es so gar nicht zu dir zu passen schien. Dieses übertrieben Mädchenhafte ...« Er gleitet neben mir ins Bett und zieht mich an seine Brust. »Aber du passt hier perfekt rein.« Er seufzt und seit langem spüre ich mal keine Erektion, als ich mich noch fester an ihn presse. »Obwohl du fluchst wie ein Droschkenkutscher, lieber Bier trinkst als Prosecco und obwohl deine Wohnung nicht einen einzigen rosa Gegenstand hat, passt du in diese kleine Welt. Du bist eine süße ostfriesische Prinzessin.«

»Bin ich ja auch«, schmolle ich, obwohl ich am liebsten weinen würde. Er ist aus gutem Grund mein Traummann. »Ich liebe dich, Ben.« Ich küsse sein Kinn. Hier im Bett sind wir gleich groß. Aber ich bin einfach zu müde, um seinen Mund zu erreichen. »Auch wenn du mich nicht liebst«, füge ich an.

Er atmet tief ein und mein Kopf wackelt auf seiner Brust. »Ich mag dich auch, Sara.« Ich schließe die Augen und beschließe, dass das reicht. Vorerst.

*

Am nächsten Morgen kommen meine Eltern gerade aus dem Schlafzimmer, als ich das Frühstück schon wieder abräume. Ben ist unter der Dusche, damit wir gleich abfahren können. Nachdem es gestern so spät geworden war, wollte ich meine Eltern nicht auch noch früh wecken. Es ist total süß, dass sie sich trotzdem einen Wecker gestellt haben. Meine Mutter streicht sich ihr Haar verschlafen aus der Stirn und zurrt ihren Morgenmantel enger um ihre Taille, bevor sie mich umarmt. »Es war wunderbar, dich hier zu haben.«

Mein Vater grummelt leise und schlurft zur Kaffeemaschine, um sich eine Tasse einzuschenken. Er ist morgens nicht der gesprächigste Mensch, aber als er den ersten Schluck nimmt, sieht er mich mit strahlenden Augen an. »Den habe ich vermisst.« Er trinkt einen weiteren Schluck, während meine Mutter mich immer noch drückt, als würde ich sonst auseinanderfallen. »Dich habe ich natürlich auch vermisst, Sternchen«, murmelt mein Vater in die Tasse und grinst mich über den Rand des Bechers an.

Ich muss plötzlich meine Tränen wegpressen. Es ist seltsam, dass man so sentimental wird, wenn man wieder zuhause ist. Mein Vater trinkt langsam weiter, bevor er schließlich den Becher absetzt. »Weißt du, Sternchen...«, beginnt er völlig untypisch für ihn am Morgen ein Gespräch. »Du warst so ein ruhiges Kind ... Manchmal vergessen wir, dass du gar nicht mehr da bist. Wir rufen dich immer noch zum Tee oder Abendbrot runter. Es ist komisch, wenn du dann nicht mehr kommst.« Papa geht wieder zur Kaffeemaschine und nimmt sich langsam neuen Kaffee. »Du solltest uns öfters besuchen kommen.«

»Ich versuch's«, verspreche ich und lächle ihn an. Jetzt habe ich ein schlechtes Gewissen. Dabei weiß ich, dass meine Eltern das leere Haus auch sehr genießen. Aber es ist wundervoll, dass sie das gesagt haben. Ich liebe sie, auch wenn sie manchmal vergessen, mich anzurufen. Wahrscheinlich ist das sogar ganz gut. Ich muss endlich erwachsen werden. Schön, dass sie mir den Freiraum dazu lassen.

Mein Vater nennt mich Sternchen, seit ich mal entschieden habe, dass Glitzernagellack besser aussieht als meine normale Haut. Meine Mutter hat damals einen Schreikrampf bekommen und das Abschrubben des Lacks von meiner Haut hat ziemlich viel Zeit in Anspruch genommen. Tja, damals war ich sechs.

Ben kommt die Treppe herunter und streicht mit seinen Fingern über sein Kinn. »Ich hab mir einfach zwei Handtücher aus dem Schrank genommen.« Er nickt meinen Eltern zu, die ihn anstrahlen.

Ich lächle ihn an. »Oh, Mann. Da hab ich gar nicht dran gedacht. Hast du denn lange gesucht?« Er macht einen seltsamen Gesichtsausdruck. »Ihr habt nur einen Schrank im Bad, also nicht sehr lange.«

»Was für ein selbstständiger junger Mann!«, schwärmt meine Mutter, als mein Vater wieder durch den Raum schreitet und zielsicher zur Kaffeemaschine geht. Ben nimmt meine Hand und drückt einen kleinen Kuss darauf, während er aus meiner Jackentasche den Autoschlüssel klaut. Der Fuchs!

»Hast du alles?«, frage ich Ben und beobachte dabei amüsiert, wie mein Vater beim Kaffeetrinken genießerisch die Augen schließt. Ich weiß nicht, warum, aber mein Kaffee scheint ihm wirklich sehr zu schmecken.

»Also, fahrt ihr jetzt sofort los?«, fragt meine Mutter mit dem typisch mütterlichen Ach-bleibt-doch-noch-Gesichtsausdruck.

»Müssen wir.« Ich mache eine entschuldigende Geste, während Ben sich schon von meinen Eltern verabschiedet, indem er ihre Hände schüttelt. »Vielen Dank für die schöne Zeit und die Gastfreundschaft.«

Das Lustigste ist: Meine Mutter wird dabei rot. Dann löst sich Ben von meinen Eltern und dreht sich mir zu. Papa legt seinen Arm um meine Mutter und drückt sie an sich. »Kommt bald wieder! Du bist hier immer herzlich willkommen.« Letzteres fügt er an Ben gewandt hinzu. Dann sieht er meine Mutter intensiv an und streicht ihr eine Strähne aus der Stirn, um einen Kuss drauf zu setzen. Ben nickt nur und scheint zu verstehen, dass wir gerade hinauskomplimentiert werden.

*

Die Fahrt scheint nicht enden zu wollen. Ben überholt einen Lastwagen und braust, ohne zu blinken, vor dieser Schnecke wieder in die rechte Fahrbahn. »Ich war wirklich erstaunt«, sagt er plötzlich in die Stille. »Die erotische Spannung ist bei deinen Eltern richtig spürbar. Bestimmt kann man die sogar messen, wenn man sich spezielle Geräte dafür besorgt.«

Entsetzt drehe ich mich zu ihm um. »Das ist nicht wahr, meine Eltern haben keinen Geschlechtsverkehr!«, schreie ich ihm entgegen. Ben lacht und reibt sich über die müden Augen. »Und wie bist du dann gezeugt worden?«

»Das ist mir egal. Meinetwegen bin ich das Resultat einer unbefleckten Empfängnis. Und nun beenden wir das Thema.«

Ben schweigt eine Minute, bevor er wieder anfängt: »Ich meine ja nur: Ich habe noch nie ein Paar in ihrem Alter gesehen, das sich immer noch so intensiv mit Blicken taxiert.«

»Du quälst mich gerne, oder?«

*

Aber Ben wird ruhiger, als wir uns seinem Elternhaus nähern. An der Umgebung erkenne ich, dass es sich sicher um die Art von Haus handeln wird, die man nur ohne Schuhe betritt und in der man niemals die Gegenstände auf den Sockeln berühren darf. Es ist eine Gegend für Ming-Vasen und Picassos. Ich möchte wieder nach Hause.

»Kommst du gut aus mit deinen Eltern?«

»Ich verstehe mich sehr gut mit ihnen.«

»Warum hast du dann keinen Plasmafernseher? Sie sind doch reich.«

»Weil ich selbst für mich sorge. Mein Vater ist der Meinung, dass man jungen Menschen die Chance auf ein eigenständiges Leben geben sollte.« Er stellt den Motor ab. »Und so etwas wie einen Plasmafernseher kann ich mir nicht leisten. Das ist auch reine Geldverschwendung.«

»Warum machst du nicht deine eigene Firma auf?«

»Weil sie mir angeboten haben, die Firma zu übernehmen, und mir gefällt dieses Angebot. Meine Eltern sind nicht die einfachsten Menschen. Sie sind keine Socialites, aber ich komme mit ihnen zurecht. Mein Vater ist ein intelligenter und knallharter Geschäftsmann, und das muss er auch sein. Sie haben sich immer um mich gekümmert, obwohl es ihnen sicher nicht leicht gefallen ist, Kinder großzuziehen. Weißt du, Menschen aus ihren Kreisen haben selbst nicht so viel Liebe erfahren, als sie klein waren. Es war damals nicht üblich, Gefühle zu zeigen, bei ihnen daheim jedenfalls nicht. Anders als mein Bruder war ich aber immer bereit, ihnen ihren kühlen Umgangston zu vergeben.« Er lächelt mich kurz an. »Gehen wir rein? Mir wird kalt.«

Ich erhebe mich so königlich wie nur möglich, damit ich meine schäbigen Turnschuhe verstecken kann, und versuche meinen Bauch einzuziehen, als ich langsam zur Heckklappe meines Autos gehe. Ben beobachtet mich dabei und nimmt unsere Taschen. »Was machst du da? Ist dir nicht gut?«

»Hich mach-he gahr nichts.« Schnell halte ich wieder die Luft an.

»Wie bitte?«

Die Luft entweicht aus mir wie aus einem Luftballon. »Ich mache gar nichts.« Verdammt, warum kann man eigentlich nicht den Bauch einziehen und gleichzeitig atmen und sprechen? Da hat die Evolution echt mal Pause gemacht und auf der faulen Haut gelegen.

»Sei einfach ganz normal. Sie werden dich schon nicht auffressen.« Ben nimmt meine Hand und zieht mich zur Tür. Ganz anders als bei meinem Elternhaus dauert es eine Weile, bis sich hinter der dunklen Tür etwas rührt. Schließlich öffnet eine blondierte Frau die Tür.

»Benjamin, wie schön«, haucht sie hingerissen und entreißt mir meinen Freund, um seine Stirn mit kleinen Küssen zu bedecken. Die Frau sieht tatsächlich nicht so aus, als würde sie mich auffressen. Sie wirkt zerbrechlich.

»Und du musst Sara sein!«, blickt sie mich an. »Wie schön, komm doch rein, Ben.« Sie hat einen leichten Akzent. Bens Mutter weicht einen Schritt zurück und weist ins Innere der Burg.

»Ich kann euch nur ein paar Kleinigkeiten anbieten«, erklärt Frau Steinfoss im Flur, »und entschuldigt, dass es hier so unaufgeräumt aussieht. Wir haben früher mit euch gerechnet. Jetzt haben wir gegessen und die Reste Hektor gegeben. Dein Vater telefoniert noch mal mit den Münchnern.«

»Es gab Staus unterwegs«, entschuldige ich mich rasch.

»Gewiss«, antwortet Frau Steinfoss schmallippig. Ich nicke einfach mal, weil ich nicht weiß, was ich jetzt sagen soll. Ben legt seinen Arm um mich. Wir gehen ins Wohnzimmer und dort zur teuer aussehenden Couch. Wir setzen uns nebeneinander und Frau Steinfoss reicht uns ein Tablett mit kleinen Häppchen, das sie auf dem glänzenden Klavier bereitgestellt hatte. Ich nehme mir etwas, das nach Fisch schmeckt, und würge es hinunter. Mir ist gerade überhaupt nicht nach Fisch. Mir ist nach Schnaps ... Jetzt umso mehr.

Während Ben einen Happen nach dem anderen isst – als wären sie das Köstlichste, was er je verzehrt hat –, betrachtet seine Mutter ihn aufmerksam. Ich kenne diesen Blick aus *Bambi*, den Mutterblick. So vor Stolz platzend irgendwie. Ich frage mich, ob mich meine Eltern auch so betrachten, wenn ich nicht hinsehe. Wahrscheinlich nicht.

»Du siehst dünn aus, Benjamin ...«

»Warum sagst du mir denn nicht Bescheid, dass er da ist!?«, dröhnt plötzlich eine maskuline Stimme aus dem Türrahmen. Bens Mutter zuckt leicht zusammen und ihre Augen werden fast so kühl wie die männliche Stimme eben, als sie aufblickt. Ben legt die Platte mit den Häppchen beiseite und wendet sich der Stimme zu. Ich höre, wie sie sich hinter mir über die Couch die Hand reichen.

»Vater!«

»Ben, mein Junge! Willkommen in deinem alten Heim. Deine Mutter hat dich schon im Straßengraben gesehen. Ich konnte sie gerade noch davon abhalten, alle Krankenhäuser zwischen hier und Ostfriesland anzurufen.« Ich drehe mich um und da steht eine ältere Version von Ben hinter der Couch. Nur irgendwie noch massiger – falls das möglich ist.

»Susanne, richtig?« Auch ich schrecke zusammen, obwohl ich damit gerechnet habe, angesprochen zu werden. Eine Pranke mit perfekt manikürten Fingernägeln streckt sich mir entgegen. »Wie schön dich kennenzulernen.«

»Vater, das ist Sara, meine Nachbarin.«

Ich schlucke meine Enttäuschung hinunter und werfe einen Blick auf Ben, um dann wieder dem Vater in seine bohrenden eisgrauen Augen zu sehen. »Angenehm«, würge ich hervor, während der Koloss mir fast die Hand zerquetscht.

»Evelyn, was soll denn das sein?« Herr Steinfoss deutet höhnisch grinsend auf das Tablett, das zwischen mir und Ben auf der Couch steht. »Wenn du deinen Sohn mit Kinderessen abspeist, solltest du dich nicht wundern, dass er nicht öfter nachhause kommt.«

Die Frau läuft rot an und starrt aus dem Fenster. Ich drehe mich peinlich berührt zu Ben um, der nichts sagt. Nach einer kurzen Schweigepause greift Ben sich ein weiteres Häppchen. »Ist schon gut, Vater, wir haben unterwegs gegessen.«

Wie bitte? Ich bin entsetzt. Und was soll ich machen, wenn mein Bauch gleich laut zu rummeln anfängt, weil ich nämlich seit sechs Stunden nichts gegessen habe, außer dem Häppchen Fischpampe gerade. Und dabei hatte ich mir so schön ausgemalt, wie reiche Leute essen, so mit Butler und Sieben-Gänge-Menü. Mist. Ich hätte den Schokoriegel, den meine Mutter mir als Wegzehrung angeboten hat, nicht ablehnen sollen. Scheiß auf die Figur. Ist eh Winter. Ich lächle mit zitternden Mundwinkeln, während sich Ben beherzt die Häppchen in den Mund schiebt. Ich bin so dankbar, dass er sich aufopfert.

Ich betrachte die absurde Familienidylle ein Weilchen und sehe mich dann einfach im Raum um. Auf dem Kamin entdecke ich fein aufgereihte, absolut zueinanderpassende, stilvolle und sicher sauteure Bilderrahmen. Auf den meisten Fotos befindet sich Ben, in den verschiedensten Altersstufen: die Einschulung mit einer Zahnlücke, ein Tennisstar-Ben mit Schläger. Nur auf den Familienfotos erscheint auch der andere Sohn, dessen Namen ich natürlich vergessen habe. Er hat Sommersprossen, eher rötliches Haar und sieht sympathisch aus. Als Teenager ließ er sich offenbar das Haar lang wachsen und wurde zu einem Skater. Ich muss grinsen. Die Eltern strahlen auf den Fotos wie Honigkuchen und die beiden Söhne lächeln stets leicht genervt; später weigert sich der rothaarige in die Kamera zu blicken. Auf einem Gartenbild sehe ich einen weiteren Jungen, etwas abseits von der Familie im Gras hocken, wie er zu Ben aufsieht. Irgendwie kommt er mir bekannt vor. Ich frage mich, an wen er mich erinnert, und erhebe mich, um das Foto von Nahem zu betrachten.

»Wer ist das?«, frage ich Ben, der sich bald zu mir gesellt. Seine Eltern unterhalten sich derweil über den polnischen Gärtner, der wieder einmal seine Pflichten vernachlässigt hat.

»Ach, das war mal mein bester Freund. Ich wusste gar nicht, dass das Foto hier noch steht.« Und dann flüstert er mir zu: »Ich glaube, meine Eltern wissen das auch nicht mehr. Ich würde sie nicht darauf ansprechen. Wir hatten uns irgendwann nichts mehr zu sagen. Du weißt, wie das ist«, meint Ben und dreht mich zu sich, sodass wir uns nun in die Augen sehen. Ja, ich weiß, wie das ist, denke ich still bei mir.

*

»Warum hängst du eigentlich immer deine Handtücher über meine Klimmzugstange?«, will er wissen, als wir endlich in seinem Schlafzimmer angelangt sind. Es war ein langes Wochenende und die Ereignisse schwirren mir noch wie wild im Kopf herum.

»Deine was?«, frage ich müde.

»Die Stange fürs Training, die ich an meinem Türrahmen im Bad angebracht habe.«

Ich habe sie für einen ziemlich hohen Handtuchhalter gehalten. »Damit sie schneller trocknen«, erkläre ich.

Er kuckt mich etwas irritiert an. Dann streichelt er mich sanft und seine eben noch müden Augen beginnen zu leuchten. »Zieh dich aus«, fordert er mich auf, während er aus seiner Jeans hüpft. Woher weiß er, dass ich meine Tage nicht mehr habe? Haben Männer da einen Radar? Oder wie kann er das wissen? Ich zucke mit den Schultern. Wieder mal so ein Mysterium der Männerwelt. Ich ziehe mich aus und mache es im Gegensatz zu ihm besonders langsam. Mein T-Shirt gleitet von meinem frischgeduschten Körper und gibt Stückchen für Stückchen die Haut meines Bauches frei. Ich streife das Shirt über meinen Kopf und meine Finger streicheln über die freigelegte Haut langsam hinunter: über die Rundung meiner Brust, die Wellen meiner Rippen, die Einbuchtung meiner Taille, über meine Hüften zum Knopf meiner Jeans. Ganz langsam drücke ich den Knopf durch die Öse, ziehe den Reißverschluss runter und schiebe den Stoff von meinem Hintern. Ich beuge mich etwas vor und male mir aus, was Ben jetzt sieht, wenn ich mich so vorbeuge. Die Jeans perlt ganz langsam von meiner Haut, über meine glatt rasierten Beine bis zu meinen Füßen. Danke der Pille habe ich meine Tage zum Glück nur sehr kurz.

Ich richte mich auf, steige aus dem Stoff und lege mich in einer lasziven Pose auf das Bett. Er legt sich sofort auf mich und nimmt meine Brustwarze in seinen Mund. Langsam zieht er mit seiner Zungenspitze Kreise über die bräunlichen Vorhöfe. Obwohl mich das Gefühl nicht erregt, wird mir bei diesem Anblick heiß.

Er hebt den Kopf und betrachtet sein Werk, um mit seinem Daumen vorsichtig die Feuchtigkeit darauf zu verreiben. Seine Lippen senken sich auf meinen Bauch. Flüsternd huscht sein Mund über die Wellen meiner Rippen, langsam hinunter zum weichen Fleisch meines Bauches, bis seine Zunge in meine Öffnung eintaucht. Ich ziehe scharf die Luft zwischen meinen Lippen ein und wölbe mich ihm entgegen. Seine Zähne blitzen auf, als er mich anlächelt.

»Dreh dich um.«

Ich grinse zurück und rolle mich auf den Bauch. Meine Knie gleiten über sein weiches Bettzeug, als ich meinen Po hebe und ihm entgegenstrecke. Er küsst nass meine linke Hinterbacke, dann meine rechte. Lächelnd spüre ich seinen heißen und feuchten Atem auf meiner runden Pobacke, dann seine Finger, die auf meinem unteren Rücken liegen und langsam nach unten zu meinem Hintern wandern. Bisher hat er meinem Hintern nie viel Aufmerksamkeit geschenkt. Jetzt rast das Blut in dicken Strömen durch meinen Kopf und dann in meinen Unterbauch. Hitze wallt in mir auf, Hitze und eine scharfe Erregung.

Seine Zunge zeichnet einen Kreis auf meinem Po, einen trägen, sinnlichen Kreis. Ich erschaudere und lege meine Ellbogen auf die Matratze, um mich leicht aufzustützen. Mein Hintern kreist, als wolle er Ben und seinen Zungenschlägen entgegenkommen, seinen Berührungen folgen. Ich strecke mich wie eine wohlig schnurrende Katze und mache ein tiefes Hohlkreuz. Seine Finger wandern meinen Rücken hinauf, verharren an meinen ersten Rippen, um dann mit mehr Druck den Kerben zwischen ihnen bis zu meiner Wirbelsäule zu folgen. Ich stöhne unter ihm, als meine Muskeln dem Druck nachgeben und ich tiefer in die Laken sinke, als sich alles in mir entspannt. Heftig kommt mein Atem zwischen meinen Lippen hervor und hallt wie ein unsichtbares Echo gegen das Kissen, um mir gleich darauf durch das Gesicht zu fließen.

Seine Finger pressen sich gegen meine Wirbelsäule, umkreisen jeden einzelnen Wirbel nach oben, bis er meinen Nacken erreicht und fest in mein Haar greift. Er zieht leicht an meinen Haaren, als er sich hinter mir aufrichtet.

»Du willst es von hinten, nicht wahr?« Sein Atem benetzt feucht meine Wange, seine Zunge fährt heiß meine Schläfe entlang.

»Ja«, hauche ich, nicht in der Lage, mich zurückzuhalten. Ich zittere in angespannter Erwartung unter ihm, fühle plötzlich seine Schenkel. Mit den Knien spreizt er meine Beine, bis mein Innerstes sich teilt und verletzlich vor ihm liegt. Verletzlich und bereit für seinen Angriff. Seine Lippen legen sich auf meinen Nacken und ich höre, wie er tief den Duft meines Zitronen-Shampoos einsaugt und einen Moment lang die Luft anhält. Er lässt von meinen Haaren ab und seine Hände legen sich klatschend auf meine Hüften. Grob massiert er mein Fleisch, meine Muskeln, zieht meine Hinterbacken auseinander, um sie wieder zusammenzupressen.

Plötzlich spüre ich das Gewicht seines Schwanzes oben auf meinem Arsch. Der leichte, unverkennbare Druck legt sich weich auf mich und ich verspanne mich, verkrampfe mich für einen endlosen Augenblick. Dann lehnt er sich wieder zurück und seine feuchte Eichel streicht meinen Po entlang, um sich auf meine Schamlippen zu legen. Ich atme raspelnd ein. Der Druck kommt plötzlich, er weitet meine Öffnung und dringt in meine feuchte, glitschige Vagina ein. Ich beiße auf meine Unterlippe, als der altbekannte Schmerz einsetzt und bei seinem nächsten Stoß wieder weicht. Er beugt sich zu mir hinunter und leckt eine Schweißperle von meinem Rücken, bevor er eine Hand von meiner Hüfte löst, um mir meine Haare hinters Ohr zu streichen.

»So wolltest du es doch, oder?«

»Ja!«, stöhne ich. Und nein. Und ja.

Sein nächster Stoß lässt ihn und mich gleichzeitig keuchen, doch die Gewalt des Schubs ist durch seinen Körper gebremst, der immer noch auf mir lehnt. Ich atme seinen Duft tief ein und gebe mich seinem nächsten Stoß hin.

»Du magst es von hinten.« Er macht weiter. Ich höre sein Lächeln, seinen Atem. Meine Haare kitzeln meinen Rücken, als ich heftig nicke.

»Böses Mädchen«, haucht er heiß an meinem Ohr und beißt mich in den Nacken. Ich weiß nicht, was es auslöst – seine zärtliche Beschimpfung oder der Biss – doch im selben Moment komme ich. Stöhnend winde ich mich unter ihm und presse meinen Unterkörper an ihn, um mich noch fester mit ihm zu vereinigen. Schauer überlaufen mich, sein Duft umnebelt meinen Geist, während ich die spitze Welle meines Orgasmus erklimme und laut seinen Namen schreie.

Als ich wieder zu mir komme, fühle ich die harten Erschütterungen seines Schwanzes in mir, höre das Klatschen unseres Fleisches, dort wo es hart aufeinandertrifft. Sein Schwanz reibt tief in mir, alle meine Zellen sind ultrasensibel. Sein Atem, sein Duft umhüllen mich. Ich hauche seinen Namen, leicht flüstert er durch die schwülwarme Luft und prallt kühl auf meine verschwitze Haut, meinen Unterarm. Die Härchen stellen sich auf, wegen der Erregung, die sich wieder in mir aufbaut. Seine Finger legen sich zielsicher und selbstvergessen auf meine Klitoris, massieren das weiche Köpfchen, bis die Hitze in mir zu viel wird. Ich krächze, als er sich hinter mir aufbäumt und ich seinen ersten, heißen Erguss fühle, der mich füllt. Sein tiefer Schrei hallt durch den Raum. Dann komme ich wieder.

Meine Zähne vergraben sich im duftenden Stoff meines Kissens. Er stöhnt heiser und rutscht an meiner feuchten Haut zur Seite, bis sein Schwanz aus mir gleitet. Er legt seinen Kopf auf das Laken und bedeckt sein Gesicht mit den Händen. Ich betrachte die feuchten Haare, die an seiner Stirn und einer Schläfe kleben. Leicht hebe ich meine Hand, um die Feuchtigkeit wegzustreichen.

Meine Finger treffen auf seine. Sie verschränken sich, eine Berührung, die unschuldige Verliebte so oft teilen, ein leichtes Streicheln von Händen und Fingern. In diesem Moment ist es intimer und besser als alles, was ich je erlebt habe.

»Ich liebe dich«, hauche ich und weiß, dass es der Moment ist, der alles entscheidet.

Er senkt meine Finger an seine Lippen und küsst die Spitzen, bevor unsere Hände auf das Laken sinken. Schweigend sehe ich zu, wie sein Atem ruhiger wird, dann langsamer und schließlich sehe ich, wie er einschläft. Er hat es gespürt. Ich weiß es einfach. Er hat es gespürt.

Huch!

Ben schläft immer noch, als ich am nächsten Morgen aus meiner Dusche klettere. Ich bin extra in meine Wohnung gegangen, damit der Süße ausschlafen kann und nicht vom Wassergeplätscher aufwacht. Gähnend föne ich meine letzten Spitzen trocken und creme mich abschließend mit meiner Bodylotion ein. Dann husche ich in mein Zimmer zurück. Ich suche gerade in meiner Unterwäscheschublade nach einem sexy BH, als es an der Tür klingelt.

Ah, mein Schatz ist endlich wach! Ich hüpfe zur Tür und reiße sie auf. Erst da fällt mir auf, dass ich nur ein Handtuch um mich geschlungen habe. Und vor mir steht nicht Ben. Vor mir steht ein anderer Mann. »Was will der hier?« Es scheint Ewigkeiten her zu sein. Es hat sich seit dem Tag, als ich ihn aus meinem Leben verabschiedet habe, einiges getan. Darum brauche ich zu meiner Schande wirklich einige Minuten, bis ich meinen Fast-One-Night-Stand erkenne.

»Hi«, begrüße ich ihn und hüpfe hinter die Tür, sodass nur noch mein Kopf hervorschaut. Nicht, dass er unverschämt guckt. Er guckt eigentlich wieder geschlagener-Hund-mäßig, aber wer weiß, was in dem noch schlummert.

»Hi. Ich war gerade in der Gegend und da habe ich mir gedacht, ich schaue mal vorbei«, grinst er mich schüchtern an. Er wippt von einem Bein aufs andere und wieder zurück.

»Oh«, sage ich, weil mir nichts Besseres einfällt.

»Du hast dich nie wieder bei mir gemeldet«, stellt er fest.

Ich werde rot.

»Bei StudiVZ steht immer noch, dass du Single bist. Bist du mit dem Kerl vom Telefon wirklich zusammen?«

»Äh … ja.« Ich lache nervös.

»Es wäre wohl angebracht, wenn ich gehe.« Er mustert mich von oben bis unten. Dann beugt er sich vor, um mir einen Abschiedskuss auf die Wange zu drücken. »Du fehlst mir!« Ich bin so überrascht von seinem plötzlichen Angriff, dass ich zurückweiche; woraufhin er einen Schritt in meine Wohnung macht und sein Kuss auf meinem Mundwinkel landet. Beim Versuch, ihn abzuwehren, rutscht mir das Handtuch aus den Händen und nach unten. Ich laufe rot an, mein Fast-One-Night-Stand läuft rot an, aber bevor ich mich bücken kann, um das Handtuch aufzuheben, grabscht der Typ frech nach meinem Busen. Im gleichen Moment wird er grob zurückgerissen und an den Türrahmen geschleudert. Ben steht plötzlich zwischen uns wie ein feuerspeiender Drache. Er sprüht Funken vor Ärger und Wut. Sein Blick wandert abwechselnd zwischen mir und dem Eindringling hin und her. Mein Fast-One-Night-Stand ergreift die Flucht und rennt die Treppe hinunter. Ich hülle mich schnell wieder in das Handtuch.

»Lass dich hier nie wieder blicken!«, schreit Ben ihm hinterher, dass es aus dem Hausflur zurückhallt. Ich bin immer noch so schockiert, dass ich nichts sagen kann. Das war so peinlich! Ich schaue Ben mit offenem Mund an. Es ist so wunderbar. Genau im richtigen Moment war er da, um mich zu retten. Ich mag ihn so sehr! Doch mein Ben macht einen Schritt zurück und wirft mir einen angewiderten Blick zu, bevor er sich umdreht und die paar Meter bis zu seiner Wohnungstür zurücklegt.

»Ben?« Ich trete auf meine Fußmatte.

»Ganz großes Kino, Sara!«, sagt er ruhig, ohne mich anzublicken. Ganz sanft. »Wirklich. Ich könnte beeindruckt sein, wenn es nicht mich betreffen würde.« Seine Stimme ist kalt, abweisend und unangenehm ruhig. Dann blickt er mir tief in die Augen.

»Du bist eine kleine *Schlampe*, weißt du das? Eine miese kleine Schlampe!«

Ich reiße den Mund noch weiter auf und doch bringe ich keinen Ton hervor. Ich komme mir plötzlich so schrecklich nackt vor in meinem Handtuch. Ein komisches Gefühl senkt sich in meinen Bauch und knüllt meine Eingeweide zusammen. Ich fühle mich, als würde ich plötzlich in einem Horrorfilm spielen, statt in einer romantischen Komödie.

Dann knallt er die Tür zu.

Ich gehe zurück in meine Wohnung und dusche mich gleich noch einmal, als könnte ich das dreckige Wort, das er mir gerade an den Kopf geworfen hat, von meiner Haut waschen. Aber das geht nicht. Es sitzt in dem Loch, wo vorhin noch mein Herz geschlagen hat. Ich weine unter der heißen Dusche. Ich heule meinen Schmerz heraus, bis meine Kehle wie ätzende Säure schmeckt. Schließlich wanke ich in mein Zimmer; vergesse die Bodylotion, vergesse das Fönen und lege mich einfach aufs Bett, um zu schlafen. Mit schmerzenden Augen starre ich an meine Decke. Bis ins Mark müde liege ich da. Er schien so ruhig zu sein, so erleichtert; als hätte ich ihm eine wichtige Entscheidung abgenommen, die schon lange in seiner Magengrube festsaß. Ich atme zittrig ein und drehe mich zur Seite, um meine Knie an meinen Oberkörper zu ziehen.

Eine Woche später

Freundinnen sind wie eine Familie. Sie denken, sie wüssten immer alles besser – aber sie sind auch für einen da, wenn man gerade sitzengelassen wurde, wie Verona gesagt hat. Auch wenn man es nicht will.

Lina nimmt mich nicht in den Arm, als hätte sie ein Gespür dafür, dass die leiseste Zärtlichkeit und Nähe meine zusammengekratzte Würde zerbrechen lassen würde.

Sie schlüpft einfach unter meiner Achsel hindurch in meine Wohnung. Ich sehe ihr bewegungslos nach, während sie direkt auf meine Küche zusteuert, um eine Flasche Weißwein und eine Flasche Sekt kalt zu stellen. Ich schließe meine Wohnungstür und gehe ihr nach. In der Tür bleibe ich stehen und lehne mich leicht gegen den Rahmen. Lina hockt auf dem Boden vor dem Kühlschrank. Mit ihrem elfenhaften Lächeln sieht sie zu mir auf. »Gott, bin ich froh, dass du den Typen los bist! Jetzt können wir endlich wieder was zusammen unternehmen«, erklärt sie freudestrahlend und macht eine Bewegung, als wolle sie mich zu etwas antreiben. Zum Ponyreiten oder so. »Na, los. Zieh dich richtig an.«

»Was?«

»Du musst dich schminken. Wir gehen heute Abend aus.« Sie steht auf und greift dabei nach meinem Obstkorb, um mir einen Apfel zuzuwerfen, den ich überrascht fange. »Aha. Wie nett. Danke.«

Ich weiß nicht, ob ich das Ausgehen meine, von dem ich nichts wusste und auf das ich auch keine Lust habe, oder den Apfel. Meine Stimme klingt einfach leer. Mein Kopf ist leer. Lina nickt nur und schaut auf die Küchenuhr. »Verona müsste auch gleich da sein. Ich bin die Vorhut. Sie bringt Prosecco mit und einen guten Film.«

»Über?«, frage ich desinteressiert und beiße in den Apfel. Flüssigkeit und Fruchtfleisch füllten meinen Mund. Ich schmecke nichts. Keine Süße, keine Säure.

»Hast du heute schon etwas gegessen, Sara?«

»Ich war zu sehr damit beschäftigt, mir selbst leid zu tun.«

»Verstehe.« Lina zuckt mit den Achseln. »Dann bestellen wir gleich was vom Italiener.«

Ich betrachte ihre zierliche Figur. »Was hältst du von einer schönen Schüssel Öl als Vorspeise?«

»Sehr lustig!« Sie greift schon nach ihrer Handtasche und fischt ihr Handy heraus. »Pizza oder Pasta?«

Ich denke nach. »Die Reste von dir.« Sie nickt und wählt. »Verona nimmt immer die Spinaci«, flüstert sie mir noch zu. Im selben Moment klingelt es auch schon wieder. Ich stoße mich vom Türrahmen ab und gehe zur Wohnungstür, um Verona hereinzulassen. Auch sie rauscht einfach an mir vorbei. »Sorry, ich bin zu spät«, murmelt sie über ihre Schulter. Es dauert ein paar Minuten, bis ich begreife, dass ich nicht mehr alleine bin. Ich lehne mich wieder an den Türrahmen in der Küche und betrachte von weitem, wie meine Freundinnen meine Wohnung übernehmen. Sie sind wie feindliche Aliens. Zuerst ist es nur die Küche ... doch dann ist es die ganze Welt. Ich spüre ein seltsames Zucken an meinem Mundwinkel. Ich brauche einen Moment, um es als Lächeln zu identifizieren.

»Das kann ich gut verstehen, Verona. Mir ging es ebenso. Hallo? Ja, Peperoni und Schinken ... richtig. Ja, klein. Genau. Und eine große Hawaii. Groß. Mit Preiselbeeren. Und eine Spinaci, auch groß.« Lina wedelt bei ihrem Telefonat mit den Händen und versucht, die jeweiligen Formen mit den Fingern nachzuahmen. »Ach und hallo einmal Knoblauchbrot.« Verona hingegen öffnet gekonnt eine Flasche Prosecco und füllt drei Flens-Gläser mit dem prickelnden Zeug. Die hat mir mal mein Exfreund geschenkt, der andere, Flens-Gläser. Als die drei Gläser halb voll sind, nimmt Verona die zweite Flasche und kippt fleißig nach. Lina hingegen schwirrt elfenhaft durch meine Küche und öffnet die Fenster, um frische Luft in meine Wohnung zu lassen. Dann drückt sie sich an mir vorbei und verschwindet in meine anderen Räume. Also in mein Bad und mein Schlafzimmer. Sie öffnet wohl auch da die Fenster, denn Momente später frischt es in meiner Wohnung auf. Ich schlurfe kurz in mein Schlafzimmer, um mir einen Pullover überzuziehen.

Manchmal ist es gut, wenn man einfach ... einfach sein Leben jemand anderem überlassen kann, wenn es einem nicht mehr passt. Und mir passt mein Leben nicht. Ich will mein Leben von vor vierundzwanzig Stunden zurück. Ich will von Ben von hinten genommen werden, aber richtig. Ich möchte seine Nudeln essen. Ich möchte auf seiner Couch sitzen. Ich will sein Lächeln sehen, wenn ich wieder etwas Dummes sage. Ich sehne mich unfassbar nach seiner Wärme, seinem Duft. Tränen lassen meinen Blick verschwimmen. Dieses Leben ohne Ben gebe ich gerne einfach ab. Sie können es übernehmen, solange ich nicht mehr an ihn denken muss. Entspannung kommt über mich wie eine dicke, warme Decke, als ich alle Verantwortung einfach auf sie abwälze.

»Was soll ich tun?«, rufe ich dankbar durch die Wohnung. Lina taucht hinter mir auf und schiebt mich an den Schultern überraschend grob für ihre Statur in die Küche, wo sie mich auf einen Stuhl platziert. »Wir trinken jetzt, bis uns schlecht ist. Und dann essen wir Pizza.« Ich nicke und greife nach einem Glas.

*

Mein Bierglas ist mittlerweile fast leer. Mir ist wie versprochen schlecht, aber die Pizza mit Ananas, Schinken und Preiselbeeren stabilisiert meinen Magen auf angenehme Weise.

»Männer sind doch alle doof.« Lina hebt ihr Glas und nippt leicht daran. »Die sollen uns am Arsch lecken. Besonders dein Ben-Typ.« Ich komme gar nicht auf den Gedanken, ihr zu widersprechen. »Vergiss ihn einfach, diesen Scheißfoss.«

Eine brennende Träne schleicht sich an meinem Lid vorbei und rollt meine Wange hinunter. »Hab ich euch erzählt, was er immer macht, wenn er schläft? – Irgendwann in der Nacht wache ich immer auf, weil er mich ganz fest in den Arm nimmt. Ganz fest.« Ich hebe meine Arme zu einem Kreis, um ihnen zu zeigen, wie ich das meine. »Selbst im Schlaf sucht er meine Nähe. Dann drückt er seine Nase in mein Haar und ... ich liebe ihn. Selbst nachdem er mich so fertiggemacht hat, will ich nur wieder in seine Arme.« Ich schluchze trocken und trinke einen tiefen Schluck Prickelwasser. Es schmeckt schal, nach nichts.

Verona verschränkt ihre Arme. »Er ist nicht der einzige Mann auf Mutters Erde, Sara.«

Ich schniefe leise und greife mir eine Ecke Pizza.

»Weißt du ...« Verona sieht einen Moment zu Lina, die leicht mit dem Kopf nickt. »Vielleicht wäre es ganz gut, wenn du dich einfach mal wieder auf den Markt werfen würdest. Es gibt nichts Besseres gegen Liebeskummer.«

Ich lege ein hinuntergefallenes Stück Ananas wieder zurück auf meine Pizza.

»Vielleicht ...« Veronas Blick schweift hilfesuchend zu Lina.

»... könntest du versuchen, Ben so richtig eifersüchtig zu machen«, schaltet Lina sich ein.

Verona nickt sofort. »Genau! Um Ben eifersüchtig zu machen, müsstest du mit ein paar Jungs ... flirten. Ben wird dann viel schneller einsehen, wie dumm er reagiert hat.«

»Warum sollte ihn das jucken? Er hält mich doch eh für eine Schlampe.«

»Dann würde ich ihm beizeiten an den Kopf werfen, dass du bis zu eurer Trennung zwar keine Schlampe, sondern hundertprozentig loyal und treu ihm gegenüber gewesen bist, aber dass er dich da auf eine interessante Idee gebracht hat …!«

Lina nickt bekräftigend und leckt sich ein kleines Fleckchen Tomatensoße von ihrer Oberlippe. »Das klingt gut. Ich würde gerne sein Gesicht sehen!«

»Weißt du«, Verona lehnt sich zu mir rüber, »du hast von Anfang an geklammert bei ihm, ihn mit deinen Hochzeitsplänen überfallen. Du musst ihm jetzt beweisen, dass du unabhängig bist, dass du auch anders kannst. Aber das muss schon ein richtiger Kerl sein, nicht irgend so ein Waschlappen, der dir hinterherläuft. Erst dann wird sich herausstellen, was Ben wirklich für dich empfindet. Jetzt war er erst einmal nur darauf erpicht, dich loszuwerden, sich Luft zu verschaffen, und er hat die erstmögliche Gelegenheit dazu ergriffen. Aber bald wird ihm klar werden, was er wirklich verloren hat.«

Ich nicke bedächtig. Das klingt alles sehr schlau. Ben eifersüchtig machen, ihm meine Unabhängigkeit beweisen – mir gefällt die Idee. Jedenfalls ist das ein Plan, und es fühlt sich gut an, wieder einen Plan zu haben, statt nur noch in meiner Wohnung rumzuhängen, lustlos Vorlesungen zu besuchen, ohne zuzuhören, und mich die ganze Zeit über selbst zu bemitleiden. Einfach mal das Spielbrett an mich reißen und selbst ein Spielchen kreieren, mit meinen Regeln, damit er merkt, was er an mir hat und wie er sich in mir getäuscht hat, wenn er mich für ein heiratsverrücktes Mauerblümchen hält und nichts weiter.

»Und jetzt gehen wir feiern«, erklärt Verona triumphal. »Vielleicht treffen wir ja sogar auf Ben? Stell dir das vor, wenn er sieht, wie cool du das alles wegsteckst. Aber du musst uns eines versprechen: Du wirst dich an unseren Plan halten! Eifersucht! Erst mal solltest du dich schminken.«

»Ich bin geschminkt.«

»Oh, natürlich.« Veronas Augenbrauen heben sich nur einen kurzen Augenblick. »Vielleicht sollte ich dich ...«

»Deine Tränen haben dein Make-up völlig ruiniert. Lass mal Verona ran ... dass sie es auffrischen kann.« Lina zeigt Verona ihren Daumen wie die Jungs von der Pit-Stop-Werbung.

Ich nicke leicht. »Haben wir noch was zu trinken?«

Lina nickt. »Klar. Der Weißwein ist noch im Kühl...«

»Nein!«, unterbricht Verona. »Wir sind schon weinselig genug und das nur von Prosecco. Ich würde sagen, wir machen jetzt erst einmal eine Trinkpause und schnappen frische Luft. Kann ich eine rauchen? Wollt ihr auch?« Verona steht auf, um sich aus meinem Küchenschrank eine Untertasse zu holen. Dann nimmt sie eine kleine Box für selbstgedrehte Zigaretten und zieht einen Joint daraus hervor, den sie gleich anzündet.

Ich schüttele den Kopf. »Nee, ist nichts für mich.«

»Hast du schon?«, will Lina wissen.

»Ich habe an der Grenze zu Holland gewohnt. Ja, ich habe es ausprobiert. Ich hab den ganzen Tag am Strand gesessen und in den Himmel gestarrt und ständig ›Wow, ist der blau‹ gesagt. War nicht so toll!« Verona und Lina lachen.

»Bobel oder Gras?«, frage ich fachmännisch nach.

»Was bitte ist denn Bobel?« Lina verzieht ihr Gesicht zu einer lustigen Grimasse.

»Bobel ist das Harz der Pflanze.« Ich spreche so hochnäsig, wie das mal jemand zu mir gesagt hat, vor langer Zeit.

»Gras«, antwortet Verona. »Schmeckt besser.« Mit einem schnellen Atemzug nimmt sie den Qualm in ihre Lunge und hält die Luft an. Lina starrt von mir zu Verona. Verona leckt an der Stelle des Joints, wo das Blättchen schneller brennt als beim

Rest. »Also, Sara, wir gehen gleich feiern und deine Aufgabe heute Abend ist, dass du dich mit so vielen Männer wie möglich amüsierst.«

Ein kurzen Moment denke ich an Gruppensex und muss grinsen. Ich hoffe, so ist das nicht gemeint; schließlich haben die beiden mein Leben in ihrer Hand. Ich sehe in die Gesichter meiner Freundinnen. Nun, um ehrlich zu sein, traue ich ihnen sogar zu, dass sie mich zu so einem Unsinn anstiften. Aber darüber habe ich keine Macht mehr. Will ich auch gar nicht haben. Ich mag es, dass sie die Verantwortung für mein Leben tragen, aber … wenn Lina und Verona das durchziehen, was ich befürchte, das sie vorhaben durchzuziehen – Gruppensex, lesbische Wasserspielchen, Teufelsanbetung, ich traue ihnen gerade alles zu –, dann … ich betrachte meinen kleinen Rest Prosecco. In dem Fall brauche ich definitiv etwas Härteres als ein bisschen Mädchensekt. Ich starre Verona in die Augen und nehme ihr wortlos den Joint ab, um langsam daran zu ziehen. Ich meine … mal ehrlich, was kann schon Verrücktes passieren?

Der planlose Plan

Ich habe das seltsame Gefühl eine Latexmaske zu tragen – also, das ist *kein* angenehmes Gefühl für mich. Veronas Make-up liegt auf meinem Gesicht wie eine Folie und behindert meine Mimik. Das Seltsamste aber ist nicht dieses verzerrte Plastikgefühl, sondern … ich sehe einfach geil aus. Meine Haut strahlt und meine Augen sind … kugelrund. Als ich mich vorhin im Spiegel betrachtet habe, brauchte ich geschlagene fünf Sekunden, um mich selbst zu erkennen … Mensch, ich sehe wirklich *toll* aus. Und das liegt nicht etwa daran, dass mich mein Gehirn verarschen will. Es stimmt und das weiß nicht nur ich. Ich sehe toll aus und flirte mit Männern.

Ja, okay. Letzteres ist schon ein wenig übertrieben, aber ich bin auf dem besten Weg dahin. Ich befinde mich jedenfalls schon mal in der winzigen Großstadt-Disco. Und in dieser Disco gibt es Männer. Der Rest ist nur eine Frage der Zeit.

Ich stehe an der Bar und sehe hübsch aus. Das perfekte Signal. Keine Blicke, kein Lächeln schenke ich den Männern, ich bin einfach nur … toll. So abgebrüht habe ich mich schon lange nicht mehr gefühlt. Ich trinke sogar einen *Manhattan* – ich bin schon verdammt cool. Lina grinst mich an. »Du siehst klasse aus.«

Ich lächle sie an und zucke leger mit den Schultern. Ich werde diese Schönheit auskosten und auch mal arrogant sein.

»Jetzt musst du nur noch einen Kerl ansprechen und flirten«, Verona haut mir ihren Ellenbogen in die Rippen. Als ich mich nicht bewege, schubst sie mich an und versucht ganz dezent, mich in eine Gruppe von Männern zu drängen. Ich entfliehe ihren Griffen. »Ich brauche das heute nicht.«

»Was?« Verona stemmt die Hände in die Hüften. »Wir haben einen Plan!« Auch Lina runzelt ihre Stirn und streift sich mit einer elfenhaften Bewegung eine eisblonde Strähne aus dem Gesicht. »Du denkst doch nicht etwa, dass *die* auf dich zukommen.« Sie zeigt auf die Männer. »Du kannst heutzutage nicht erwarten, dass *irgendein* megaheißer Typ einfach zu dir kommt und die Dinge in die Hand nimmt.«

Die Männerversteherin spricht wohl plötzlich aus ihr. Wo ist denn die nette Jungfrau geblieben?, frage ich mich. Im selben Moment stößt mich ein Kerl von der Seite an. Wie drei Mondkälber starren Verona, Lina und ich zu einem altbekannten Engelsgesicht hoch. Er ist sogar noch goldener als in meiner verschwommenen, betrunkenen Erinnerung. Ich wusste gar nicht, dass Erinnerungen betrunken sein können, aber so kommt es mir jetzt vor. Seine goldenen Haare schmiegen sich leicht zerzaust um seinen hübschen Kopf. Auf seinen Lippen bildet sich ein sinnliches Lächeln. Ich höre, wie Lina neben mir schluckt.

Verona räuspert sich sehr lautstark. »Ähm … wollen wir mal schauen, ob Takumi schon da ist? Kommst du mit, Lina? Sara, wir sehen uns später.«

Ich lächele ihn charmant an. Sein Name liegt mir auf der Zunge.

»Schön, dich wiederzusehen, Sara.«

»Dich auch.« Der Engel greift um mich herum und gibt erst Lina, dann Verona die Hand. »Niklas.«

»Lina«, haucht Lina angemessen hingerissen und sieht zur Discodecke, bevor sie von Verona gewaltsam weggezogen wird. Ich blicke meinen Freundinnen hinterher, bis sie hinter einem Menschknäuel verschwinden.

»Und, wie sieht es heute aus?«, reißt Niklas mich aus meinen sinnleeren Gedanken.

»Womit?«, frage ich unvermittelt zurück.

»Schläfst du heute mit mir?« Er grinst mich an und ich starre in sein Gesicht. Irgendwie habe ich das seltsame Gefühl, Niklas versuche, an ein Gespräch anzuknüpfen, das ich schon längst vergessen habe. »Schon wieder einen Korb von dir?«, wendet er sich nochmals an mich. »Wie enttäuschend.«

»Ich will keinen Sex. Ich suche nur jemanden, mit dem ich eine Scheinaffäre haben kann, damit mein Verlobter eifersüchtig wird und mir endlich einen Heiratsantrag macht.« Ich höre meinen Worten zu und hebe meinen imaginären Finger, um mein Hirn zu warnen. Es bewegt sich gerade im roten Bereich. Seit Ewigkeiten verstehen wir uns eigentlich blendend; seit Ben … Ich verbitte mir diese Abschweifung! Das ist keine leere Drohung. Schließlich steht genau hinter mir eine riesige Auswahl an kopfschmerzproduzierenden und hirnzellenverbrennenden Alkoholika …

Zu meiner Überraschung läuft er nicht weg. Er neigt nur seinen Kopf. Dieses Mal bin ich nicht so doof und scheuche ihn dahin, wo der Pfeffer wächst, denn er ist zwar nicht mein Richtiger, aber genau der Richtige, um Ben eifersüchtig zu machen. Ein oberflächlicher Lover, ein blonder Schönling. Um Nik anzusehen, muss ich meinen Kopf nicht so weit in den Nacken legen. Irgendwie ist seine Größe angenehmer als die von Ben. Es schmerzt nicht so im Nacken. Ein seltsamer Gedanke: Jemand ist noch perfekter als Ben. Nik ist eindeutig muskulöser, aber auch schlanker. Bei ihm zeichnen sich die Muskeln unter seinen T-Shirt-Ärmeln scharf ab. Man kann die einzelnen Muskelstränge in dem diffusen Licht sehen. Bens Fitnessstudiofigur wirkt am besten, wenn er einen Anzug trägt. Niklas sieht jedenfalls heiß aus und ist ganz bestimmt in der Lage, Ben einen Hammer in sein selbstgefälliges Getriebe zu werfen. Außerdem fühlt es sich gut an, wenn jemand so beharrlich ist wie Nik.

Seine blauen Augen leuchten im weißen Discolicht. Für einen kurzen Augenblick kann ich nicht sagen, ob er sich über die Unverbindlichkeit freut oder enttäuscht ist und dies gut verbirgt. Dann heben sich seine Mundwinkel und er grinst hemmungslos. Auf einmal fühlt sich alles so leicht an. Für eine Nacht werde ich nicht mehr an Ben denken.

*

»Mach die Tür auf«, wispert er heiser an meinem Hals. Seine rechte Hand legt sich fest auf meine, als er meine Finger führt, bis mein Türschloss knackt und die Tür aufgleitet. Ich stehe bewegungslos in meinem Türrahmen, warte darauf, dass etwas geschieht. Dass etwas mich rettet. Dass Ben die Tür aufreißt und mich beschimpft.

»Ich liebe einen anderen, meinen Nachbarn«, erkläre ich ruhig.

»Ich weiß«, gibt er mir zu verstehen und drückt mich in die Wohnung. »Wo ist das Schlafzimmer?«

Ich drehe mich, bis wir auf mein Schlafzimmer zusteuern. Mein Bett erstreckt sich wie eine riesige Spielwiese vor uns. Und neben mir hält mein Spielgefährte meine Hand. Ich zittere plötzlich am ganzen Körper, schüttele mich regelrecht. Vor Lust, vor Angst. Seine Finger legen sich heiß auf meine Hüfte. Sein goldener Duft hüllt mich ein. Er riecht nach Feuer und Seife, nach Aftershave und duftigem Rauch. Er riecht anders als Ben.

Seine Hände gleiten unter meine Jacke und ertasten meine nackte Haut mit den Fingerspitzen. Er streichelt und stöhnt. An meinem Hintern spüre ich, wie er die Füße bewegt, um seine Schuhe abzustreifen, die laut auf den Holzfußboden knallen.

»Dreh dich um.«

Wie in Trance folge ich der Aufforderung, dem Befehl, und fühle im nächsten Moment seinen heißen Mund auf meinen Lippen. Ich versinke in dem ersten, sanften Kuss. Seine Finger finden den Weg unter meinen Jeansbund und berühren mit festem Druck die Haut darunter. Als er die Lippen öffnet und sein feuchter Atem meine Lunge füllt, erschaudert mein Körper. Ich schlinge meine Arme um seinen Kopf, lasse meine Fingerspitzen durch seine kühlen, goldenen Haare gleiten.

»Wir tun also so als ob«, fasse ich die Situation zusammen und bin überrascht über den kehligen Unterton meiner Stimme.

»Damit dein ach-so-perfekter Ex von nebenan eifersüchtig wird«, fügt er hinzu und drückt den Knopf meiner Jeans durch die kleine Öse. »Solange er nicht rüberkommt und mitmachen will, habe ich kein Problem damit.« Er lacht.

»Oh, gut«, flüstere ich in die Stille meines Schlafzimmers. »Ich glaube, er schläft schon.« Meine Finger lassen wie von selbst von seinem feinen Haar ab und finden einen Weg über seinen Nacken bis in die Hitze seiner Jacke. Ein Reißverschluss surrt, vielleicht auch zwei.

»Du musst laut stöhnen, die Wände sind sehr dick.« Niklas zieht grinsend meine Jeans von meiner Hüfte und geht leicht in die Knie, um den Stoff von meinem Hintern bis zu meinen Knöcheln zu streifen. Meine Schuhe feuere ich mit einem Tritt in die entlegendste Zimmerecke. Seine Hände legen sich heiß auf meine Knöchel, malen einen breiten, kochenden Strich bis zu meinen Knien. Massieren den Ansatz meiner Oberschenkel.

Meine Hände legen sich um sein Gesicht, ziehen ihn, seinen Mund, zu meinen Lippen. Der nächste Kuss ist süßer und feuchter. Weiche Zungen spielen an Lippen, Gaumen, Zähnen miteinander. Ich seufze in seinen Mund, ich schlucke sein Stöhnen. Er nippt an meiner Oberlippe, während er meine Jacke von meinen Schultern streift. Seine Jacke liegt nur einen Moment später als ein Halbmond auf dem Boden. Ich umfasse seine Schultern, zerre an seinem Pullover.

Mit sanfter Gewalt hebt er meine Arme, bis er mir mein Oberteil über den Kopf ziehen kann. Gleich darauf packt er im

Nacken den Stoff seines Pullovers und schält ihn von seinem Körper. Ich drehe mich aus seiner Umarmung, drücke ihn leicht von mir. »Wow, du bist ja *überall* so …«

Er lächelt. Ein Streifen helles Licht aus dem Flur lässt seine Zähne glänzen. Ein zweiter Streifen, der sein Gesicht streichelt, fängt ein Heben seiner Augenbraue ein. »So …?«

»Golden. Überirdisch. Perfekt. Schön. Alles. Wie ein Engel.« Er ist wirklich unfassbar schön. Fast ätherisch. Wie ein Gott aus geraumer Urzeit. Wild, frei, anziehend … schöner als Ben, und doch nicht mehr einschüchternd schön wie in der Disco damals. Überraschenderweise fühle ich mich wohl, sicher und kribbelig bei Nik. Ich will ihn, will ihn spüren. Seine goldene Haut an meinem Mund …

Er lacht. »Ein tätowierter Engel?« Im Dunkeln sehe ich schwarze Schatten auf seiner Haut, ein riesiges Tattoo auf seiner Brust, zwei weitere auf den Armen. Mit den Fingerknöcheln liebkose ich die Wellen unter seiner Haut, die scharfen Bauchmuskeln, die Bögen seiner Rippen, die Knöpfe seiner Brustwarzen. Meine Fingernägel tippen gegen die kleinen Perlen, während er an sich heruntersieht und meine Bewegungen mit den Augen verfolgt. Irgendwie wirkt er seltsam ehrfürchtig auf mich, sanft. Er nimmt sich nicht einfach, was er will. Er ist nicht oberflächlich. Seine Bewegungen fühlen sich vertraut an, als wären wir bereits in einem anderen Leben Lover gewesen und würden uns jetzt wiederentdecken und doch nicht vollkommen neu füreinander sein.

Ich tauche meinen Zeigefinger in seine Jeans und trete einen Schritt zurück. Er folgt meiner Aufforderung und hebt den Kopf. Sein Blick schweift zu meinen Augen, hinunter zu meinen Lippen, wo er kurz verharrt, weiter über meinen Hals, mein Schlüsselbein bis zu meinen Brüsten. Tief atmet er ein, hebt die Hände und umschließt damit meinen BH. Seine Daumen legen sich bewegungslos auf meine Brustwarzen, die sich zu harten, festen Erhebungen zusammenziehen.

Wer bist du? Ich bin berauscht, ich handle wie von selbst. Ich lasse von seiner weichen, heißen Haut ab, schiebe meine linke Hand hinter meinen Rücken, um meinen Büstenhalter zu öffnen. Die Träger sinken von meinen Schultern, seine Hände halten die losen Körbchen an meiner Brust. Zitternd atmet er ein, dann fallen seine Hände an seine Seiten. Der Bügel verhakt sich einen Augenblick, dann gleitet der Stoff zu Boden. Seine Lider senken sich, als er nach seinem Gürtel greift. Er schiebt die Hose nach unten und ich sehe seine große Erektion gegen seine Boxershorts drücken. Ich trete einen Schritt zurück. Dann hebe ich meinen Blick zur Decke und schließe die Augen. Seine Arme umschließen mich warm und er drängt mich gegen das Bett, bis meine Kniekehlen gegen die Matratze stoßen. Ich sinke zurück. Er folgt mir ungeschickt, fällt halb auf mich und umschließt nur einen winzigen Augenblick später meine Lippen mit seinen.

Ich hebe mein Becken, als sich seine sanften Finger um meinen String legen und ihn von meinen Beinen ziehen. Dann schiebt er die Finger wieder unter meinen Hintern. Seine Zunge stößt gegen meine, malt einen erregenden Kreis, während ich nach dem Bund seiner Shorts greife und sie über seine Schenkel zerre. Leicht reiben wir uns aneinander, finden verborgene Stellen, suchen nach weiteren. Er stöhnt, als ich meine Fingernägel in seine Schultern kralle. Ich halte die Luft an, als sein Schwanz unter dem reibenden Druck meine Schamlippen teilt und seine Eichel meine Klitoris findet.

Er lässt von meinen Lippen ab, küsst meinen Wangenknochen und umschließt saugend mein Ohrläppchen. Seine Zunge taucht feucht in meine Ohrmuschel ein, bevor er bewegungslos und heiß in mein Ohr atmet. Er langt nach seiner Jeans. Aus seiner Tasche holt er ein neues Kondom hervor. Er rollt das Kondom über seinen

Schwanz und legt sich auf mich. Ich hebe meine Beine, umschlinge sein Becken und schließe die Augen. Sein Gewicht drückt mich tief in meine Laken und ich erwarte gespannt den ersten Stoß.

Stattdessen berühren mich warme Finger; sie öffnen federleicht meine Schamlippen und streichen mit einer langen, gleitenden Bewegung über meine Öffnung, bis seine Finger die Perle meiner Lust ertasten. Eine Fingerspitze legt sich fest auf meinen empfindlichsten Punkt und reibt darüber. Und wieder.

»Ja, fass mich dort an«, keuche ich. Seltsamerweise habe ich keine Angst mehr, ihm zu sagen, was ich will. Er ist nur mein Liebhaber, rede ich mir ein, obwohl es sich anders anfühlt, viel vertrauter. Seine Finger gleiten sanfter über meinen empfindlichsten Punkt, als wolle er mich reizen und nicht mich einfach nur über die Klippe schießen. Er ist ein Spieler; er will, dass ich mitspiele. Ich zucke unter ihm, winde mich unter seinen Liebkosungen. Wieder streichelt, massiert er über meinen Kitzler. Genau der richtige Druck, genau der richtige Punkt.

Mein Körper zergleitet in eine nasse Pfütze der Lust, ich stöhne willenlos und hebe mein Becken seinen perfekten Berührungen entgegen. Es dauert nur einen Moment, dieses Taumeln der Leidenschaft, bis ich plötzlich den unvergleichlichen Druck seiner Schwanzspitze an meinem feuchten Eingang spüre.

Seine Finger verschwinden und das erste angenehme Gleiten füllt meinen Schoß, sein Schwanz öffnet mich und weitet mich auf unverwechselbare Weise. Ich schluchze lustvoll, er atmet mein Schluchzen an meinem Mund ein, küsst sanft meine Lippen, stößt vor. Ich hebe mein Becken, um es zu beschleunigen, um es zum Abschluss zu bringen. Was habe ich getan? Er entzieht sich meinen drängenden Bewegungen, lacht heiß in meinen Mund, leckt an meinem Schneidezahn. Dann senkt er wieder das Becken und gleitet tiefer. Gerade, als es droht unangenehm zu werden, verharrt er, bleibt still liegen.

Ich schlage meine Augen auf und suche im diffusen Licht der Straßenlaterne, die durch meine Rollos scheint, seinen Blick. »Worauf ... wartest du?«, frage ich fast stimmlos, so heiser bin ich. Ich schlucke trocken. Er küsst meinen Mundwinkel.

»Auf dich«, wispert er und stößt wieder zu. Ich öffne mich ihm beim letzten geduldigen Gleiten. Dann spüre ich seine Härchen an meinem Po, das Gewicht seiner Hoden.

Ich hebe meinen Kopf und beiße in seinen Hals, er lacht kehlig und zieht sich zurück. Seine Finger liegen immer noch auf meinem Schoß, berühren mich leicht, während sein anderer Ellbogen neben meinem Kopf liegt und er mein Haar aus meinem Gesicht streift.

Ich sehe tief in seine Augen, die Funken zu sprühen scheinen. Er sieht auf mich herab, nagelt mich mit seinem Blick fest; nagelt mich mit seinem Schwanz auf die Matratze. Ich atme seinen feurigen Duft tief in meine Lunge, halte die Luft an, um den Rausch wie beim Kiffen zu intensivieren, spüre unter meinen Fingern die Festigkeit seiner Muskeln. Schweiß bildet einen rutschigen Film auf seiner Haut, Schweiß lässt unsere Körper zusammenkleben, wann immer er sich erhebt, sich aus mir zurückzieht. Ich spüre den Verlust, registriere ihn mit der Vorfreude auf seinen neuen Stoß. Er bewegt sich nicht schneller, auch als ich meine Fersen in seinen Hintern grabe.

»Schneller«, flehe ich, am Rand zu etwas Unerklärlichem.

Sein Schwanz füllt mich in stetiger Langsamkeit. Nirgendwo ist Hast in seinem Blick zu entdecken, nur kleine, dunkelblaue Wölkchen, die seine Augen mit Lust überschatten.

»Fester«, bitte ich atemlos.

»Nein«, erklärt er ungnädig mit einem feinen Lächeln und brennt seinen Blick in mich ein. Ich wölbe mich unter ihm, hebe mein Becken in eiliger Ungeduld. Hitze schwappt wie heiße Mittelmeerwellen durch meine Venen, füllt mein Herz, meinen

Kopf. Feuer bahnt neue Wege durch meinen Körper. Sein Finger tippt fein auf meiner Lustperle. Tau, wie auf einem Frühlingsrasen, bildet sich mit jedem neuen, gleichmäßigen Stoß vermehrt auf seiner Stirn.

Das humorvolle Funkeln in seinen Augen erstirbt, als er sich ein weiteres Mal in mich hineinsenkt, wie ein glühendes, pulsierendes Schmiedeeisen meine heiße Mitte auslotet. Mein Blickfeld verschwimmt an den Rändern, bis ich nur noch das Blau seiner Augen sehe, die Intensität, die Intimität. Wollüstiger Nebel verklärt meine restlichen Gedanken, trunken reibe ich die Spitzen meiner Brüste an seinem glatten Oberkörper. Ich spüre das Ziehen in meinem Unterleib, als er mich wieder verlässt. Leicht, langsam.

Wir wiegen uns, die jagende Unruhe verlässt mich mit jedem keuchenden Atemstoß, während ich hinaufschwebe. Immer höher hinauf, in den Himmel, darüber hinaus ins All, noch höher, bis ich die Grenze des Universums erreiche und alles in völliger Klarheit unter mir liegt. Tief im Blau seiner Augen.

Meine Sinne schwinden, von weither höre ich meinen eigenen heiseren Schrei der Erlösung, spüre meine Zuckungen, seinen Blick. Mir wird endgültig schwarz vor Augen und ich erlebe einen unendlichen Höhepunkt, der mich wie der Lufthauch eines Schmetterlingsflügels gegen meine Brust trifft, in mich hineintaucht, um sich in mir zu einem brausenden, alles verschlingenden Orkan zu verwandeln, der an der Grenze des Universums … eine neue, glitzernde Welt erschafft.

»Geil«, hauche ich hingerissen.

*

Als ich wieder aufwache, ist es dunkel um mich. Ich blinzele entrückt und taste mit meinen Händen nach seiner Wärme. Meine

Finger treffen nur auf kühle Laken. Enttäuschung zieht meinen Magen zusammen, als ich verstehe, dass Niklas gegangen ist.

Eine unendliche Last legt sich auf meinen Brustkorb und macht mir das Atmen fast unmöglich. Schneidendes Bedauern füllt mein Sein. Wo ist er? Wo ist *wer*?

Mein Kopf dröhnt. Ich schließe die Augen und lausche der Dunkelheit. Nichts. Nebenan höre ich dumpf einen Fernseher laufen. Bens Fernseher. Neuer Schmerz brennt sich in mein Herz und lässt es verkrampfen. Dann erfüllt mich Erleichterung. Ben wird es niemals erfahren, dass ich ihn hintergangen habe. Dass ich zu dem wurde, was er mir bereits an den Kopf geworfen hat. Niklas ist weg. Niemals wird Ben es erfahren! Mehr Schmerz und lähmende Schuldgefühle erfüllen mich, als ich daran denke, dass ich zuerst an Niklas gedacht habe, als ich aufgewacht bin. An diesen Orgasmus, an seine Nähe, seinen heißen Duft, seinen Blick, der selbst bei seinem Höhepunkt auf mich gerichtet war.

Ich habe mir alles vermasselt. Ich schluchze leise und drehe mich zur Seite, kralle mein Kissen zusammen, als die Einsamkeit meiner Wohnung in mir nachhallt. Der Höhepunkt mit Niklas war … Ich schluchze wieder. Er war … nur Sex, unverbindlich, gefühllos, nichts. Ich war – *bin* betrunken. Dann empfindet man immer alles als besser. Weil man die Schwächen übersieht, die Fehler. Das mit Niklas hatte gar nichts zu bedeuten.

Ich schlucke mein Schluchzen hinunter und schließe meine Augen, bis nur noch das Bild von Ben meine Seele füllt. Ben, wie er auf der Couch sitzt, den Kopf in den Nacken gelegt und die Augen geschlossen. Seine Arme um sich geschlungen, als sei ihm ohne meine Nähe kalt.

Die Mafiamädchen

Wir sitzen in gemeinsamer Stille beieinander, als hätten wir ohne Worte beschlossen, dass kein Wort gewechselt wird, bis das Essen auf dem Tisch steht. Wie bei einem Pokerspiel betrachten wir einander. Wir beobachten uns argwöhnisch, abwartend, cool. Endlich. Eine Kellnerin in Jeans und T-Shirt stellt dreimal Auflauf auf den Tisch und verschwindet, ohne uns einen guten Appetit zu wünschen. Wir tauschen einen Nicht-Poker-Blick. Uns allen ist das aufgefallen. Unverschämtheit ...

»Also.« Es klingt bei Lina nach einer Frage, bei Verona nach einem Befehl, als beide gleichzeitig dieses Wort ausspucken. »Gibt es Neuigkeiten?«, spricht Lina weiter.

»Ich habe mit Niklas geschlafen.« Lina und Verona lehnen sich weit in ihre Stühle zurück, wechseln einen Blick. Meine Augen huschen zwischen den beiden hin und her; auf ihren Mündern liegt ein ekelhaft triumphales Lächeln.

»Und, wie geht's dir jetzt?«, will Verona wissen.

»Das frage ich mich auch«, entgegne ich. »Ich weiß es nicht. Zerrissen irgendwie.«

»Warum?«, fragt Verona blöd, wobei sie eine überbackene Kartoffelecke ihres Auflaufs aufspießt und dagegenpustet.

»Weil ...«, ich atme tief durch, um nicht zu schreien, »... ich meinen *Verlobten* betrogen habe, um ihn eifersüchtig zu machen und ihm meine Unabhängigkeit zu beweisen – wessen bescheuerte Idee war das? –, damit er erkennt, wie toll ich bin und jetzt ...« Ich atme tief ein und aus. »... habe ich ein mordsschlechtes Gewissen und er hat aller Wahrscheinlichkeit nach nicht den blassesten Schimmer von der ganzen Sache oder höchstens irgendeinen kleinen Verdacht, den er wahrscheinlich nicht zuordnen kann. Aber ich fühle mich scheiße und schuldig wie ein verdammter Mafioso!«

»Der Vergleich hinkt«, murmelt Lina und zieht ihren Nudelauflauf näher zu sich.

Ich werde nicht schreien. »Ich habe Ben betrogen und kann es ihm nicht sagen, weil wir nicht mehr zusammen sind. Und Niklas ist so früh gegangen, dass Ben ihm auf gar keinen Fall versehentlich-absichtlich im Treppenhaus begegnen konnte!«

»Ah, *das* war dein Plan.«

»Ich hatte überhaupt gar keinen *Plan*. Den habe ich heute Morgen erst erstellt, als ich *allein* in meinem Bett aufgewacht bin! Ich habe lange das Was-wäre-wenn-Spiel gespielt und mich keinen Augenblick besser dadurch gefühlt. Vielleicht hat Ben recht. Ich bin ein Flittchen.«

»Ach, *darum* bist du so sauer.« Verona lächelt.

»Hast du denn mal versucht, mit Ben zu reden?«, möchte Lina wissen.

»Ja, er ist entweder weg oder macht die Tür nicht auf. Keine Chance.«

Ich spieße eine *maccarone* auf meine Gabel und zische: »Ich bin *stinksauer*, weil ihr mich nicht vor der größten Dummheit meines Lebens abgehalten habt! Im Gegenteil: Ihr habt mich dazu angestiftet.«

Beide winken mit ihren dampfenden Gabeln ab. »Wenn er es nicht weiß ... macht es ihn nicht heiß«, erklärt Verona abgebrüht. »Andererseits war es doch unser Plan, dass er was mitbekommt. Also, wo liegt das Problem?«

»Das ist nicht dein *Ernst*, oder?«

Lina seufzt und legt Verona eine Hand auf die Schulter. »Ich hab's doch gesagt. Sara ist einfach zu ehrlich. «

»*Sie* ist anwesend«, betone ich.

»Wie war es denn nun eigentlich mit Niklas?«, fragt Verona mich und verschränkt ihre Arme. »Ich finde ja, dass er viel besser zu dir passt. Der ist cool! Schade ums Geld, aber …«

Hitze steigt von meinen Kniekehlen langsam über meinen Unterleib, meinen Bauch, meine Brust bis in mein Gesicht.

»Es muss unglaublich gewesen sein«, vermutet Lina und säbelt sich durch die Käsedecke. »Sie strahlt, als habe sie einen Leuchtturm verschluckt!«

»Ich strahle wie ein Atomreaktor. *Vor Wut*!«

»Ach so.«

»Oh, Mann. *So* gut war's?«, fragt Verona mit ungebremstem Enthusiasmus.

»Also, er sah jedenfalls so aus, als könnte er es im Bett voll bringen. Ich hätte zu ihm nicht Nein gesagt, wenn nicht … wenn nicht … Nun, jedenfalls wirkt er nicht so oberspießig wie der andere.« Ich spieße beide mit einem giftigen Blick auf und widme mich dann wieder meinem Auflauf.

Schließlich seufzt Lina, die das angespannte Schweigen wohl nicht länger ertragen kann. »Wie willst du denn jetzt weitermachen?«

Ich zucke mit den Schultern.

»Das ist doch ganz einfach«, Verona richtet sich auf. »Setz dem Ganzen noch einen drauf. Fang was Dauerhaftes mit Niklas an, ganz unverbindlich selbstverständlich.«

»*Was?*«

Sie zuckt mit den Schultern. »Früher oder später wird Ben es mitkriegen und dann wirst du wissen, ob ihm wirklich etwas an dir liegt. Wenn du dich nicht allzu dumm anstellst, versteht sich. Währenddessen hast du ein bisschen Spaß mit Niklas. Er wird auch nichts dagegen einzuwenden haben. Lina, hast du gesehen, wie er gestern auf Saras Titten gekuckt hat? Das war pure fleischliche Zuneigung.«

Ich starre sie an, während eine ganz andere Art von Hitze plötzlich in meinem Unterbauch brennt. Noch einmal mit Niklas? Noch einmal sein Flüstern, seine sanften Hände? – Um den bodenständigen Ben zurückzubekommen? Um ihn herauszufordern und ritterliche Instinkte in ihm zu wecken, dass er mich retten muss, weil er irgendwie verantwortlich für mich ist? Denkt ein Mann wie Ben überhaupt so tief?

Nein. Nicht einmal ein Mann wie Ben denkt so tief! Abgesehen davon: Ich bin eine miese Schauspielerin. So eine Achterbahn der Gefühle traue ich mir gar nicht zu. Ich muss mir etwas anderes einfallen lassen. Wie wäre es mit einer romantischen Freundschaft? So eine, wo alle denken: »Zwischen denen läuft doch etwas«, weil sie sich so nahe sind wie beste Freundinnen, aber in Wirklichkeit läuft nichts, bis auf die Freundschaft eben. So kann ich Ben eifersüchtig machen und ich muss ihm bloß irgendwann erklären, dass es in Wirklichkeit nur einen einzigen Ausrutscher gab – als ich nämlich betrunken und bekifft war und unter schrecklichem Liebeskummer litt, und er, Ben, mich so ungerecht behandelt hatte –, nicht etwa eine Serie an Ausrutschern, auch wenn es nach etwas anderem ausgesehen hat. So bräuchte ich nicht zu lügen.

»Hat Niklas seine Nummer hinterlassen?«, reißt mich Verona aus meinen Gedanken. Ich senke den Blick. »Ja.« Niklas hat sie auf einen Zettel geschrieben. Nur seine Nummer und sein Name standen darauf; es wirkte alles so, als hätte er es sehr eilig gehabt.

»Sehr gut. Das macht die Sache einfacher. Dann ruf ihn heute Abend an und ... klär das alles mit ihm. Aber sag ihm auch, dass das mit Ben noch nicht aus deinem Kopf ist. Er wird voll darauf abfliegen.«

Lina sieht mich mit großen Augen an. Ich weiß, was sie denkt. Sie befürchtet, dass ich Niklas wehtun könnte. Lächerlich. Das ist nämlich ein Punkt, über den ich mir überhaupt keine Gedanken mache. Als könnte ein goldener, tätowierter und abgeklärter Engel wie Niklas Gefühle für eine Dorfliese wie *mich* entwickeln. Genau wie bei Ben, das gleiche Problem, und bei meinem Ex: Immer sind sie zu schön für mich! Sex mit einem ostfriesischen Tittenwunder ist super, aber sie kämen nie von allein auf den Gedanken, an etwas anderes auch nur zu *denken*. Deswegen wollte ich bei Ben von Anfang an klarstellen, was ich will. Und ich habe gedacht, dass er das letztendlich auch will und nicht nur auf Äußerlichkeiten fixiert ist: Familie, Bodenständigkeit, Vertrautheit, eine loyale Partnerin, bis dass der Tod uns scheidet.

Es überrascht mich nicht, dass Niklas heute Morgen so früh gegangen ist. Ich weiß genau, wie ich sein Verhalten interpretieren muss. Er ist nicht wie mein Ben; er ist ein gefallener Engel und deswegen kann man auch mit ihm spielen, ohne seine Gefühle zu verletzen. Ich werde ihm das irgendwie erklären, und wenn ich ehrlich sein soll, freue ich mich auch darauf, ihn wiederzusehen.

Lina lächelt plötzlich, während sie Verona von der Seite beäugt. »Sara, weißt du, was das Erstaunlichste am gestrigen Abend ist?« Sie sieht weiterhin Verona an, redet aber mit mir. Nun bin ich ganz Ohr. Ich will nicht mehr über meine eigenen Abenteuer nachdenken. »Erzähl!« Ich lehne mich zu ihr hinüber.

»Während du einen Kerl mitgenommen hast, ist Verona *allein* nach Hause gegangen, schon wieder ohne Mann. Langsam schädigt sie ihren Ruf.«

»*Was?*« Ich starre Verona an und ernte einen Laserblick, der mir das Reden verbietet. Ich stemme mich mit aller Kraft dagegen. »Was ist passiert?«

»Nichts.« Veronas Blick ist fest und scharf. »Es ist nichts dabei, wenn ich nicht mit irgendeinem Typen schlafe. Ich kann auch nicht immer heiß sein.«

Mein Mund klappt wortlos auf. Im Augenwinkel sehe ich, dass Lina genauso reagiert. Sie reißt sich schneller zusammen als ich und grinst: »Dieser Takumi steckt dahinter, oder?« Sie dreht sich zu mir und lässt ein dreckiges Grinsen aufleuchten. »Sie hat sich gestern den ganzen Abend bei den Kickertischen rumgetrieben, als würde sie auf ihn warten.« Lina klingt, als habe sie ein Staatsgeheimnis entdeckt; verdammt selbstzufrieden. »Verona ist verknallt.«

»Quatsch!«, sagen Verona und ich aus einem Munde.

»Bin ich nicht«, fügt sie hinzu und straft ihre Worte sofort Lügen, weil sie rot wird. Bevor Lina weitersprechen kann, werfe ich ihr einen scharfen Blick zu. Definitiv zu früh, um unangenehme Fragen zu stellen. Verona ist noch nicht so weit.

Lina und ich lächeln uns an … Wie mit allem, was dieses Mädchen anbelangt, werden wir bald mehr erfahren. Und das eher früher als später. Vorläufig scheint es mir aber so, als hätten Verona und ich die Rollen getauscht. Ich muss lächeln. So ein bisschen gefalle ich mir auch in meinem neuen Verona-Ich.

Körperschmuckhölle

Das Schlimmste an einer asexuellen Beziehung ist nicht, dass man auf genüsslichen Sex verzichtet, sondern … dass man das auch irgendwie *erklären* muss, ohne einen falschen Eindruck zu hinterlassen. Ich betrachte mich in meinem Spiegel und versuche einen souveränen Blick. »Nik, du und ich … wir beide … sollten Freunde werden.« Selbst vor meinem Spiegel kann ich die Worte kaum herausbringen. Mit jedem Wort hebt sich meine Stimme um eine Oktave, bis ich nur noch piepse.

Es ist mir irgendwie peinlich. Ich räuspere mich und versuche es erneut: »Wir … sollten … eineAffärevortäuschen«, haspele ich die Worte herunter und verschlucke mich. Hustend betrachte ich mein gerötetes Gesicht. *Das* kann ich nicht. *Ich* kann das einfach nicht. Am besten sollte ich es lassen und nicht darüber sprechen, aber ich möchte auch nicht, dass wir uns in weitere Missverständnisse verstricken. Ich will, dass alle Karten ein für alle Mal auf dem Tisch liegen: Freundschaft ja, Sex nein. Ich schaue mir tief in meine geröteten Augen: Vielleicht hat Lina recht; vielleicht bin ich einfach zu ehrlich, um so etwas durchzuziehen.

Ich stelle mir die ganze Zeit die Frage, wer Nik eigentlich ist, wo er herkommt, was er so tut, wenn er nicht ein goldener Engel in einer Disco ist. Wo treibt er sich herum? Im Moment ist er der große Unbekannte und das ist auch gut so. Je mehr ich über ihn weiß, desto mehr würde er mich in seinen Bann ziehen. So kann ich dieses Spiel spielen, draufgängerisch sein. Ich bleibe vor meinem Spiegel stehen. Dieses Abenteuer will ich nicht sein lassen, diese Chance, einen interessanten Menschen zu ergründen. Während Ben mich aus seinem Leben gestrichen zu haben scheint, brauche, *verdiene* ich eine kleine Aufmunterung. Selbst wenn sie mit falschem, unverantwortlichem Sex mit einem bösen Jungen begonnen hat. Ich gehe sonst an meiner Einsamkeit zugrunde. Außerdem mag ich Niklas irgendwie. Nicht so wie Ben, aber schon so, dass ich das Gefühl habe, dass ich ihn gern näher kennenlernen möchte. Ist das so verwerflich, dass man verlobt ist und einen anderen Mann kennenlernen möchte?

Ich betrachte das kleine Zettelchen in meiner Hand und atme tief durch. Wenn ich mir wenigstens sicher sein könnte, dass Niklas nicht einfach mit einem Lachen auflegen, sondern mir … nein, vielleicht wäre es besser, wenn er lachend auflegt, bevor er mein dämliches Gestammel hören kann! Ich atme tief aus und drücke den Stöpsel ins Waschbecken. Na toll, die Verwirrung ist perfekt. Ich drehe meinen Wasserhahn auf und warte, bis das Waschbecken mit dampfendem Wasser gefüllt ist.

Ich atme den Dampf des Wassers ein, lasse meine feste Seife eintauchen und schäume sie schön ein. Meine Beine habe ich schon beim Duschen rasiert, aber für meine Intimrasur brauche ich mehr Platz als einen dreiviertel Quadratmeter. Ich seife so lange, bis meine Hände mit winzigen Bläschen bedeckt sind; feinster, dichtester, klebriger Schaum legt sich um meine Finger. Dann lasse ich das warme Seifenstück auf meiner Scham kreisen, bis der Schaum meine Vulva vollständig bedeckt. Vorsichtig, mit dem hintersten Teil meines Pos, setze ich mich auf einen kleinen Schemel, der nur aus diesem Grund in meinem Bad steht, und lege den Nassrasierer ins heiße Wasser, damit ich unter der kalten Klinge keine Gänsehaut bekomme. Die zarte Haut braucht mehr Geduld als meine Beine oder meine Achseln.

Verona benutzt Babyshampoo für die Intimrasur. Ich halte das für zu teuer. Einfache Seife funktioniert auch, wenn man sie lange genug seift. Obwohl ich weiß, dass mich niemand sehen wird, fühle ich mich so vorbereiteter, selbstbewusster. Ich schüttele den

Rasierer trocken, nachdem ich ihn aus dem Wasser gefischt habe. Mein erster Strich und die helle, glänzende Haut, die darunter zum Vorschein kommt, entschwindet.

»Hi, Nik …« Vor meinem geistigen Auge erscheint sein Mund, die feine Linie seines Lächelns. Ich lächele unwillkürlich zurück. Seine Augen funkeln amüsiert. Die Rasierklinge dreht sich im heißen Nass, wird vom seifiger werdenden Wasser freigespült, für den nächsten vorsichtigen und gründlichen Strich.

Zuversicht erfüllt mich plötzlich. Vielleicht sagt er Nein zu meinen Plänen, vielleicht aber – und das ist der springende Punkt – eben auch nicht. Er hat seine Nummer bei mir hinterlassen. Warum hätte er das tun sollen, wenn er nicht auch neugierig auf mich war?

Die letzten größeren Schaumfelder fallen der Klinge zum Opfer. Ich habe glücklicherweise keinen starken Haarwuchs: Wie auch meine Wimpern sind meine Härchen – bis auf die auf meinem Kopf – alle hell, fast hellblond. Also muss ich mich nicht oft rasieren. Auf der anderen Seite würde ich es auch öfters tun, wenn ich es müsste. Man ist sensibler an diesen Körperstellen; reagiert empfindlicher auf Berührungen.

Ich tupfe den Rest Schaum ab und wische dann über den Spiegel, der vom Dampf des Wassers beschlagen ist. Einen Moment stelle ich mir vor, mich wieder so zurechtzumachen, wie Verona es gestern geschafft hat, doch dann holt mich die Wirklichkeit ein. Mit schnellen Bewegungen tusche ich meine Wimpern und lege meinen farblosen Labello auf. So kann ich mich wenigstens geschminkt *fühlen*. Erfrischt husche ich in mein Schlafzimmer, um mich anzuziehen. Ich starre lange in meinen Kleiderschrank.

Ich entscheide mich für Jeans und einen schwarzen Pullover. Darunter trage ich meine rote Spitzenunterwäsche, immerhin. Ich bleibe meinem Spiel treu. Ich schiele auf das Handy. Keine Nachricht von Ben, auf keine einzige meiner Erklärungen hat er geantwortet. Ich setze mich auf den Rand der Matratze, um die Nummer zu wählen. Bevor ich auf den grünen Hörer drücken kann, muss ich wieder tief durchatmen. Mein Finger schwebt über dem Knopf. Dann schießt mir durch den Kopf, dass Nik eine falsche Nummer hinterlassen haben könnte. Ich drücke mutig, schließlich muss es ja nicht klingeln. Bevor ich darüber nachdenken kann, dass es unlogisch ist, extra auf einen Zettel eine falsche Nummer zu schreiben, statt es ganz zu lassen, nimmt auch schon jemand ab. »Schwarz' Tattoostudio«, meldet sich eine müde Stimme.

Oh!, Niklas hat sich wirklich die Mühe gemacht, mir eine falsche Nummer zu geben ... Ich seufze leise. »Ähh ...«

»Sara?«, fragt die Stimme plötzlich ganz wach.

»Hä ...?«, frage ich zögernd. »Mit wem spreche ich denn da?«

Kurzes Schweigen. »Niklas!«

»Oh!« Ich schließe die Augen und nehme mir vor, mir selbst in den Arsch zu treten, wenn das Telefonat vorbei ist. »Ich ...« Ich verstumme und lausche seinen ruhigen Atemzügen. Mein Mund ist wie ausgedorrt. Ich muss jetzt was sagen, sonst hält er mich für total minderbemittelt.

»Willst du einen Termin machen?«, fragt er plötzlich.

»Wie?«

»Tattoo oder Piercing? Die haben wir gerade im Sonderangebot. Piercings, meine ich.«

»Ähm ... eigentlich ...«

»Im Moment sind wir ziemlich ausgebucht. Aber gleich wäre ein Termin frei. Der Klient ist ... nun, sagen wir, er hat es sich anders überlegt.«

Ich werfe einen Blick auf meine Armbanduhr. Es ist halb acht Uhr abends. Ich räuspere mich.

»Also? Sonst rufe ich einen anderen Kunden an.«

»Nein, ich ... uh ... möchte ein ... P-p-piercing.« Das Wort bleibt auf meiner Zunge hängen und will einfach nicht herunterhüpfen. Aber wenigstens kann ich meinen Kiefer wieder benutzen und wortähnliche Laute hervorbringen. Als ob ich mir so was stechen lassen würde!

Jetzt weiß ich, was mir an Nik gefällt: Es ist sein Humor. Mit ihm kann man Pferde stehlen und nachher darüber lachen. Mit Ben kann man ein Pferd kaufen und anschließend dessen Mähne flechten. Am Telefon kann ich das nicht alles besprechen. Ich brauche einen Grund, um ihn zu sehen, und den hat Nik mir gerade geliefert.

Wenn wir uns Angesicht in Angesicht gegenüberstehen, wird schon alles viel klarer sein; nämlich, dass wir nicht füreinander geschaffen sind, obwohl wir einander vielleicht mögen, als Freunde eben. Ich werde mich viel besser ausdrücken können, weil ich dann nicht unter Drogen stehe und besoffen bin wie beim letzten Mal …

»Okay, das wäre in zwanzig Minuten … kannst du dann hier sein, Sara?«

»Und … wo ist das genau?«

*

Das Tattoostudio ist ein zweistöckiger Laden mit einer verglasten Front. Überall dekorieren gruselige Tattoos und Graffiti die Schaufenster. Über der schwarzen Holztür steht in dicken schwarzen Buchstaben: SCHWARZ.

Mehr nicht.

Wahrscheinlich verliert man in der Szene nicht viele Worte. Verona würde sich hier wohlfühlen. Mir hingegen ist etwas mulmig zumute. Was genau habe ich hier verloren? Als ich die Tür öffne, erwarten mich heller PVC-Boden und gedämpftes Licht. Ich betrachte den Glastresen und drehe mich unwillkürlich zur Tür zurück, um meinen Fluchtweg im Auge zu behalten.

»Nik?«, rufe ich in die Dunkelheit. Licht blendet mich einen Moment, als im Nebenraum eine Lampe angeht. Ich bemerke erst, dass ich zurückgeschreckt bin, als ich mit dem Rücken gegen die Türklinke laufe.

»Ich bin hier«, erklärt eine dunkle Stimme aus dem hellen Raum. Niklas.

Beruhigt mache ich ein paar Schritte vorwärts und sehe mich im Raum um. Der Glastresen nimmt fast den ganzen Platz zwischen der Tür und der rechten Wand ein. Ganz an der hinteren Wand steht auf diesem Tresen ein Computer – so einer mit Flachbildschirm –, der in die Mitte des Raumes weist. Überall hängen Poster, zumeist mit Fantasy-Motiven. Legolas greift mich von einem Poster aus an, Captain Jack Sparrow von der anderen Seite. Der Rest der Wand ist cremefarben, soweit ich das im diffusen Licht erkennen kann. Unter den Postern stehen an der linken Seite einige Wartestühle und Tischchen mit Magazinen. Irgendwie sieht es hier aus wie in einer schrägen Arztpraxis.

»Und, wie gefällt's dir?«, fragt Niklas von der Tür zum Nebenraum und breitet die Arme aus. Seine T-Shirt-Ärmel rutschen dabei ein wenig hoch und zeigen den hellen Flaum unter seinen Achseln. Seine Arme sind fester und muskulöser, als ich dachte. Die Art von Muskeln, die man durch körperliche Arbeit bekommt. Drahtig und sehr klar unter der goldbraunen Haut. Seine Augen leuchten hellblau und stolz, während er auf mein Urteil wartet.

Hier ist er eindeutig zuhause. Man sieht ihm an, wie wohl er sich fühlt. Es hat etwas Beruhigendes und gleichzeitig Spannendes, ihm zuzusehen, wie er sich in seiner ganz eigenen Welt bewegt. Er wirkt absolut ruhig und selbstsicher. Um seinen Mund spielt sein typisch leichtes Lächeln, das ihm einen Charme verleiht, den sich jeder Mann wünschen sollte. Doch hier, in diesem Raum fehlt völlig der unverkennbare Spott in seinem Blick, den er neulich gezeigt hatte, als er durch die Massen blasierter

Studenten in der Disco gegangen war. Ja, er ist zweifellos das Sexieste und Vollkommenste, was ich jemals gesehen habe. Hart, muskulös, arrogant und trotzdem ein Künstler mit seinen männlichen Händen, die mir den Himmel gezeigt haben. Ja, das alles ist und hat er, aber ... auf seinem schwarzen T-Shirt steht in dicken, weißen Lettern »Fuck You« und an seiner Jeans hat er ein langes Loch unter seinem Knie mit zwei Sicherheitsnadeln verschlossen. Er trägt Motto-T-Shirts, meine Güte. Er ist definitiv nicht der richtige Mann für mich; meine Eltern würden in Ohnmacht fallen. Sein Aussehen ist nicht das eines Mannes, der einen Kinderwagen vor sich herschieben würde. Er würde den Kleinen wahrscheinlich Bier anbieten, wenn sie nicht schlafen können, und ihnen Schimpfworte beibringen statt das Fahrradfahren. Aber er ist genau der Richtige, um dem Spießbürger Ben einen Denkzettel zu verpassen. Was wohl in Bens Kopf vorgehen würde, wenn er tatsächlich glauben würde, dass ich etwas mit Nik dem Tätowierer hätte, was natürlich nie der Fall sein wird. Wäre er sauer? Würde er mich hassen oder mich retten wollen? Ich schätze, es wäre wie ein Test, um seine Gefühle zu ergründen, aber vielleicht auch nicht. Vielleicht würde er mich einfach links liegen lassen?

Nik wartet immer noch geduldig auf mein Urteil. Ich betrachte Johnny Depp, um ehrlich antworten zu können: »Das ist fantastisch!«

Einer seiner Mundwinkel hebt sich, als er meinem Blick folgt. »Du bist eine lausige Lügnerin«, entscheidet er.

»Ich lüge nicht. Das Poster von Johnny ist wirklich klasse!« Ich lächele ihn entschuldigend an. »Der Rest ist ... dunkel.«

»Scharf beobachtet.« Er lehnt sich gegen den Türrahmen und verschränkt die Arme vor der Brust. »Was für ein Piercing willst du denn? – Dann kann ich schon mal alles vorbereiten, wenn du dich hier noch etwas umsehen möchtest.«

Das mit dem Piercing hatte ich gerade erfolgreich verdrängt. »Ja, wegen der Sache wollte ich …«

»Warte, warte. Lass mich raten!« Sein Blick wandert meinen Körper hinab. »Brustwarze!«

Ich starre ihn an. Dann fällt es mir plötzlich wie Schuppen von den Augen: Das ist alles nur ein kleines *Spielchen* von ihm und er wird sich totlachen, sobald ich kneife. Ein praktischer Witz! Und selbst wenn nicht, selbst wenn er die ganze Sache für echt hält … in dem Moment, in dem er meine Brüste sieht, ist die Piercingangelegenheit vergessen und dann können wir uns richtig aussprechen, wenn ich ihn in aller Klarheit zurückgewiesen habe!

»Richtig. Rechts«, erwidere ich todernst. Ich deute auf meine Brust und male einen feinen Kreis um den Nippel. Zufrieden sehe ich, wie sich seine Augen an meiner rechten Brust festsaugen. Das wird ein *Kinderspiel*, Sara.

»Na dann.« Er drückt sich von der Wand ab und hebt eine Hand, um mich in den Nebenraum einzuladen. »Los geht's.«

Ich grinse siegessicher und gehe voraus. Der Nebenraum ähnelt einer stinknormalen Arztpraxis. Eine Behandlungsliege und ein Schreibtischstuhl stehen im Raum; weiß geflieste Wände und ein ebenfalls weiß gefliester Boden werfen das Licht der Neonröhren zurück; auf einer Stahlplatte, die unter den großen Fenstern an der Wand angebracht ist, liegen diverse Dinge, die sehr medizinisch und metallisch aussehen. Nur das Radio und ein Kühlschrank wirken fehl am Platze.

»Am besten legst du dich schon mal hin und machst dich frei.« Er dreht sich zum Tresen und zieht mit seiner Fußhacke einen Stuhl zu sich, um sich zu setzen. Ich streife schnell meinen Pullover über den Kopf und warte, bis er sich wieder zu mir umdreht. Dann erst öffne ich meinen blutroten Spitzen-BH und lasse die Träger langsam bis zu meinen Handgelenken rutschen.

Ein Funkeln beleuchtet das klare Blau seiner Augen, er weist auf den Tisch. »Möglichst mit der rechten Brust zu mir.«

Mein Lächeln kippt leicht, doch dann reiße ich mich zusammen. Kein Problem, wenn er erst meine Brüste so nah vor Augen hat, wie er sie haben muss, um mich ... *dingens* zu können, dann ist das ... *Dingens* abgesagt und er muss sich die Blöße geben. Und außerdem muss er mich dann ja anfassen, oder? Ich mache mir keine Sorgen. Wenn er erst mal tatschen darf, wird er sein Metallzeug schnell beiseitelegen, und ich habe dieses Verarschespielchen gewonnen!

Mit einer möglichst lasziven und eleganten Bewegung lege ich mich auf den kalten, ledergepolsterten Tisch. Das Leder ist weiß. Es gibt echt Dinge, die völlig hirnverbrannt sind. Er drückt leicht gegen meine Schulter, bis ich ganz gerade auf seinem Tisch liege. Ich merke, dass ich mich gern von ihm bugsieren lasse. Wie eine Leiche starre ich an die Decke. Es fehlt nur noch ein Zettelchen an meinem Zeh. Ich fühle mich vollkommen entspannt. Es war ein anstrengender Tag. Hier ist es so angenehm mollig warm. Am liebsten würde ich die Augen schließen und einfach einschlafen ... Da spüre ich etwas Kaltes an meiner Brust und sehe an mir herunter. Hilfe! Eine Zange funkelt im Neonlicht. An den beiden Greifern hat sie Löcher in der Mitte. Und sie liegt um meine Brustwarze. Im Augenwinkel sehe ich eine Nadel aufblitzen. In einer Sekunde schieße ich vom Liegen in den Stand: »Hey! Stopp! Aus!«

Er lehnt sich in seinem Stuhl zurück und sieht mich mit hochgezogener Augenbraue an. In seinen behandschuhten Händen glitzern die Instrumente, viele Instrumente. Mir wird etwas übel bei ihrem Anblick.

»Was ist denn los, Sara?«

»Du wolltest mich ... *dingens*!« Ich zeige auf die Nadel. »Einfach mit diesem Monsterding meine Brustwarze durchstoßen! Du könntest mich umbringen!«

Er dreht sich um und legt die Instrumente auf den Edelstahltresen. »So macht man das nun mal. Und du wolltest ein Piercing«, erklärt er mir ruhig. Ich lege meine Hände auf meine Brüste. »Du spinnst wohl! Das sind biologische Wunderwerke. Die *darf* man nicht *durchstechen*!«

»Das Gesetz will ich sehen«, murmelt er und zieht mit Daumen und Zeigefinger den weißen Latexhandschuh von seinem linken Mittelfinger. Er hat wunderschöne Hände, Pianistenhände. An der linken Hand klebt etwas blaue Farbe.

»Das *geht* nicht! Meine Brüste sollen mal meine Kinder ernähren, verdammt noch mal! Und zwar *ohne* dass diese eine Bleivergiftung davontragen.«

Er zieht seinen rechten Handschuh ab und schmeißt beide in einen Mülleimer. »Das ist Chirurgenstahl, Sara. Davon bekommt niemand eine Bleivergiftung.«

Ich bücke mich nach meinem BH, um meine Fäuste in die Hüften stemmen zu können, statt mit den Händen meine Brüste zu verbergen. Was zum Geier mache ich hier eigentlich?

»Also, du willst offensichtlich kein Piercing. Was möchtest du dann, Sara?« Gute Frage. Ich fische meinen BH vom Boden und krempele ihn über meine Schultern, bis die verdrehten Körbchen meine Brüste bedecken. Sehr gute Frage. Ja, was will ich denn? Diese Frage ist so gut, dass ich nicht antworten kann. Ich weiß nur ... dass ich aus mir unerklärlichen Gründen in seiner Nähe sein will. »Ich wollte ... dich kennenlernen, Niklas«, erkläre ich wie ein kleines Mädchen. Er erhebt sich aus seinem Stuhl. Mit beiden Händen angele ich hinter meinem Rücken nach dem Verschluss und drücke den ersten Haken in eine Öse. Plötzlich fällt mir mein Plan wieder ein. »Ich wollte dich fragen, ob du mir hilfst, meinen Verlobten eifersüchtig zu machen ... Aber du bist ja völlig *verrückt*! Du stichst und pikst Menschen und das *freiwillig* als *Job*!«

Ich höre sein kehliges Lachen und schnappe mir meinen Pullover vom Boden. Er beugt sich zu mir, um mein Haar zur Seite zu streichen und mein Ohr zu entblößen. Sein Streicheln ist wie eine starke Droge, berauscht mich, macht mich auf seltsame Weise trunken.

»Ich wollte dich auch wiedersehen«, haucht er mir ins Ohr.

»Ich …«, versuche ich zu antworten, obwohl ich gar nicht weiß, wie ich auf dieses Eingeständnis reagieren soll. Niklas legt mir dankbarerweise seine Hand auf den Mund und tritt noch näher an mich heran: »Sara, ich weiß, dass du einem anderen gehörst und ich respektiere das! Ich kann auch verstehen, dass man vielleicht mal eine Krise durchmacht, bevor man sich für immer bindet, dass man vielleicht noch mal etwas anderes ausprobieren will. Ich glaube ohnehin nicht an Monogamie, doch das muss jeder selbst wissen. Aber weißt du, Sara, ich mag dich wirklich. Du bist … lustig. Und ehrlich. Ich weiß, dass das zwischen uns nur ein befristetes Ding wird und dass du mir morgen wahrscheinlich schon den Laufpass gibst, was ich auch verdient hätte. Aber Sara, verstehst du, dass ich dich nicht einfach so gehen lassen kann, jetzt, wo du hier bist? Ich will, dass du diese Nacht bei mir bleibst. Ich möchte mit dir vögeln, bis wir ohnmächtig werden und die Vögel zwitschern. Diese eine Nacht soll *unsere* sein. Ich kann dir versprechen, dass das noch nie eine Frau bei mir bereut hat, und keine habe ich so gewollt wie dich jetzt. Überrascht dich das? Mich schon. Eine Nacht, Sara. Aber ich möchte nichts mehr darüber hören, wer dein Verlobter ist, was er macht, wie er aussieht oder welche Farbe seine Socken haben. Eine Nacht.« Wie ein Kumpel streckt er mir seine Hand entgegen; meine, mit der ich den Pakt besiegeln soll, zittert unschlüssig an meiner Hüfte.

Ich lehne mich leicht zurück, um seinen Worten und dem Duft seiner warmen Haut zu entkommen. Ich brauche einen klaren Kopf. »Aber du akzeptierst, dass ich … *verlobt* bin?« Ich flüstere die letzten Worte verschämt und starre auf sein Kinn. Wieder ist eine Hälfte seines Gesichts schlechter rasiert als die andere. Dann boxe ich ihm freundschaftlich gegen die Schulter. »Du hast mich mit dem ganzen Metallzeug nur *verarscht*!«

Plötzlich wendet er sich ab und geht auf die Tür zu.

»Nik!«

»Ja?«

»Ich bin einverstanden.« Nun strecke ich ihm meine Hand entgegen. Er kommt wieder auf mich zu, ergreift sie und küsst sie. Dann steht er vor mir. Er grinst reuelos, wortlos und lässt seine Finger unter die Öffnung meines BHs gleiten. Er verharrt kurz und blickt mir tief in die Augen. Hinter meinem Rücken fällt der Verschluss auseinander und wieder wandert mein oberes Kleidungsstück zu Boden. »Das hättest du dir auch denken können«, flüstert er und leckt über mein Ohrläppchen. »Wer bitte schön hat noch Kunden um acht Uhr?«

»Tätowierer?« Ich lasse mich in seine heißen Arme sinken, die mich aufnehmen. Seine Hände legen sich unter meine Pobacken und heben mich auf den Tisch. »Dann würde ich sofort kündigen.« Mein Blick gleitet zwischen seinen goldenen Haarsträhnen hindurch, die in diesem Licht noch goldiger wirken, und trifft auf die spiegelnden Scheiben seiner riesigen Fenster. Die Jalousien sind hochgezogen. Ich sehe seinen Rücken im Spiegel und meine Beine, die sich um seine Hüfte schlingen. Ich weiß, ich sollte nicht hier sein. Aber mein Verlobter hat mich verstoßen und ich brauche Sex. Es ist wie Fremden zusehen, wie sie sich streicheln und liebkosen – und doch bin ich es, die gestreichelt und liebkost wird.

Hitze steigt in mir auf, als ich sehe, wie sich weibliche Hände auf den festen Hintern dieses wunderschönen Mannes legen, meine Hände. Ich fühle seine festen Backen in meinen Händen. Dann kommt mir ein anderer Gedanke: »Die Fenster … man kann uns sehen!«

Seine Finger gleiten unter den Bund meiner Jeans und legen sich heiß auf meinen ersten Wirbel. Träge malt er einen Kreis darum. »Lass sie kucken.«

Ja, denke ich betrunken, lass sie kucken. Meine Finger greifen in den Stoff seines Pullovers und heben ihn über seinen Rücken und seine Taille, bis er sich unter seinen Achseln bauscht. Seine Finger verlassen meine Jeans und heben sich über seinen Kopf. Er greift den Stoff und zieht ihn aus. Ich lehne mich leicht zurück, um seine Muskeln im Neonlicht betrachten zu können. Zum ersten Mal sehe ich ihn richtig, nicht berauscht. »Oh, Gott.« Sein ganzer linker Brustmuskel ist von einem Drachenkopf bedeckt. »Ganz unauffällig«, entscheide ich und lege meine Hand auf die warme Haut. Unter meinen Fingern vibriert sein schneller Herzschlag.

Als ich den silbernen Zähnen des Drachenmauls mit der Fingerspitze folge, hebt Niklas seinen linken Arm. Unter seiner Achsel windet sich der fein definierte, schwarzweiße, massige Körper des Drachens weiter. Seine Krallen graben sich tief in seine Rippen, als umarme das Tattoo seinen Torso. Schatten und silberne Farbakzente lassen das Bild realer wirken, als es sollte. Er dreht sich leicht und ich kann erkennen, wie sich der Schwanz des Reptils über seinen Rücken windet. Niklas senkt seinen Arm und legt die Hände links und rechts neben meine Hüfte auf das weiche Leder. »Schlimm?«

Ich schüttele den Kopf und lasse meine Fingernägel über die mächtige Zeichnung gleiten. Selbst die Schuppen sind einzeln abgegrenzt, durch Schatten und Licht. Die Krallen glitzern silbern. Er umfasst meine Handgelenke und legt sie fest hinter mich auf die Liege, sodass ich gezwungen bin, ein Hohlkreuz zu machen und ihm meine Brüste darzubieten. Er senkt den Kopf und haucht sanft einen Kuss auf den äußersten Rand meines Vorhofs. »Lass deine Hände da«, bittet er mich und öffnet schnell seine Hose, die zu seinen Schuhen sinkt. Er stöhnt leise und hebt mich dann von der Tätowierliege runter, um mir in einer hastigen Bewegung meine Hose abzustreifen. Ein Hosenbein und mein Slip schlackern an meinem rechten Knöchel, als er mich wieder zurücksetzt. »Ich liebe deinen Arsch«, wispert er kopfschüttelnd an meinem Ohr und streift dabei mit seinem rauen Kinn meinen Hals. Ich erschaudere, als er meinen Hintern bis zum Rand der Liege zieht und sein Becken zwischen meine Beine drängt.

Dann senkt sich sein Mund auf meinen. Ganz sanft bahnt sich die Zunge einen Weg zwischen meine Zähne. Ich lecke an der Unterseite seiner Zunge, spüre die ebene Glätte, schmecke Minze und Feuer. Seine Finger legen sich auf meine Oberschenkel und zeichnen einen heißen Pfad bis zur duftigen Mitte meines Körpers. Unsere Zungen umschlingen sich, während sich meine Bauchmuskeln erwartungsvoll zusammenziehen und seine Eichel meine Klitoris küsst.

Ich stöhne in seinem Mund, lasse ihn meine Lust atmen. Er erschaudert leicht an meinen Lippen, als seine Finger seinem Schwanz die richtige Richtung zeigen. Dann stößt er zu. Kein weiteres Vorspiel, keine Zärtlichkeiten, keine endlose Geduld. Nur überhastete Leidenschaft und pulsierende Enge, die sich um ihn schließt.

Seine Finger umfassen fast schmerzhaft mein Becken, als er sich leicht zurückzieht, in die Knie geht und seine ganze Härte in mich eintauchen lässt. Ich verkrampfe nicht, lasse ihn willenlos in mich hinein, während meine Hände hinter meinem Rücken nach Halt suchen. Sein nächster Stoß erschüttert mich und lässt meine Finger haltlos über das Leder rutschen. Sein Duft von frischem Schweiß und schwülem Moschus hüllt mich ein und legt sich wie eine schützende Decke um meinen Kopf.

»Scheiße«, murmelt er plötzlich und verharrt mitten in der Bewegung. Ich hebe meinen Kopf leicht und sehe zu ihm auf. Sein brennender Blick trifft auf meinen. Dann entzieht er sich mir und bückt sich nach seiner Hose. Als er sich aufrichtet, hat er ein Kondom in der Hand.

»Scheiße«, murmele ich zurück, Lust verschleiert mein klares Denken. Ich sehe tonlos, hypnotisiert zu, wie er sich das Kondom überrollt, bis er endlich wieder in mich eintaucht. Der Stoß ist schneller, noch hastiger, noch aggressiver, noch intensiver. Er gleitet rasend in mich. Mein Kopf sinkt in meinen Nacken, als all meine Muskeln zu Butter werden. Als alles in mir zerfließt und mich seinen heftigen Stößen schutzlos überlässt. Der Halt meiner Hände schwindet, als ich auf der schmalen Liege auf den Rücken sinke, bis mein Kopf über dem Rand in der Luft schwebt.

»Au«, fluche ich. Meine Nackenmuskulatur verkrampft. Nik lacht. Seine beiden Hände umfassen stark und wärmend meinen Kopf. Ich umschlinge seinen Nacken. Wieder sehen wir uns fest in die Augen. Wir sind einander so nah, beobachten uns in unserem Rausch, bis ein weiteres Eintauchen zu viel für mich wird und ich emporsteige in meine neue Welt.

Wunschkonzert

Niklas' Wohnung befindet sich genau über seinem Studio. *Seinem* Studio, ich kann es einfach nicht fassen. Der Kerl ist Mitte zwanzig und hat seinen eigenen Laden! Nebenbei studiert er Malerei, als ob er mit dem Laden nicht schon ausgelastet wäre. Ich bin etwas jünger als er und kann nicht einmal Brutto von Netto unterscheiden.

Draußen ist es noch komplett dunkel. Ich nehme seine klammernde Hand von meiner Brust und drehe mich leicht aus seiner festen Umarmung, während er munter weiterschläft. Niks Arme umschlingen mich, als wäre er ein Krake. Mein Kopf dröhnt und mir ist heiß. Nach der Nummer auf der Liege musste er erst mal alles gewissenhaft desinfizieren, weil er heute gegen Mittag einen Kunden hat und korrekt vorhergesehen hat, dass er keine Lust verspüren würde, früh aufzustehen. Kein Wunder, schließlich war es ja sein Plan, uns ohnmächtig zu vögeln, was ihm auch gründlich gelungen ist. Ich stehe offenbar vollkommen neben mir! Bens Verhalten muss mich dermaßen traumatisiert haben, dass ich nicht mehr ich selbst bin. Ich komme mir auch ganz anders vor. Ich richte meinen Oberkörper leicht auf, bis ich mit meinen Händen an sein Knie stoße und es von meiner Hüfte drücken kann.

Aus den Armen des Kraken befreit, springe ich aus dem Bett und renne ins Bad, um meiner Blase Erleichterung zu verschaffen. Es tut gut, das erste Pinkeln am Morgen. Diese Wohnung, auch wenn ich nie zuvor hier gewesen bin, tut gut. Während ich auf der Keramikschüssel sitze und seinen durchsichtigen Duschvorhang mit den lustigen Fischen betrachte, muss ich plötzlich lächeln. Ich hatte mir seine Wohnung ganz anders vorgestellt. So mit diabolischen Blutmalereien an der Wand und mit schwarzen Holzfußböden. Stattdessen scheint er einfach ein Gesamtpaket von IKEA gekauft zu haben, in Birke. Überall karamellfarbene Möbel und dazu passende Gardinen. Genau der Ton, den mein Hochzeitskleid später haben wird.

Im Schlafzimmer ist ein herrliches riesiges schwarzes Gitterbett und alles andere ist olivgrün – die Gardinen, die Bettwäsche und das Sofa. Diese Erdfarben sähen ziemlich weicheimäßig und nichtssagend aus, wenn er, oder wer auch immer diese Wohnung eingerichtet hat, sie nicht mit so vielen kräftigen Farben kombiniert hätte. Auch das Bad ist voller Akzente in Gelb und Orange. Über dem Trockner hat jemand eine Blumenwiese an die olivgrün getünchte Wand gemalt; darauf wachsen Butterblumen und Klatschmohn. Ob er es selbst gemacht hat? Als ich ihn gestern nach seinen Bildern gefragt habe, meinte er nur, dass er zum Malen in die Uni oder raus zu seiner Mutter in die Vorstadt fährt, wo er sich ein Studio in ihrem Gartenhäuschen eingerichtet hat. Ich kenne die Gegend. Bens Eltern wohnen auch dort. Es ist eine Gegend für Reiche.

Ich betätige die Spülung und betrachte meine Hände. Einen Moment denke ich nach. Dann schmeiße ich meine Scham über Bord und durchsuche das kleine Schränkchen unter seinem Waschbecken. Als ich gefunden habe, wonach ich suche, verlasse ich völlig nackt das Bad. Ich betrachte Nik und sein Tattoo. Wie ein kleines Baby friedlich und sorglos schlafend liegt er im Bett. Der Schwanz des Untiers verschwindet tatsächlich auf seinem Steißbein unter dem Bund seiner Boxershorts und taucht am unteren Saum wieder auf. Von dort aus verjüngt das Tattoo sich drastisch zu einer feinen Schleife, die an der Innenseite seines Oberschenkels endet. Unfassbar. So eine *Dummheit*. Das bleibt für *immer*.

Bereits im Flur zögere ich noch einen Moment und lasse den Gegenstand in meiner Hand rotieren. Doch dann zucke ich mit den Schultern und gehe ins Schlafzimmer, um mich dort in die weichen Laken neben Nik gleiten zu lassen. Als ich fast schon eingeschlafen wäre, erhebt Niklas plötzlich seinen Oberkörper. Sein Blick fällt sofort auf den Nachttisch. »Gleitgel?«

Ich erstarre am ganzen Körper. Doch dann entspanne ich mich wieder. Mit Nik über Sex zu reden, ist nichts Peinliches. Er macht kein Drama daraus, wenn ich jetzt einfach mal einen kleinen Wunsch äußere, der ihm nicht gefällt. Um ihn zu schockieren, müsste ich wahrscheinlich ganz andere Geschütze auffahren. Ich kann mir gar nicht vorstellen, welche genau. Ich schlucke trotzdem nervös. »Also ... ähm ... Ich hab mir gedacht, wir könnten etwas ausprobieren. Wenn du das nicht willst, ist das voll okay für mich. Aber es ist noch nicht hell.« Ich deute zu den Vorhängen, die wenig Licht hereinlassen. »Es gibt da etwas, ich meine, ich habe ... eine Fantasie. Und ich hab bei dir dieses Gel gefunden und da dachte ich mir, wir könnten ...« Oh Himmel, ich kann das nicht sagen. »Arschficken.« Seine Augen strahlen unter den schweren Lidern.

Ich liebe es, wenn er vulgär ist. Er küsst meine Brustwarze, knabbert und saugt daran, bis er seinen Kopf hebt und mich küsst. »Du bist süß, Sara.« Lange liegen wir da, knutschen, lecken, liebkosen uns, bis ich mich völlig entspanne. Er massiert mich. Seine Finger verlassen meine cremige Feuchte und legen sich schwer auf meine Taille. »Es tut weh«, warnt er mich leise an meinen Lippen.

Ich streichele sein Gesicht. »Und das weißt du aus eigener Erfahrung?«, scherze ich. Er schließt kurz die Augen, als wolle er das Aufflackern von Erinnerungen in seinem Blick vor mir verbergen.

»Ja.« Er mustert mich.

Ich küsse seine Augenbraue und atme tief durch. »Das ist gut«, erkläre ich. »Dann … weißt du, wie man das macht.« Ich zeichne den Schwung seiner feuchten Augenbraue nach. Mit wem er Sex hatte, interessiert mich nicht. Wieder küssen und liebkosen wir uns. Ich verreibe die Feuchtigkeit auf seiner Eichel, wiege seine Hoden, bis sich seine Handfläche schwer auf meine Hüfte legt und er seinen Mund von mir löst.

Ich verstehe die Aufforderung, sehe das scharfe Glitzern in seinen Augen. Ich erhebe mich leicht, bis ich mich herumrollen kann und auf dem Bauch liegen bleibe. Nik legt sich ein Kondom an und kniet augenblicklich hinter mir. Seine Hände legen sich verschwitzt auf meinen unteren Rücken und streichen fest und langsam hinunter bis in meinen Nacken. Auf meinem Körper bildet sich Gänsehaut. Mein Schoß pulsiert nervös. Er reibt über die Furche meiner Wirbelsäule und platziert einen feinen Kuss auf meiner Schulter. »Bist du sicher?«

»Nee«, murmle ich ins Kissen und atme tief durch. »Mach endlich weiter!« Ich wollte es schon immer mal ausprobieren und wenn es nicht funktioniert, ist Nik ein Mann, der ein »Aufhören« versteht und danach handelt. Ich vertraue ihm vollkommen.

Er liebkost meinen Nacken und ich spüre, wir er sich hinter mir schwer atmend aufrichtet. Dann fühle ich seinen Schwanz an meinem Kitzler. Mein ganzer Körper zuckt zusammen, als sein heißes Fleisch langsam über meinen feuchten Eingang gleitet. Dann drückt sich seine Eichel in die Feuchtigkeit meiner Vagina. Ich stöhne abgehackt und frage mich, ob er seine Aufgabe verstanden hat, schließlich gleitet er gerade in meinen … falschen Eingang. Eine Sekunde später ist mir das scheißegal, als sein Schwanz mit dem nächsten Stoß jeden lustvollen Punkt in mir berührt und über die Maßen reizt. Von hinten fasst er kurz nach meinen Brüsten und massiert die Spitzen, bevor er sich wieder aufrichtet und aufhört, sich zu bewegen.

»Uh!«, fordere ich ihn laut auf. »Weiter. Ficken. Los.« Er lacht heiser, bleibt aber reglos in mir. Ich spüre seinen Schwanz tief in mir pulsieren. Dann bewegt Nik sich endlich wieder. Mit kleinen, flachen Kreisen massiert die Spitze seines Schwanzes meinen Punkt.

»Tiefer!«, brülle ich. »Verdammte Scheiße ... *Nik*!« Mein ganzer Körper zieht sich vor Lust zusammen und bettelt nach seinem Fleisch, das mich ausfüllen soll. Meine Haut fühlt sich fiebrig an. So war es jedes Mal, wenn ich mit ihm geschlafen habe. Mein Herz pocht in meinen Fingerspitzen und findet seinen Widerhall tief um Niks hartes Fleisch. Ich ziehe mich um ihn zusammen, quetsche ihn leicht. Er stöhnt heiser und umfasst mein Becken. Schließlich lassen seine Finger von meiner feuchten Haut ab.

Ich höre das leise, dumpfe Knacken der Tube. Seine heißen Finger spreizen meine Pobacken und legen meine hintere Öffnung frei. Plötzlich spüre ich eine dickflüssige Creme, die zwischen meine Backen fließt und sich auf meinem Anus ausbreitet. Wieder zucke ich zusammen. Diesmal fragt er aber nicht, ob ich mir sicher bin. Ich wüsste auch nicht, was ich ihm antworten sollte. Geduldig verteilt er die kühle Flüssigkeit und kreist mit seinem Zeigefinger auf der sensiblen Haut.

Lustblitze schießen in meinen Bauch und breiten sich in meinem Hirn aus. Ich wackele mit meinem Becken und suche seinen Schwanz, um mich aufspießen zu lassen. Ich muss ins Kissen beißen, um nicht meine Lunge aus meiner Brust zu brüllen und seine Nachbarn im Nebengebäude zu erschrecken. Als mein Becken völlig ferngesteuert erneut zurückzuckt, ist einen Moment lang der Druck seiner Hand im Weg, doch dann dringt sein Zeigefinger in meinen After ein. Mein Rücken wölbt sich, während ich meine Lust gedämpft in sein Kissen schreie. Mein Kopf schießt in die Höhe und im selben Moment ist mir scheißegal, wer mich hören könnte, als ich wilde Unartigkeiten brülle. Sein Finger dreht sich in mir. Langsam beginnen Finger und Schwanz zu pumpen. Ich verspüre einen Stich, als ein zweiter Finger an meinem Eingang ansetzt.

Zischend ziehe ich die Luft zwischen meinen Zähnen ein, bevor ich stöhnend ausatme. Sein Finger gleitet langsam in mich hinein. Dann zieht Nik ihn wieder heraus, um ihn erneut in mich hineinzudrücken. Zieht ihn raus. Hinein. In mir spreizt er seine Finger und weitet mich auf diese Weise. Ich keuche und atme in abgehackten Zügen, als das Ziehen schmerzhafter wird. Hinter mir spüre ich, wie Nik am ganzen Körper vor Erregung bebt. Ich halte die Luft an, als ein dritter Finger sich in mich hineinpresst. Bis ich Sternchen sehe und der schmerzhafte Druck wieder nachlässt. Ich erschaudere, genieße das seltsame Gefühl, gedehnt zu werden. Als ich meine Augen schließe, erfasst mich meine Erregung erneut.

»Ja! Genauso!«

Ich weiß nicht, ob ich es keuche oder er. Irgendwoher kommen die Worte. Die und andere.

»*Fick* mich! Komm schon! Bitte! Komm in mich rein! Komm in meinen *Arsch*! Los! Jetzt! *Fick* mich da!«

Oh, ich denke, das war ich.

Er zieht seine Finger aus mir heraus und nimmt eine neue Ladung Gleitgel, um sie wieder geduldig zu verteilen. Mein Stöhnen reißt kläglich ab und mein Kopf sinkt kraftlos in die Kissen. »*Bitte.*«

Ich höre sein raues, fassungsloses Lachen; dann gleiten seine massierenden Finger aus mir heraus. Kurz darauf zieht er auch seinen Schwanz aus meiner feuchten Öffnung. Geräusche lassen mich wissen, dass er das Gel nun auch bei sich selbst einmassiert. Plötzlich und langsam drückt sich seine Eichel in den Gleitgelglibber und ich erstarre. Der Druck ist scharf und einen Moment lang habe ich das Gefühl, gleich zu zerreißen.

»Entspann dich!«, keucht Nik hinter mir, wartet einen Augenblick und drückt sich weiter gegen mich.

Das bin ich doch, ich bin entspannt, oder? Aber das geht nicht. Bei aller Liebe, das geht wirklich nicht. Sein Schwanz schiebt sich keinen Millimeter weiter vorwärts. Stattdessen reißt er mich auf. Es brennt wie Feuer. Meine ganzen Eingeweide ziehen sich zu einem Klumpen zusammen und vor meinen Augen flackern Sterne. Dann gebe ich spürbar nach, plötzlich ist er drin.

»Oh, Fuck!«, hechele ich dankbar. Ich habe das Gefühl, als sei eine riesige Schlange in mir und als winde sie sich, bis meine Wände zu platzen drohen. Ich kann nicht sagen, dass ich das besonders genieße, stelle ich etwas enttäuscht fest.

»Also ... die ... Spitze ... ist ... schon mal drin«, stößt er hervor.

Ich wusste, dass es noch schlimmer wird. Er packt mein Becken fester und schiebt seine Hüfte vor, langsam, sanft dringt er weiter in mich. Sein Schwanz wühlt immer tiefer in mir und dehnt mich über die Schmerzgrenze hinaus. Ich beiße auf meine Lippen und halte die Luft an, bis wieder Sternchen vor meinen Augen explodieren; dann schnappe ich nach Luft.

Endlich hört er auf, sich zu bewegen. »*Jetzt*!«, brüllt er und sein Schwanz gleitet aus mir raus, um gleich darauf genauso langsam und behutsam ein weiteres Mal einzudringen. Sein nächster Stoß lässt Tränen in meine Augen schießen. Trotzdem will ich nicht aufhören. Auf absonderliche Weise will ich es, will diesen Schmerz. Schwelge regelrecht in der pulsierenden, ziehenden Lust. Der nächste Schub macht mich ganz schwach und meine Arme knicken ein. Der nächste ist schon besser. Viel besser. Auf unangenehm-angenehme Weise massieren seine Stöße mein Innerstes. Sein Duft umgeistert meine Gedanken, der Schmerz ist wie weggeblasen. Der Drang nach einem Orgasmus kitzelt in meinen Zehenspitzen und breitet sich wellenförmig in mir aus. Erneut fällt mir das Atmen schwer. Ich fasse blind nach hinten und umfasse seine Hand, um diese zu meiner Klitoris zu führen.

Meine Haut glüht, während seine Finger meine hervorstehende Lustkuppe finden und sie langsam im richtigen Rhythmus massieren. Mit jedem Stoß versetzt er mich erneut in Ekstase. Meine Finger krallen sich in die Laken. Ich zucke, bebe, fluche. »Genauso, weiter. *Fick* mich weiter! Nicht, nicht ... *Jah*! Ja! Fuck, ja!« Lust und fiebrige Erregung bringen eine Zelle nach der anderen zum Schwirren und treiben mich in den Wahnsinn. Ich muss ihn mehr spüren. Seine Hände, seine Lippen. Ich brauche mehr von ihm! Als könnte er meine Gedanken lesen, beginnt seine freie Hand auf Wanderschaft zu gehen, reibt meine Brustwarzen, zwickt sie, streicht mein Haar beiseite und liebkost meinen Nacken. Hitze steigt von meinen Füßen in meine Schädeldecke und wärmt mich wie ein Kachelofen an einem viel zu heißen Sommertag. Mir wird schwindelig. Liebkosend leckt er über meine Schulter und dämpft damit die Wucht seiner Stöße. Feuchte, heiße Spuren hinterlassend rutscht sein offener Mund über meinen Rücken. Schweiß perlt in glitzernden Tropfen von meiner Stirn und tränkt das Bett, während er unablässig und langsam einen Stoß nach dem anderen ausführt, der bis in meine Seele vordringt. Ich weiß nicht, wie lange er dieses Spielchen treibt, aber immer wieder auf der Klippe zum Orgasmus hört er mit dem Streicheln auf. Meine Finger krallen sich tief in die Laken, zerknautschen den olivgrünen Stoff wie ein Taschentuch zu feinen Falten. Sein Atem hallt dröhnend im Zimmer und überlagert meine spitzen Schreie.

Ich bin so erregt, dass meine Feuchtigkeit bis zu meinen Knien geflossen ist. Ein kühler Luftzug streift meine verschwitzte Haut. Wieder bin ich ganz nah an meinem Höhepunkt. Meine Vagina zuckt, aber in meinem Hintern kann ich fühlen, wie ich ihn versehentlich-absichtlich melke. Plötzlich reißt sein Rhythmus ab, seine Stöße werden abgehackter, schneller, langsamer, ein Verharren, ein Stoß, schließlich bricht er ganz ab und sein heißer Samen ergießt sich, während er einen animalischen Schrei der Zimmerdecke entgegenbrüllt. Im selben Moment drückt er ein letztes Mal auf meinen Lustknopf und ich zerspringe, um wenig später wieder zusammengesetzt zu werden. Ich vergehe, platze, zucke. Mein erlösender Schrei geht in ein dankbares Schluchzen über. Mir wird schwarz vor Augen und mein Hals brennt. Dann füllt nur noch unser schnelles Atmen die Stille.

*

Als ich zu mir komme und meine Gedanken wieder einen Sinn ergeben, liegt sein Gewicht schwer auf mir und presst mich tief in die Matratze. Sein schweißgetränkter Körper hüllt mich ein wie eine große, schwere, viel zu heiße Decke. Seine Finger gleiten müßig über meine Taille. »Honey?«

Ich atme tief ein und vergesse dabei zu antworten.

»Oh, gut. Du bist nicht tot.« Er kneift mich kurz in die Haut an meiner Hüfte. Ich brumme.

»Und ohnmächtig bist du auch nicht«, stellt er zufrieden fest.

Ich wünsche mir, dass er in diesem Augenblick nicht so wach ist. Ich sterbe nach dem Sex immer einen kleinen Tod, aber er scheint so munter zu sein wie ein Kälbchen, das zum ersten Mal die Weide betritt.

»So schlimm war es doch gar nicht, oder?«

Ich brumme wieder. Das bedarf keiner Antwort. Es war schlimmer, als er es sich vorstellen kann. Aber auch irgendwie besser als alles, was ich bisher erlebt habe. Schmerz und Lust. Die Mischung scheint einen ziemlich durchdrehen zu lassen. Es ist wie ein ekstatischer Flug, während der Körper durch den Schmerz am Boden gefesselt bleibt. Man löst sich aus sich selbst und schwebt frei durch die Wellen der Liebe und wird doch gehalten.

Er schiebt sich schwerfällig von mir herunter und rollt mich herum, bis ich auf dem Rücken liege. »Warte kurz, ich gehe schnell ins Bad und danach starten wir Runde zwei.« Er grinst und springt vergnügt aus dem Bett. Ich greife nach einem Kissen und lege es auf mein Gesicht. Eine zweite Runde kann er sich abschminken. *Nie im Leben* werde ich nach diesen Strapazen innerhalb so kurzer Zeit wieder mit ihm schlafen. Wenn er Glück hat, bin ich in drei Wochen wieder so weit.

Als er endlich bewegungslos unter mir liegt und gegen meine Schläfe atmet, räuspere ich mich leise: »Warum mögen Männer eigentlich immer Analsex?« Seine Hand fällt klatschend auf meinen Arsch. »Dort ist es enger.« Er seufzt tief und legt seine flache Hand unter seinen Kopf. »Außerdem mag ich das ... Warten.«

»Warten?« Meine Zunge nimmt den Geschmack seiner salzigen goldenen Haut auf.

»Wenn man auf dem höchsten Punkt der Lust, also wenn man so richtig zittert und nur noch ficken will ... richtig stoßen und nur noch abspritzen ... wenn man in diesem Moment verharren muss, ganz langsam, gemächlich und vorsichtig vorgehen muss und dabei genau sehen kann, wie jeder einzelne Millimeter des eigenen Schwanzes in einem Körper verschwindet, dann ... ist es *besser.*« Er atmet tief ein und ich spüre an der Innenseite meines Schenkels ein leichtes Heben seines Schwanzes. »Für die Pornoindustrie ist es einfach ein weiteres ... Loch, das man filmen und ficken kann ... Für mich ... ich sehe das indisch, Kamasutra und so. Außerdem ist es ein Urinstinkt. Wenn ich dich von hinten ficke und dabei sehen kann, wie deine rosa Rosette aufblitzt, dann ...«

Ich verrücke mich auf seiner Erektion. »Ja, ich sehe schon, was dann ist.«

*

Niklas zieht seine Boxershorts vom Hintern und ich kann die dunklen Schuppen des Monsters auf seiner linken Pobacke glänzen sehen. Wortlos steigt er in seine Duschwanne und macht das Wasser an. Er zuckt kurz zusammen, sein Drache bebt, als er den Temperaturregler höher dreht. Ich lehne mich mit meiner Hüfte leicht ans Waschbecken und sehe zu, wie er sich mir zuwendet. »Kommst du?«

»Das ist wie eine Galerie«, stelle ich fest und hebe meine Hände vor meine Augen, um damit einen Rahmen zu formen. Der Fingerrahmen umschließt seine goldene Gestalt und bildet ein wunderschönes sexy Bild. »Man sollte ein Gemälde aus dir machen.«

»Was?«, fragt er, während Dampf von seinen Knien aufsteigt und sein Gesicht umspielt. Wasser fließt in Strömen über seine Muskeln und lässt sie glitzern. Ich mache eine Handbewegung in seine Richtung. »Ein Akt, man sollte einen Akt malen.«

Er nimmt eine Flasche von der Gitterablage und öffnet sie mit einem Knacken. Er runzelt die Stirn und stellt die Flasche wieder auf das Gitter. »Komm einfach her.« Ich klettere hinter ihm in die enge Duschwanne. Einzelne Wasserstrahlen verbrennen meine Haut. »Uh!«

Er schiebt mich vor sich, bis mich kein Wasser mehr trifft. »Manchmal bist du ganz schön kompliziert«, murmelt er, während Wasser über seinen Mund fließt.

»Hee!«, protestiere ich und werde dann ganz still, während Niklas Duschgel in seine Hand gibt und seine Brust einseift. Ben hat das auch manchmal gesagt. Ich sei zu kompliziert oder zu anstrengend. Ja, vielleicht bin ich nicht die einfachste Person. Ich weiß, bei mir ist es ein ewiges Auf und Ab, aber ich bin doch liebenswert? Ich habe viele tolle Seiten? Und wenn ich etwas weniger chaotisch sein könnte, heiraten mich sicher auch meine Traummänner. Also, mein *einer* Traummann, mein Ben.

Ich schluchze plötzlich gegen den Wasserstrahl, als ich an das Bild denke, wie Ben vor mir am Altar steht und stolz lächelt – weil mein Kleid so toll ist und ich so toll bin und alles perfekt ist. Ich schließe die Augen, lasse mich von der feuchten Luft einhüllen und denke daran, wie meine Eltern mich stolz ansehen würden. Mich anstarren, als sei ich ein Gottesgeschenk und keine Nervensäge …

»Hey!« Niklas dreht mich um und blickt mir tief in die Augen. »Das war ein Scherz, Sara! Kuck doch nicht so traurig.« Er drückt mir einen Kuss an den Hals und legt seine heißen Hände auf meinen Rücken. »Du bist so empfindlich. Tut mir leid.« Ich nicke und winde mich aus seiner Umarmung, um nach dem Temperaturregler zu greifen. Ich möchte mich nicht verbrühen. Niklas atmet zischend ein und wir wechseln mit einem schnellen Tanz die Plätze. Warmes Wasser kühlt meine Verbrennungen.

»Nicht so kalt«, bittet Niklas hinter mir und greift über meine Schulter. Ich schlage ihm auf die Hand und ziehe den Regler auf eine angenehme Wärme.

»Besser?« Ich drehe mich wieder zu ihm um und nehme von der Ablage das Duschgel. Ich drücke eine kleine Menge auf meine Hand und fange an, meinen Hals zu waschen. Dann übernehmen seine Hände den Job. So kann ich mit seinem Körper weitermachen. Schlüpfrige Finger gleiten zu meinen Brüsten und massieren den Schaum ein, bis sich meine Brustwarzen zu festen Knöpfen zusammenziehen. Wärme flutet durch meinen Bauch und lässt innerlich meine Muskeln erzittern. Meine Finger spannen sich auf seinen Brustmuskeln, doch ich kann nicht den ganzen Kopf des schwarzen Untiers verdecken.

Sein Lächeln ist ein wenig zittrig, als er seine Hüfte vorschiebt und seine harte Eichel meinen Bauchnabel küsst. Dann nimmt er mein Gesicht zwischen die Hände und nippt mit offenem Mund an meinem. Sein Atem füllt mich heißer als der Wasserdampf, der in Wogen um uns aufsteigt. Seine Lippen fahren über meinen Mundwinkel, meine Wange, meine Schläfe. Seine Zunge umspielt einige Strähnchen meines Haars, bevor er an meinem Ohrläppchen knabbert. Er atmet tief ein. Seine Hände fahren über meinen Hals hinab, bis er wieder mein Fleisch zwischen seinen Händen hat und meine Brüste anhebt, als wolle er das Gewicht testen.

Ich stocke, mein Puls rast in meiner Schläfe. Mein Griff an seinem Rücken wird fester, bevor sich meine Finger entspannen und sich um seine Arschbacken schließen. Er kneift die Backen zusammen, entspannt sich wieder. Seine Hände gleiten von meinen Brüsten über meinen Rücken zu meinem Hintern. Als er mich zu sich zieht, drängt sich die ganze Länge seiner Härte gegen meinen Bauch. Der Druck sendet eine erregende Botschaft bis in die Tiefe meiner pochenden Mitte. Ich hebe ein Knie und lasse meinen Fuß auf seinem Unterschenkel auf und ab gleiten.

Seine rechte Hand legt sich unter mein Knie und hebt mich auf die Zehenspitzen. Der untere Stamm seiner Erektion drückt sich gegen meine Scham. Ich spüre, wie ich dort erwartungsvoll anschwelle. Er geht leicht in die Knie, fasst mit seiner linken Hand unter mein Gesäß und hebt mich vollständig hoch.

Meine Beine schlingen sich um sein Becken, meine Hände gleiten über seinen Hals in seinen Nacken. Er dreht sich leicht und stemmt mich mit dem Rücken gegen die freie Duschwand. Ich winde mich unter seinem Gewicht, das mir die Luft aus den Lungen presst. Auf meine Schulter prasseln die Wassertropfen und zerplatzen auf meiner Haut.

Seine Lippen legen sich auf meine, unter dem festen Druck öffnen sich unsere Münder, unsere Zungen verschlingen sich in einem langen Gleiten. Meine Fingernägel graben sich in seine Kopfhaut, als seine Hand von meinem Po langsam zwischen meine Schenkel wandert und meine Klitoris erreicht. Schauer überlaufen meinen Körper und ich atme keuchend aus. Mit seinen Fingern spaltet er meine Schamlippen, hebt mich mit festen, unnachgiebigen Griffen weiter an, bis sein Schwanz zwischen meine Schamlippen rutscht und an meinem Eingang pocht. Er greift nach einem Kondom. Zum Glück ist es immer noch dunkel draußen, sehe ich kurz. Mein ganzer Körper schmerzt vor Erwartung, als er leicht das Gewicht verlagert und seine Eichel meinen Körper füllt. Dann lässt er mich sinken. Seine Erektion weitet mich langsam. Zentimeter für Zentimeter spieße ich mich durch mein Gewicht auf seinen Schwanz. Ohne den Mund von meinem zu lösen, verlassen seine Finger den Scheitelpunkt meiner Schenkel und gleiten zwischen meine Pobacken. Ich spanne mich an, als er meinen Anus berührt, zucke unter der Berührung zusammen. Sein Finger verharrt kurz und malt dann einen kleinen Kreis um diesen geheimsten Eingang.

Ich erstarre erregt und kann erst wieder atmen, als er von dieser Stelle ablässt und seine Hände zu einem starken Griff um mein Becken schließt. Mit der glatten, muskulösen Brust drückt er mich gegen die Wand und zieht sich aus mir zurück. Ich hänge an ihm, muss meinen Kopf in den Nacken legen, um meine Lungen mit feuchter Luft füllen zu können. Seine Lippen gleiten dabei bis zu meinem Kinn. Sein Griff wird noch fester, als er wieder in mich eindringt und seinen Kopf an meinen Hals bettet; seine Finger graben sich tief in mein Fleisch.

Ich keuche, hilflos diesem neuen Angriff auf meine schwindenden Sinne ausgesetzt und winde mich unter einem weiteren Stoß. Seine Härte reizt meinen Eingang, müsste ihn taub machen unter der Gewalt der Empfindungen, doch macht sie mich empfindlicher für jedes kleinste Haschen seiner Schamhaare an meiner Klitoris, für jedes vergänglichste Gefühl. Er bewegt sich schneller, meine Schulter berührt den kühlen, feuchten, glatten Duschvorhang bei jedem Stoß. Wassertropfen schimmern auf seiner Haut, sein Atem peitscht heiser gegen meinen Hals, als er zubeißt.

Ich schlage meine Krallen in seinen Körper, dränge mein Becken an ihn und suche den Kick, der mich über die Klippe schießt. Seine Hüften rotieren, unablässig bewegt er sich in meinem Innersten, zieht sich zurück, dringt erneut ein.

Wasser trifft kühl auf meine heiße Haut und verdampft unter der kochenden Hitze. Die Verlockungen des Höhepunktes lassen meinen Körper sich zusammenziehen und blenden die Schmerzen aus, die Niks rasender, reibender Schwanz in mir erzeugt. Der Höhepunkt überrollt mich im selben Moment, in dem ich spüre, wie sein nacktes Fleisch in mir anschwillt. Niklas zuckt zusammen. Mir wird einen Moment schwarz vor Augen, als ich in meinem Orgasmus schwelge.

Ich stemme mich leicht gegen seinen Körper, bis Sauerstoff und Dampf meine Lungen füllen können. Niklas seufzt schwer an meinem Ohr, beißt hinein. Meine Nervenenden registrieren den sanften Schmerz matt. Ich löse vorsichtig meine Beine von seiner Hüfte und halte mich an seinem Nacken fest. Als er aus mir gleitet, seufze ich und kneife die Augen zusammen. Er umfasst meine Taille und hebt mich leicht an, um mich auf meine zitternden Beine zu stellen. Unsere Köpfe liegen an der Schulter des anderen. Wir umfassen uns fest, wiegen uns unter den intensiven Tropfen des Duschwassers, das auf unsere Haut klatscht.

»Ein Brustwarzenpiercing würde wirklich gut an dir aussehen«, unterbricht Niklas das Plätschern und lässt seine Finger über meinen Rücken gleiten, wie ein Musiker über die Seiten einer Harfe. Sein schelmisches Grinsen leuchtet direkt vor meinem Gesicht. »Aber ich mag dich natürlich so, wie du bist.«

»Mit weniger Monstern auf deinem Körper wärst du auch schöner.« Ich löse mich von ihm und versuche auf meinen eigenen schwachen, zittrigen Beinen zu stehen. Aber man kann eben nicht alles haben.

Drei giggelnde Mädchen im Sexshop

Nik brummt aufgebracht neben mir und drückt mich zur Seite. »Telefon, Sara!« Ich wische schwach über mein Gesicht und drücke zurück. »Deine Wohnung. Dein Telefon«, murmle ich und gähne. »Ist eh wieder für dich.« Niklas drückt mich erneut. »Mach schon.«

Ich seufze und richte mich auf. Auf dem Sofa gegenüber vom Bett liegt das piepsende Ungetüm. »Arschloch«, schimpfe ich und bin mir nicht sicher, ob ich jetzt das Telefon meine oder meinen Liebhaber. Liebhaber, lustig. Das klingt so nach ... Geschäftsfrau mit Heimlichkeiten. Und diese Heimlichkeiten laufen schon seit unfassbaren drei Wochen! Ich rolle mich aus dem Bett und wanke zur Couch. Dort angekommen, lasse ich mich fallen. »Ja?«

»Hi Sara. Lina hat mich gerade angerufen. Hast du heute schon was vor?«, fragt Verona zu quirlig für den frühen Morgen. Ich betrachte Niklas, der nach einem Kissen fischt, um es sich auf sein Gesicht zu legen. »Hi Verona.« Ich halte den Hörer zu. »Ist für mich.«

»Ach«, macht Nik müde. Dann dreht er sich zur Seite und präsentiert seinen nackten Drachenarsch. »Unfassbar«, mault er träge. »Du wirst öfter angerufen als ich und das in *meiner* Wohnung.«

»Das liegt daran, dass ich Freunde habe.« Er kuckt beleidigt. Ich halte das Telefon wieder an mein Ohr.

»... du noch dran?«, fragt Verona gerade.

»Sorry, ich musste gerade was mit Nik klären. Er mault. Wir waren gestern etwas länger unterwegs, du verstehst. Jetzt bin ich ganz für dich da.«

»Sag ihm ›sorry‹ von mir. Also, hast du Zeit?«

Wieder betrachte ich Niklas' Knackarsch und lege den Kopf schief. »Kommt drauf an.«

»Lina hat Musical-Tickets geschenkt bekommen und lädt uns ein. Der Zug fährt um drei.«

Ich werfe einen Blick auf mein Handgelenk, an dem keine Uhr prangt. »Bin dabei. Wir treffen uns nachher beim Bahnhof, ja?«

»Ich weiß noch nicht, ob ich wirklich mitgehe«, erklärt Verona.

»Warum?«, frage ich überrascht.

»Ich wollte eigentlich ... Ach, ich komme mit. Ich muss ... euch nämlich etwas fragen.«

»Uh, geheimnisvoll.« Niklas dreht sich wieder auf den Rücken und zerknautscht sein Kissen unter seinem Kopf zu einem kleinen Berg, bis er mich im Liegen ansehen kann. »Bis später.«

»Nik macht wieder was Unanständiges, oder?«

»Wie kommst du denn auf *so* was?« Mein Blick klebt an Niks Hand, die sich langsam unter seine Bettdecke schleicht und sich um seine Morgenerektion legt. Er fixiert mich mit festem Blick, während seine Finger unter der Decke an seinem harten Fleisch hinaufstreicheln.

»Dann bist du immer völlig uninteressiert an allem«, plaudert Verona. »Sonst platzt du vor Neugier, wenn ich auch nur das kleinste Geheimnis andeute und ...«

Niklas' Hand massiert langsam und fest seinen Schaft, hinauf und hinunter, während er seine Zungenspitze zwischen den weißen Zähnen einklemmt. Seine Lider senken sich halb, ohne dass er mich aus den Augen lassen würde.

»Bis später.« Ich lege auf und kehre ins Bett zurück.

*

»*Oh mein Gott*, sieh mal!« Verona nimmt eine *Taschenmuschi* in die Hand und präsentiert uns das Gummiloch. »Das müsst ihr mal *fühlen*!«

Einige männliche Gäste verlassen fluchtartig den Sexshop, der sich unauffällig zwischen einer Bäckerei und einem Asiashop in der Einkaufsstraße der sauberen, hellen Altstadt eingenistet hat. Eigentlich weist nur ein kleines Schild an der Fachwerkhauswand mit der Aufschrift »Erotica« auf seine Existenz hin. Trotzdem herrscht hier keine geheimnisvolle Aura vor. Ein ausgelatschter Teppichboden, der früher bestimmt mal die Farbe Blau hatte und sich jetzt zu einem dreckigen Lila mit Sprenkeln entwickelt hat, begrüßt einen schon an der Tür. Es stinkt nach Kondom und überbrodelnden Hormonen von Menschen, die sich nur an den Festtagen waschen. Ziemlich hässlich, der Laden. Besonders im direkten Kontrast zu der wunderschönen Altstadt vor der Tür mit den Fachwerkhäuschen, den großen Fenstern überall und den schmalen, gewundenen Gassen.

Lina kichert leise und tippt mit dem Finger vorsichtig gegen das Gummi. »Iiih, das fühlt sich ja *echt* an!« Verona zieht eine Augenbraue hoch. »Naja, nicht wirklich *echt* ... aber gut gemacht!« Sie dreht sich von uns weg, um einen Federpinsel anzusehen. »Das wäre was für mich.«

»Seit wann brauchst du denn Dinge, um dein Sexleben aufzufrischen?« Lina befühlt, während sie spricht, den Stoff eines rosa Stringtangas. »Normalerweise besorgst du dir doch einfach einen neuen Mann.«

»Haha«, macht Verona und untersucht die roten Federspitzen des Pinsels! »Ich brauche eben nicht immer einen neuen Mann.«

Ich rucke zu ihr herum und starre sie an. »Kannst du das wiederholen?«

Verona streckt die Zunge raus. »Das ist ja wie eine Verschwörung hier. Jetzt zieht ihr mich sogar im Doppelpack auf!«

»Weich nicht aus, sondern sag uns, was es da Neues in deinem Leben gibt«, erklärt Lina unfreundlich und sieht Verona auffordernd an.

»Nichts Neues«, erwidert Verona und lächelt. »Das ist es ja gerade. Takumi und ich ... wir bleiben bis auf Weiteres sozusagen ... zusammen.«

»Echt jetzt?«, frage ich überrascht.

Verona nickt leicht beschämt und dreht sich weg. Irgendwie kann ich verstehen, warum sie nicht sofort mit allen Details rausrückt. Auch ich habe von meinen Erlebnissen mit Nik kaum etwas verlauten lassen. Es kommt mir irgendwie falsch vor, diese Periode in meinem Leben vor meinen Freundinnen auszubreiten. Es ist eh nur für kurze Dauer und es ist ... mein kleines Heiligtum, wenn ich mit Nik zusammen bin und mit ihm schlafe. Außerdem kann ich einfach nicht zugeben, dass mir Analsex und die ganzen anderen Dinge gefallen. Das würden die nie verstehen. Nein, ich werde darüber reden, sobald ich selbst etwas mehr Abstand gewonnen habe.

Ich wende mich leicht ab und lasse meinen Blick über das Angebot schweifen. Dann hebe ich einen Zwei-Meter-Schwanz in die Höhe. »Wer braucht denn so was?«

Verona reicht die *Muschi* an Lina weiter, die sie schnell wieder zurücklegt. »Das ist für zwei Frauen«, antwortet sie mir. »Oder zwei ... Personen.«

»Aber ... oh.« Ich lege den Schlauch zurück und sehe mich an einer anderen Wand um. Krankenschwesternoutfits in weißrotem Leder glänzen mich an. Schwarze Spitzendessous und schwarze Tangas mit offenem Schritt fesseln meine Aufmerksamkeit. Die Unterwäsche ist teilweise wirklich schön. Es gibt sogar rosa Püschel-BHs mit Glitzersteinen an den Trägern. Ein bisschen kindisch, aber irgendwie auch süß. Ich staune gerade über den Preis, als ich Veronas Vorschlag höre: »... Wir suchen jetzt jeder drei Pornos und die Person mit dem schlimmsten Titel ... gewinnt irgendeinen Gegenstand aus diesem Laden, den die anderen beiden bezahlen müssen.«

Ich drehe mich zu meinen Freundinnen um und zucke zustimmend mit den Schultern. Beide stürzen sich schnell auf die Video- und DVD-Wand. Ich folge ihnen und werfe dabei unauffällig einen Blick auf mein Handy. Keine neuen SMS.

Wie wuselnde Würmer stolpern die beiden in ihrer Hast, das richtige Video zu finden, übereinander. Wir haben noch ungefähr eine halbe Stunde Zeit, bevor das Musical beginnt, und Verona hat beschlossen, dass wir die Zeit hier verbringen. In einem Sexshop. Seit wir in den muffigen, düsteren Laden gegangen sind, brennt mein Gesicht. Ich will gar nicht wissen, was sich alles hinter den ulkigen Gummidingen und den seltsamen Gerätschaften verbirgt. Vorhin habe ich bereits eine Konstruktion entdeckt, die sich Hodengurt nennt. Entweder müssen die Hoden der Benutzer so groß wie Murmeln sein, *bevor* sie das Ding benutzen, oder der Spaß liegt darin, dass sie so klein gequetscht *werden*.

In vielerlei Hinsicht bleibe ich da lieber unwissend. Meine Augen gleiten über die Vielzahl an DVD-Hüllen und suchen nach etwas Schockierendem. Ich nehme einen Schwulen-Porno in die Hand. Auf dem Cover sitzt ein Mann mit zwei Eicheln im Mund. Oh Mann, ich bin schon mit einer ausgelastet. Über und unter dem Bild zeigen noch kleinere Bildchen die ... *Handlung*. Ein Schwanz in einem Arsch, ein Schwanz in einem Mund, ein Schwanz und ein Sperma-dekoriertes Gesicht. Entweder redet die Porno-Branche den Männern das ein, oder dieses Ins-Gesicht-Kommen ist wirklich für Männer die einzig wahre Art zu kommen. Ich sollte mal Niklas fragen. Mein Blick huscht kurz zu meinem Handy.

Auf dem DVD-Cover steht in dicken, verschleimten, weißen Buchstaben *Voll im Ernst*. Ich grinse, nehme es und gehe weiter.

Auch *Rosettentango* findet einen Platz in meiner Auswahl. Es dauert eine Weile, bis ich meine dritte Entscheidung schockiert getroffen habe und zu den Mädchen zurückkehre.

»Und?«, fragt Verona aufgeregt. »Also ich habe: *Arm im Darm.*« Sie hebt das entsprechende Cover hoch. »*Dagobert Fuck* und *Für eine Hand voll Sperma.*«

Lina lächelt schüchtern und hebt ihre hoch, ohne ein Wort zu sagen. Ich lese *Ich hab's kommen sehen*, *In Diana Jones* und *Leck mich im Arsch*.

»Und du?«

»Tut mir leid, ihr Süßen, aber ich werde gewinnen.« Ebenso wortlos hebe ich ein Cover nach dem anderen hoch. Beim letzten würgen meine Freundinnen trocken. Ich zucke leicht schuldbewusst mit den Schultern. »Es war nach dem *Schlimmsten* gefragt worden. Und außerdem wollte ich nicht alleine mit diesem Trauma leben.«

Verona blickt auf ihre Uhr und legt die Pornos zurück. »Und ich dachte *Arm im Darm* würde gewinnen.« Sie seufzt. »Such dir schnell was aus, wir müssen los.«

Ich muss Lina am Arm hinter mir herziehen, weil sie sich vor Ekel nicht bewegt. Unterwegs greife ich eine Flasche Gleitgel und stelle sie auf die Kasse. Meine Freundinnen zahlen wortlos den Preis; Verona kauft sich auch den Federpinsel.

Auf der Straße reicht Verona ihre Errungenschaft an mich weiter, um in ihrer Handtasche Platz für den Pinsel und ihre Börse zu schaffen. Ich betrachte gerade das Etikett auf der Gleitgeltube, das angibt, dass das Zeug dank Aloe vera auch eine pflegende Wirkung für den weiblichen Intimbereich hat, als ich bemerke, dass ein Schatten meinen Blick verdunkelt. Langsam sehe ich auf und versuche gleichzeitig schnell die beiden anrüchigen Produkte hinter meinem Rücken zu verstecken. Natürlich ist es dafür zu spät.

»Hallo Sara«, begrüßt mich Ben mit einem schockiert seltsamen Lächeln und dreht sich dann zu meinen Freundinnen um. »Verona, Lina, wie geht's?«

Hinter meinem Rücken versuche ich erfolglos, Verona die Dinge zuzuschieben, die Ben so schockiert haben müssen, und lächele unschuldig. »Aber was machst du denn hier?«, frage ich ihn, um Zeit zu gewinnen.

»Ach, ich erledige nur etwas für meinen Vater. Ich habe euch von der anderen Straßenseite gesehen und wollte kurz Hallo sagen. Und ihr?«

Mein Herz zieht sich schmerzhaft zusammen, als ich seine große, dunkle Gestalt mustere. Gott, habe ich ihn vermisst. Doch das werde ich ihm ganz bestimmt nicht auf die Nase binden. Jetzt heißt es, cool zu reagieren. »Uns geht's prima. Wir wollten gerade ...« Ich hebe meine Hand, um auf das Theater in der gegenüberliegenden Häuserreihe zu zeigen, als mir der schwarz-rote Federpinsel wieder einfällt. »... ins Musical.« Ich senke schnell den Arm hinter meinen Rücken und bemerke mit Erleichterung, dass Verona mir die Dinge abnimmt, um sie zu verstecken.

»Und vorher wollten wir noch etwas für unsere Heimunterhaltung kaufen«, fügt Verona hinzu und zeigt stolz ihren Pinsel.

Ich schließe beschämt die Augen. Als ich sie wieder öffne, sehe ich, wie Ben das Ding in der Hand hält und es sorgfältig betrachtet. »Die Federn werden sich schnell lösen. Die Verankerung ist nur draufgesteckt. Am besten verstärkst du das Teil gleich mit Tesafilm oder du tauschst es um.«

Veronas Augenbrauen wandern langsam ihre Stirn hinauf, bis ihr Gesichtsausdruck einer Frau ähnelt, die sich bei einem Schönheitschirurgen ein jüngeres Gesicht wünscht. Richtig: Verona schaut überrascht. »Du kennst dich mit so was aus?«

»Mit der Verarbeitung? Ein bisschen. Aber frag mich nicht, wie man das anwendet.« Ben grinst leicht und zeigt meinen

Freundinnen das erste Mal seinen Charme. Die lachen begeistert und strahlen ihn an. Warum hat er das nicht schon früher getan? Warum ist er erst jetzt offen und aufgeschlossen gegenüber Verona und Lina?

Ich runzele die Stirn. Nach allem, was zwischen uns vorgefallen ist, versucht er nun eine Beziehung zu meinen Freundinnen aufzubauen, die ein wichtiger Halt in meinem Leben sind? Wieder drückt sich meine Lunge qualvoll zusammen, als ich Luft hole. »Wie geht es dir denn so, Ben? Man hört ja gar nichts von dir«, sage ich leise und zischend, damit er den bösen Unterton in meiner Stimme wahrnimmt.

»Jaaa«, meint Ben gedehnt und taucht seine Daumen in die hinteren Hosentaschen, während er auf seinen Füßen vor und zurück wippt. »Tut mir leid, dass ich nicht zurückgerufen habe.«

»Oder auf ihre SMS geantwortet habe«, fügt Lina hinzu.

»Oder die Tür geöffnet, als ich bei dir geklingelt habe«, wende ich ein.

»Du hast bei mir geklingelt?«, fragt Ben überrascht.

Ich nicke langsam, ohne etwas zu sagen. Ich habe sogar ein paar Mal bei ihm geklingelt. Vorgestern erst, als ich ihn zwei Minuten vorher gesehen habe, wie er mit Einkäufen in seiner Wohnung verschwunden ist. Trotzdem sieht er gerade mehr als überrascht aus. »Vorgestern. Du warst auch da. Ich hab dich mit Einkäufen die Treppe hochgehen hören.« Das klingt ziemlich nach einer Stalkerin, aber das ist mir jetzt egal.

»Vorgestern?« Ben runzelt kurz die Stirn, bevor er langsam nickt. »Ich war nach dem Sport einkaufen und daheim bin ich gleich unter die Dusche gegangen. Kann sein, dass ich dich nicht gehört habe.«

»Oh«, seufze ich synchron mit Lina und Verona. Obwohl ich weiß, dass ich cool bleiben muss, legt sich ein zufriedenes, glückliches Lächeln auf meine Lippen. Er hat mich nicht absichtlich vor seiner Tür stehen gelassen. Er war unter der Dusche und hat das Klingeln nicht gehört. Ich betrachte den schönsten Richtigen, den sich eine Frau wünschen kann, und seufze noch einmal leise und froh. Ihm muss etwas daran liegen, dass wir wieder miteinander reden. Er hätte ja schließlich auch einfach an uns vorbeigehen können, statt stehenzubleiben. Er vermisst mich vielleicht sogar ein bisschen. Wenn er jetzt auch noch das mit Nik erfährt, will er mich bestimmt sofort wieder zurück. Männer wollen immer das, was sie nicht haben können. Und ich bin gerade etwas, was Ben nicht zu bekommen scheint …

»Habt ihr noch ein bisschen Zeit?«, fügt Ben fast sofort hinzu. »Ich könnte euch drei auf einen Kaffee einladen.«

Linas Kinn sackt nach unten, Verona hat sich besser im Griff, auch wenn ihr überraschter Gesichtsausdruck immer noch nicht verschwunden ist. Ich werfe einen Blick auf meine Armbanduhr und spiele mit dem Gedanken, das Musical sausen zu lassen. Ben möchte wieder Zeit mit mir verbringen! Das muss ich sofort nutzen!

Verona scheint meine Gedanken gelesen zu haben, denn ihr Blick verdüstert sich sofort. »Du wirst uns jetzt nicht sitzen lassen«, flüstert sie mir möglichst unauffällig ins Ohr, während Lina zeitgleich »Das Musical beginnt bald!« verkündet.

»Oh, schade.« Ben sieht mich lange bedauernd an. »Vielleicht ein anderes Mal. Ich rufe dich an.«

»Ja«, nicke ich, während Verona mich schon am Arm packt und mich langsam mit sich über die geteerte Straße zieht. »Bis bald!«

»Viel Spaß, euch drei!«, ruft Ben über die Straße und winkt uns zu.

Verona schleift mich gerade durch die riesige Tür des historisch aussehenden grauweißen Theatergebäudes, während Lina leise »wow« sagt und dem Türsteher die Tickets reicht. Verona nickt

Lina zu und wendet sich dann an mich: »Der hat sich mächtig ins Zeug gelegt.«

»Aber warum?«, frage ich überrascht. Meinen Kopf in den Nacken gelegt betrachte ich die gerundete Decke. Der weiße Putz und die riesigen Säulen imitieren das alte Griechenland, ohne zu dick aufzutragen. Ziemlich cool für diese Kleinstadt.

Lina schließt sich uns an und hakt sich bei meinem anderen Arm unter. »Ben hat sich wirklich von seiner Schokoladenseite gezeigt. Sogar uns gegenüber. Ich glaube ja, der wollte einiges wiedergutmachen.«

»Meinst du wirklich?«, frage ich und kann die Hoffnung wie Karamellsoße von meiner Zunge rinnen spüren.

»Ja«, schließt sich Verona an. »Ich mag es zwar gar nicht sagen, aber ich hatte auch das Gefühl, dass er dich vermisst. Er schien ein wirklich schlechtes Gewissen zu haben, weil er sich nicht gemeldet hat. Und das bei einem Mann …«

»Finde ich auch«, sage ich leise und lächele vor mich hin, während wir Arm-in-Arm-in-Arm langsam die Treppe hochsteigen, um unsere Plätze einzunehmen. Hinter einem schweren Vorhang finden wir in völliger Dunkelheit unsere Plätze. »Ich sehe gar nichts«, flüstere ich leise.

»Ich glaube, wir kommen zu spät«, wispert Lina zurück. »Die haben das Licht schon runtergedimmt.«

Ich nicke zustimmend, auch wenn ich weiß, dass die mich nicht sehen können. Dann hole ich leise Luft. »Aber was will er denn von mir?«

»Ich weiß nicht …«, murmelt Verona. »Ich hatte das Gefühl, dass er sich wirklich freut dich endlich mal zu treffen. Und dass er mit dir reden wollte, sonst hätte er das Kaffeetrinken nicht vorgeschlagen. Aber … Wenn er wirklich deine Nähe sucht wie gerade, warum hat er sich dann von dir getrennt? Und ich denke, du kennst die Antwort.«

»Wie meinst du das jetzt wieder?«

»Psst!«, macht es neben uns, doch das ignorieren wir gekonnt.

»Ben hat anscheinend wirklich nur mit dir Schluss gemacht wegen deines Heiratsticks. Wenn du nicht wieder so durchdrehst … hättest du vielleicht sogar eine Chance auf etwas Dauerhaftes mit ihm.«

»Was? Seit wann denkst du denn so darüber? Ich dachte, ihr mögt ihn beide nicht!«, zischele ich empört. »Und jetzt sagt ihr mir, dass ich mich ändern soll, damit ich ihn bekomme.«

»So meinte ich das gar nicht«, wispert Verona zurück. »Ich denke nur, dass er sich nicht von dir getrennt hat, weil er dich nicht liebt, sondern weil ihm die Heiratssache auf den Magen geschlagen ist.«

Lina ergreift beruhigend meine Hand. »Ich bin derselben Meinung. Sein Blick gerade, als du den Kaffee abgesagt hast … Er war wirklich auf ein Gespräch mit dir aus«, fügt Lina hinzu. »Und er war nett zu uns. Er gibt sich Mühe. Das hätte er nicht gemacht, wenn er die Sache für sich abgeschlossen hat.«

»Und was soll ich jetzt tun?«, frage ich leise

»Pssst!!«

»Nichts«, antwortet Lina. »Mach jetzt einfach dein Ding und ändere nicht plötzlich wieder alles, weil Ben nett zu dir und uns war.«

»Warte einfach mal ab, ob er sich jetzt wirklich meldet oder nicht«, beschließt Verona. »Dann können wir immer noch über den nächsten Schritt nachdenken.«

Ich finde, das klingt ganz fair.

»Psssssssst!!!«

Kleine Leichen im Keller

Ich stopfe den Rest meiner Wäsche in die Waschmaschine und drücke ordentlich nach. Eigentlich ist es ganz schön bescheuert, die Wäsche so zu stopfen, weil sie dadurch nicht unbedingt sauberer wird. Verdammt. Ich ziehe einen Teil der Wäsche wieder raus und überlege, welches Zeug ich auch beim nächsten Mal waschen kann. Meine Unterwäsche? Meine Bettwäsche? Meine Oberteile? Oder meine Jeans?

Ich entscheide mich seufzend für die beiden Jeans, da ich noch zwei in meinem Schrank oben habe, und werfe die Hosen zurück in meinen Wäschekorb. Das Musical ist mittlerweile schon eine Woche her. Seitdem hat sich eigentlich nicht viel verändert. Verona geht weiterhin mit Takumi aus, Lina sitzt im Moment fast ununterbrochen an ihren Hausarbeiten für irgendein pädagogisches Fach und ich warte wie immer auf Ben. Es ist wirklich peinlich, dass ich nach dem müden Knochen, den er mir mit ausgestreckter Hand gereicht hat, wieder anfange, meinen alten Mustern zu verfallen. Zum Glück weiß nur ich, wie gespannt ich auf Ben warte. Für alle anderen sieht es so aus, als lebe ich mein Leben tatsächlich ganz normal weiter. Ich hab mich ein paar Mal mit Niklas getroffen. Einmal waren wir sogar schön essen und einmal habe ich bei ihm geschlafen, allerdings ohne mit ihm zu schlafen. Irgendwie scheint ihm das gar nicht aufgefallen zu sein, dass wir beide das erste Mal zusammen in einem Bett geschlafen haben, ohne Sex zu haben. Mir ist das aber aufgefallen, ich bin wirklich ausgehungert. Mir wäre es trotzdem einfach nicht richtig vorgekommen, mit ihm zu schlafen, da ich nun endlich eine Chance auf eine Versöhnung mit Ben habe. Weibliche

Logik! Schließlich habe ich ja überhaupt nur mit Niklas etwas angefangen, um am Ende Ben wiederzubekommen. Ach, ich weiß auch nicht mehr, was ich will.

Mist. Eigentlich muss ich einkaufen. Ich schüttele den letzten kläglichen Rest aus meiner Waschmittelpackung in die Schublade und betrachte den kleinen Haufen. Das wird nie reichen. Besonders nicht bei der Masse an Wäsche, die ich gerade in die Maschine gestopft habe. Scheiß drauf. Ich habe dafür keinen Nerv mehr.

Ben hat sich trotz der krassen Ansprache nicht bei mir gemeldet und … Mein Blick gleitet langsam zu der riesigen Auswahl an Waschmitteln meiner Nachbarn, die in einem Schrank stehen. Bestimmt würde denen das nicht auffallen, wenn ich ein kleines bisschen für mich abzweige. Ich würde mich auch nicht daran stören. Außerdem ist es ein Ausnahmezustand, in dem ich mich befinde.

Ich greife nach einer hübschen Verpackung und lasse ein bisschen von dem Pulver in die Maschine fallen, während ich immer wieder angestrengt hinter mich auf die Kellertür blicke, um mögliche Zeugen rechtzeitig zu entdecken. Meine Hand zittert, die Hälfte fällt dummerweise in das Fach für den Weichspüler und …

»Halloooo Saraaa!«, lallt hinter mir eine Stimme.

Ich zucke am ganzen Körper zusammen und sehe wie hypnotisiert zu, wie die Waschmittelpackung aus meiner Hand gleitet, gegen das offene Fach für das Waschmittel prallt und kopfüber auf dem Boden landet. Ein ziemlich weißer Anblick. Ein Kilo weißes Waschmittel mit blauen Perlchen auf den weißen Fliesen. »Ich kann das erklären!«, brülle ich sofort los und sinke in die Knie, um das Zeug mit den Händen wieder in die Schachtel zu schaufeln. »Ich kaufe auch Neues! Aber ich hatte nichts mehr und die Maschine war schon voll mit meinen Sachen! Und dann war mein Waschmittel leer! Es tut mir so leid! Das war das erste Mal und ich mache das nie, niemals wieder!«

»Saaara!«

Ich hebe langsam meinen Kopf und versuche, die Streusel zusammenzuschieben, um das Zeug besser handhaben zu können. Ben steht vor mir und hat seine Arme in der Luft, als warte er nur auf einen geeigneten Schlager, um losschunkeln zu können. »Ben?«

»Jepp!« Er lässt die Arme fallen und wiegt sich auf seinen Fußballen nach hinten. »Da bist du. Und hier bin ich.«

»Hast du getrunken?«, frage ich verwirrt und höre mit meinen Aufräumarbeiten auf. Wenn er betrunken ist, wird ihm bestimmt wieder entfallen, dass ich Waschmittel klaue …

»'N bissi-bisschen.« Er lächelt benebelt. »Wir ham einen neuen Kundn und … wussess du, dass Sake Alkol enthälll? Dieses Zeuch, das man immer beim Asia-Mann bekommt? Also … Ich wusst' das nich …« Er hebt unschuldig die Arme und zuckt langsam mit den Schultern. »Aber, lecker ist das Zeuch.« Er grinst wie ein kleiner Junge. Es fehlt eigentlich nur noch, dass er sich über den Bauch streicht und »mhm …« macht.

Ich kann ja eigentlich nicht von mir behaupten, dass ich betrunkene Männer in irgendeiner Weise anziehend finde, aber das ist wirklich süß. Ben schunkelt mittlerweile immer ein bisschen nach links und rechts und hält die Arme vor der Brust verschränkt. Dabei sieht er angestrengt auf den Boden und runzelt die Stirn. Plötzlich schießt sein Kopf in die Höhe und er fixiert mich mit glasigen Augen. »Sara!«

»Ja?«

»Ich«, beginnt er und zeigt auf sein Auge, bevor er wieder die Arme sinken lässt, »muss mit dir reden.«

»Jetzt?«, frage ich überrascht und stehe auf. Dabei wische ich den lästigen Krümelkram von meinen Fingern an meiner Hose ab und lehne mich an die Waschmaschine, um etwas Abstand von seiner riesigen Gestalt zu gewinnen. »Hier?« Ich weise auf die düstere Waschküche um uns herum.

»Jepp. Also …« Ben runzelt erneut die Stirn und macht einen Schritt auf mich zu, als wolle er den Abstand wieder verringern. »Die Zeit mit uns war spitze.« Nach einem weiteren Schritt greift er nach einer der Kordeln, die die Kapuze meines Pullovers in Form halten. Ich senke den Blick und sehe zu, wie er damit spielt. »Und ich … bereue es, dass ich das so weggeworfen habe.«

Mein Gesicht füllt sich mit heißem Blut, als ich endlich die Worte von ihm höre, auf die ich so lange gewartet habe. »Wirklich?«, hauche ich hingerissen und betrachte ihn. Hm, in meiner Fantasie hatte er natürlich Rosen dabei und war stocknüchtern, aber … zumindest hat er die richtigen Worte gesagt. Oder?

»Hm-hm«, macht er zustimmend und fängt an, die Kordel wie ein Lasso zu schwingen, während sein Blick fasziniert auf diesem dummen Band liegt. Schließlich hebt er den Kopf und tätschelt meine Wange. »Du bist ein nettes Mädchen.«

Ich runzele die Stirn. Das ist irgendwie nicht das, was ich nun erwartet habe. Eigentlich finde ich das sogar ziemlich doof. Was soll dieser Unsinn? *Nettes Mädchen?* Seine Finger gleiten an meiner Wange entlang und legen sich um mein Gesicht. Vorsichtig senkt Ben seinen Kopf und legt die Lippen auf meine. Unwillkürlich schließe ich die Augen und erschaudere. Das ist es. Darauf habe ich … wie lange gewartet? Jahre, Jahrhunderte! Gott, habe ich vermisst, wie sich seine weichen Lippen auf meine legen! Vorsichtig haucht Ben einen Kuss auf meinen Mund und hebt dann wieder den Kopf, um mich direkt anzusehen. »Ich habe dich so sehr vermisst«, wispert er an meinen Lippen und küsst mich ein weiteres Mal. Mein Kopf sinkt zurück, während sich meine Hände automatisch auf Wanderschaft begeben und sich um seine Schultern legen. Seine Hände gleiten meinen Hals hinunter über meine Arme und legen sich dann auf meinen Hintern. Vorsichtig zieht er mich auf die Zehenspitzen, damit er nicht mehr so weit in die Knie gehen muss, und öffnet ein winziges, verführerisches bisschen seine Lippen. Ich erliege der Versuchung und lasse meine Zunge langsam an seiner Unterlippe entlanggleiten. Sein Geschmack explodiert in meinem Kopf und mein Körper sackt in sich zusammen, als der erste Rausch meine Zellen durchtränkt. Ben greift fester nach meiner Hüfte und hebt mich auf die Waschmaschine, die ohne mein Zutun anfängt zu vibrieren. Oder zittere ich so am ganzen Körper?

Ich zeichne wilde Muster auf seinem Hals, Nacken und zwischen den Schultern, während Ben sich zwischen meine Beine drängt und seine Hüfte an meine schmiegt. Ich umschlinge ihn mit meinen Waden und löse mich von seinen Lippen, um japsend nach Luft zu schnappen. Sofort küsst er mich wieder, drückt mich fest an sich und lässt seine weiche, feuchte Zunge vorsichtig und neckend in meinen Mund abtauchen. Ich spüre, wie sich der Stoff meines Kapuzenpullis von meinem Rücken löst und Ben seine Hände auf meine nackte Haut legt. Ein Stöhnen füllt meine Gehörgänge und ich genieße seine festen, weichen Finger am nackten Fleisch meiner unteren Wirbelsäule. Hitze sammelt sich tief in mir und lässt mich vor Verlangen pulsieren, doch irgendwie ... Ich schließe wieder die Augen, fühle, wie Ben an meinem Pullover zerrt und ihn bis zu meinen Achseln schiebt. Seine Finger umfassen meine Hüfte und ziehen mich näher an den Rand der Waschmaschine, näher an ihn. Der Duft von Waschmittel tränkt plötzlich unangenehm beißend die Luft. Was ist das? Bleiche? Nein, meine Finger an seinem Hals. Ich bekomme kaum Luft, so stark ist der Gestank. Ich strecke die Hände von mir, vergrabe sie tief an seinem Hintern, doch der brennende Duft bleibt in meiner Nase. Bens Zunge spielt ein verwirrendes Spiel mit mir, macht mich weich und heiß, aber dieser Gestank!

Ich reiße mich von ihm los, schnappe wieder nach Luft und packe ihn an den Schultern, als er mich erneut küssen will. »Ben!«, versuche ich, ihn aufzuhalten, doch es dauert noch ein paar Augenblicke, bis er endlich von mir ablässt und den Kopf hebt.

»Ich liebe dich, Sara«, flüstert er ernsthafter, als ich ihn jemals erlebt habe, und küsst langsam meinen Kiefer. Die Berührung ist heiß und feucht. Perfekt und doch ... dieser beißende Gestank! Wie verbranntes Gummi ätzt sich der Geruch in meinen Körper und lässt mir keine Luft zum Atmen. »Ben ... warte!« Ich drücke ihn von mir, sehe ihm tief in die Augen und suche darin, als wenn man versuchen würde, in einem trüben Tümpel eine Goldkette zu finden. In seinen Augen lodert die Leidenschaft, die Lust mich ganz und gar zu verschlingen, doch nicht nur das. Auch Unsicherheit und ... Ich schnappe nach Luft. Und Liebe. Ben liebt mich! Oder ist er einfach nur betrunken? Ist es das? Was zur Hölle ist nur los mit mir? Mit ihm?

»Ich kriege keine Luft mehr!«, keuche ich am Rande des Wahnsinns und versuche, in hektischen Zügen meine Lunge mit Sauerstoff zu füllen. Ben zieht sich ein wenig von mir zurück und küsst meine Schläfe. »Ich liebe dich«, sagt er wieder und ich erschaudre bei seinen Worten, trotzdem lehne ich mich zurück und versuche, seinem Griff zu entkommen. »Ben ... Ich kann nicht. Nicht hier, nicht jetzt. Du bist betrunken.«

Es dauert einen langen Moment, bis er versteht. »Na und?«

»Ich habe viel zu lange auf diesen Moment gewartet und ich habe keine Lust ... Ich kann es nicht noch einmal ertragen, wenn du mir die Tür weist. Du bist jetzt betrunken und alles, aber wenn du morgen wieder klar denken kannst ... Welche Garantie habe ich, dass du mich dann noch liebst?« Es ist, als löse sich mein Sein von mir, bis es einen Meter entfernt vor mir steht und mich bei meiner Rede beobachtet. Zuerst sieht mein Sein noch gar nicht so schockiert aus, doch langsam erfasst es meine Worte ... bis es am Ende wild fuchtelnd neben mir steht und hysterisch schreiend fordert, dass ich den Mund halte.

Ich habe Ben gerade in eine ausweglose Situation gebracht, doch wahrscheinlich ist er zu betrunken, um das zu bemerken. Wenn er jetzt wild protestiert und mir seine ewige Liebe schwört, dürfte ich ihm nicht glauben, weil er offensichtlich unbedingt Sex will. Aber Sex ist eben nicht alles. Nicht in so einem Moment. Wenn er mir jetzt nicht widerspricht, gibt er automatisch zu, dass er gerade mit der Liebe gelogen hat. Warum mache ich das?

Mein Sein fließt zurück in meinen Körper und ergreift das Wort. »Warte. Sag jetzt nichts ... Ich muss nachdenken, Ben. Lass mich einfach ... ich ...«

Ben löst sich nur widerstrebend von mir und küsst mich auf meine Stirn, bevor er schließlich einen Schritt zurückgeht. »Vielleicht ist jetzt wirklich nicht der beste Augenblick«, murmelt er leise und erschreckend nüchtern, wie ich finde. Sein Blick ruht noch einen Moment abwartend auf mir, dann nickt er langsam und verschwindet durch die Kellertür.

Ich rutsche von der Waschmaschine und lege meine Hände auf mein Gesicht. Meine Finger riechen nach Waschmittel, nicht mehr nach ätzender Bleiche. Doch das merke ich kaum, weil mir gerade klar wird, dass ich meinen einzig Richtigen weggeschickt habe, weil ich ... ein Hornochse bin.

*

Tränen laufen langsam über meine Schläfe und sickern in mein Haar. Mein Schädel brummt nichts Gutes und alles ... ist irgendwie falsch. Vor einer halben Stunde habe ich die Rollos in meinem Schlafzimmer runtergezogen, um ein bisschen zu schlafen. Stattdessen liege ich hellwach in meinem Bett.

Seit heute morgen habe ich nichts mehr gegessen, aber das brauche ich auch gar nicht. Mein Magen ist voll mit kantigen Gesteinsbrocken, die langsam die Innenwände meiner Speiseröhre zerreißen. Die Tränen brennen ätzende Rinnen in meine ausgetrocknete Haut und immer, wenn ich über meine Lippen lecke, ist es, als wenn ich Schmirgelpapier koste.

Stille herrscht in meiner Wohnung. Keine Ruhe, sondern Stille. Beißende, eiskalte, gemeine, zerrende Stille. Nichts. Nur Stille. Kein Kühlschrank, der brummt; keine Toilettenspülung, die tropft. Ich bin allein in dieser Insel aus absolut Nichts, gemischt mit Nada. Ich bin allein. Einsam, verlassen, allein.

Die unangenehme Abwesenheit von Geräuschen lässt mich noch absoluter fühlen, wie einsam ich gerade bin. Ich habe Ben weggeschickt, obwohl er mir gesagt hat, dass er mich liebt. Aber wie viel davon ist Berechnung? Wie viel Wahrheit steckte hinter seinen Worten? Und warum glaube ich ihm plötzlich nicht mehr? Ich bin nicht nur überfordert, ich habe nicht einmal eine Aufgabe, von der ich überfordert sein könnte. Worüber soll ich denn bitte »nachdenken«, wie ich Ben erklärt habe? Ich weiß doch, was ich will: Ich will Ben. Ich will heiraten. Ich will ... einen nüchternen Ben, der mich nicht nur liebt, sondern sich auch eine Zukunft mit mir vorstellen kann, die Ringe und ein Gelübde enthält. Warum kann er mir das nicht sagen, wenn er nüchtern ist? Warum geht selbst jetzt noch alles schief, wo er wirklich die richtigen Worte sagt? Will das Schicksal uns nicht? Macht es sich über uns lustig?

Und jetzt bin ich mal wieder theatralisch. Eigentlich sollte ich mich zusammenreißen und mich darüber freuen, dass ich endlich einen Schritt weitergekommen bin. Aber ist das denn so?

Verdammter Mist! Ich wische über mein Gesicht und drehe mich im Bett ein weiteres Mal zur Seite, als ein Geräusch die einsame Stille meiner Wohnung durchtrennt wie ein wütendes Skalpell. Ich brauche einen langen Moment, bis ich das Störgeräusch als mein Telefonklingeln identifiziert habe, und brauche noch mal einen ewigen Moment, bis ich mich entschlossen aus dem Bett rolle, um nach dem Apparat zu suchen. Als ich abnehme, hört sich mein Hallo wie etwas sehr Totes und Verwestes an.

»Sara?«, fragt Nik sanft.

»Ja?«, murmele ich müde und gehe zurück in mein Bett, um mich ermattet hinzulegen. Das Telefon rutscht dabei von meinem Ohr, aber ich höre noch, wie Nik sagt » ... bitten.«

»Wiederhol das noch mal, Nik. Mein Telefon ist runtergefallen«, knarre ich müde und schließe die Augen. Wenigstens habe ich aufgehört zu heulen. Um ehrlich zu sein, fühle ich mich, als hätte man mich wenigstens von einem kleinen Teil dieser riesigen Last befreit.

»Dreh jetzt nicht durch, okay? Ich will dich nur um einen Gefallen bitten.«

»Und zwar?«

»Es geht um meine Schwester und einen Kumpel von mir.«

»Musst du so lange um den heißen Brei reden, Nik? Was ist denn jetzt?« Der Typ kann nerven!

»Du sitzt, ja?«

»Genaugenommen liege ich.«

»Mmh, auch nicht schlecht«, brummt er doppeldeutig. »Aber jetzt ganz ernst.« Ich höre ein tiefes Einatmen. Dann: »Die beiden, also meine Schwester und dieser Freund, heiraten.«

Ich richte mich kerzengerade in meinem Bett auf und quietsche: »Nein! Wann? Wo? Wie?« Ich höre Nik atmen, aber als er nicht antwortet, stelle ich sogleich die nächste brennende Frage: »*Was zieht sie an*?«

»Ich wusste, du drehst durch, wenn ich es erwähne«, lacht Nik am anderen Ende.

Ja, vielleicht hatte ich meinen Heirats-Tick ein, zwei Mal *am Rande* erwähnt. Meistens im Zusammenhang mit Ben. Ich weiß, es war nicht der netteste Zug von mir, dass ich ständig von einem anderen gesprochen habe. Aber Nik war verständnisvoll. Er hat da nicht so ein Ding draus gemacht, dass ich ihn ausnutze, weil ich eigentlich einen anderen liebe. Schließlich ist das Einzige, was er will, auch nur Sex oder so und Freundschaft.

»Jetzt red schon, Nik! Wo soll die Feier stattfinden? Hast du einen Anzug? Hat deine Schwester schon ein Kleid? Welche Farbe? Und die Brautjungfern? Wer plant die Hochzeit? Deine Eltern? Haben die einen Hochzeitsplaner? Wann soll denn die Hochzeit stattfinden? Im Frühling oder sofort im Winter und *was zur Hölle soll ich dir für einen Gefallen tun*? Hat das mit der Hochzeit zu tun? Soll ich dir beim Anzugkauf helfen? Ich kenne einen todschicken Laden, der genau das Richtige für deine Statur hat. Du wirst klasse aussehen. Aber du musst darauf achten, dass du dem Bräutigam nicht die Schau stiehlst und … Hörst du mir überhaupt zu?«

»Wie könnte ich nicht? Du brüllst so laut, dass ich dich sogar ohne Telefon höre!«

»Oh, tut mir leid. Also … Worum geht es, Blutsbruder?«

»Um zwei Dinge, um genau zu sein: Meine Schwester will sich *unbedingt* noch mal vor der Hochzeit mit mir zum Frühstücken treffen und ich habe keinen Bock, dort allein hinzugehen. Maria und ihr Verlobter sind wie Nacktschnecken. Ständig müssen die sich abknutschen und ich brauche jemanden, der mich von diesem Ekelbild ablenkt.«

»Sie will mit dir über die Details der Hochzeit sprechen, ja?«

»Mach dir keine Hoffnungen, Sara. Wahrscheinlich will sie mir bloß eine Standpauke darüber halten, was sich auf einer Hochzeit schickt und was nicht. Damit ich keine unpassenden Reden halte oder dem Schwiegervater den Stuhl wegziehe.«

Ich stelle mir Nik vor, wie er einen riesigen Stapel Papier mit der Aufschrift »Warum Monogamie zum Kotzen ist« auspackt und dann seinen Löffel gegen ein Champagnerglas schlägt. Ja, das Bild passt zu ihm. »Verstehe. Und die zweite Sache?«

»Ich habe keine Begleitung für die Hochzeit. Hast du vielleicht Zeit und Lust …«

Der Rest des Satzes verebbt in meinem hemmungslosen Freudenschrei.

Das Verlobungsfrühstück

Nik hat sich richtig in Schale geworfen, bemerke ich, als wir an den vielen Fachwerkhäusern der Stadt entlanggehen. Mittlerweile herrschen auch hier Minusgrade. An den kleinen Fenstern der Häuser hat sich an diesem Morgen Raureif gebildet. Das ist der Nachteil bei alten Häusern; sie sehen fantastisch aus mit den winzigen Türen und den weißverputzten Wänden, aber isoliert sind die hübschen Fenster nicht wirklich. Nik hat seine Hände tief in seine Hosentaschen gesteckt und die Schultern hochgezogen. Seine schwarze Jeans ist anscheinend neu – zumindest liegt der Stoff wie eine zweite Hautschicht an seinem Klassehintern und das Beste: Sie hat nicht ein einziges Loch. Seine schwarze Lederjacke wäre mir für das Wetter eindeutig zu kalt, aber gut aussehen tut sie wirklich. Das weiche Leder betont wunderbar seine breiten Schultern und den flachen Bauch. Am liebsten würde ich ja meine Hand in seine legen, aber das tue ich nicht. Ohne dass wir darüber geredet haben, steht jetzt die Wahrheit ganz klar zwischen uns: Wir sind Freunde. Punkt.

Nik weiß noch nichts von Ben und mir. Ich hatte bisher noch nicht die Gelegenheit, mit ihm darüber zu sprechen … Okay, fein. Um ehrlich zu sein, ich kneife. Wem nützt es, wenn ich darüber rede? Ben hat sich nach dem Ausrutscher im Waschkeller nicht noch einmal bei mir gemeldet und wenn ich Nik sage, dass es jetzt sexuell definitiv zwischen uns aus ist, dann … ich habe so ein dumpfes Gefühl im Magen, dass es dann auch mit der Freundschaft aus ist. Da ist es besser, die Fakten nicht so offensichtlich auf den Tisch zu legen, sie beim Namen zu nennen. Ich weiß, dass es fies ist, dass ich mir Nik so warmhalte und ihm nichts von den geänderten Umständen erzähle, auch wenn jetzt nichts mehr zwischen uns passiert, aber er fragt ja auch nicht, wie es denn mit meiner Versöhnung mit Ben aussieht. Er tut so, als würde ihn das nichts angehen. Ich kann mein Gewissen immer damit beruhigen, dass Nik auch nicht der offenste Mensch ist. Er macht aus so ziemlich allem ein Geheimnis. Wir beide sind glücklich damit, nicht immer alles auszusprechen, nicht jede Gefühlswallung, nicht jeden Rückschlag, nicht jede Hoffnung. Es ist ein prekärer Balanceakt, der heute wunderschön funktioniert und morgen schon Schnee von gestern sein könnte. Der Gedanke versetzt mir einen Stich und ich hake mich bei Nik unter wie bei einem guten Freund.

Die Straße schlängelt sich in hübschen Schlaufen den Berg hinauf und die Häuser stehen enger beieinander. Niks Freund und seine Schwester haben für das Frühstück ein kleines Café ausgesucht, das sich im südlichen Viertel befindet. Das Reichenviertel. Als wir vorhin an einem Bioladen vorbeigekommen sind, habe ich bemerkt, dass ich mir hier nicht mal ein Kilo Äpfel leisten könnte. Aber es macht Spaß, an all den hübschen Gärten entlangzuspazieren und den noch braungebrannten Gärtnern dabei zuzusehen, wie sie die Pflanzen winterfest machen, indem sie sie abdecken und die Wurzeln mit so einem Holzzeug bedecken. Es duftet nach Geld und Schweiß der Ärmeren. Wenn ich mal reich bin, will ich das auch. Auch so ein silbernes Auto will ich, wie es auf einem Parkplatz an der Straße steht. »Was für ein Auto ist das?«, frage ich Nik, um mir den Namen merken zu können. Haha.

»Der silberne? Ein Prius.«

»Hübsch«, entscheide ich, als wir daran vorbeigehen.

Nik zieht eine Augenbraue hoch und schüttelt leicht den Kopf. »Du hast keinen blassen Schimmer von Autos.«

»Wie kommst du jetzt darauf?«, frage ich verwirrt.

»Da vorn steht ein Porsche, dort ein BMW, hier ein Audi A8. Das sind schöne Autos.«

Ich betrachte die Autos, auf die Nik zeigt. Ich persönlich finde ja, dass ein Porsche aussieht, als sei vorne auf diese Motorhaube etwas draufgefallen. Auch wenn der Wagen neu ist, sieht ein Porsche automatisch wie ein Unfallauto aus. Den BMW und den Audi kann ich nicht auseinanderhalten. Darum beschränke ich mich darauf, sie dick zu finden. Beide. Wie Dauergäste bei McDonald's. Jaja, aber *ich* habe ja keine Ahnung von Autos. Ich wette, dass viele Frauen diese Modelle genauso beurteilen würden wie ich. Aber Männer halten genau diese Autos für Frauenmagneten. Lustig. Ja, okay, in den dicken Autos hat man bestimmt Platz ohne Ende für Einkäufe und für die Beine in hohen Schuhen, aber damit fahren? Dann kann man besser zu einem Panzer greifen. Unhandlich und ... dick.

Wie immer schweige ich lieber, als all das zu erklären. Ich streite mich zwar liebend gern mit Nik, aber nur, wenn wir danach wilden Versöhnungssex haben können. Und das können wir ja nicht.

Nicht, weil wir auf einer öffentlichen Straße sind – das wäre mir egal, denn ich habe vor ein paar Metern einen verlassenen Kinderspielplatz gesehen mit einer großen, großen Schaukel –, sondern es ist jetzt schlicht und einfach aus zwischen uns, was den Sex anbelangt. Das Ende der Unschuld. Mir sitzt Ben im Nacken und Nik scheint das zu spüren und es scheint ihm auch nichts auszumachen und mir momentan auch nicht. Es ist schön, neben ihm zu laufen, dies alles zu beobachten und zu wissen, dass ich nicht stolpern kann, weil ich an seinem Arm hänge. Das reicht mir in dieser Minute.

»Wir sind gleich da.« Nik wirft einen Blick auf seine Armbanduhr und lässt dann seine Hand wieder in seiner Hosentasche verschwinden. »Und wie es aussieht, sind wir sogar pünktlich.«

»Siehst du?«, grinse ich. »Und wir brauchten nicht mal dein Auto. Wir können auch einfach *hingehen.*« Eigentlich habe ich nur vorgeschlagen, dass wir zu Fuß gehen, weil Nik mich mit einem eindeutig lüsternen Gesichtsausdruck ansah, als ich bei seiner Wohnung ankam und er leise meinte, dass wir noch eine gute Dreiviertelstunde Zeit hätten. Was hätte ich tun sollen? Ich habe einen Spaziergang vorgeschlagen, und er hat akzeptiert.

Nik betrachtet mich einen Moment prüfend, als ahne er, dass etwas nicht stimmt, und dreht sich schließlich wieder nach vorn, um weiterzugehen. An dieser Stelle der Straße verändert sich das Bild ein bisschen. Die Vorgärten weichen und stattdessen sind überall Schaufenster an den Häuserwänden. Kleine, exklusive Boutiquen bieten ihre Waren zu Schleuderpreisen von 149 Euro das T-Shirt an. Eine Reinigungsfirma wirbt mit Schnellreinigungen für Ballkleider und Anzüge. Hübsche kleine Restaurants möchten für ein Steak meine halbe Monatsmiete. Nur zwei Straßen weiter könnte ich einen Döner für drei Euro bekommen. Es ist ernsthaft verrückt, hier zu sein. Wie in einer anderen Welt.

Nik bleibt schließlich vor einer Glaswand stehen. Drinnen ist das Licht zwar gedimmt, doch durch die großen Fenster kann ich ziemlich viele Gäste an dunklen Tischen erkennen, die langsam ihr Frühstück verspeisen. Von außen zuzukucken kommt mir irgendwie richtiger vor, als jetzt reinzugehen. Gut, dass ich mich heute Morgen für eine schwarze Leinenhose und eine dunkelrote Bluse entschieden habe. Das sieht zumindest ein wenig teuer aus. Auch wenn mein Outfit nur zwanzig Euro gekostet hat. Runtergesetzt bei H&M. Ich grinse, als Nik mir die Tür öffnet und wartet, bis ich in das warme Café eingetreten bin. Wie in einer normalen Bäckerei ist an der Seite neben der Tür ein Glaskasten aufgebaut, in dem man die einzelnen Brötchen und Kuchen betrachten kann. Dahinter steht allerdings keine verschlafene Bedienung, sondern ein Herr mit weißen Handschuhen. Hinter ihm an der Wand sind viele kleine Schubladenfächer wie in einer alten Apotheke und natürlich eine verchromte, riesige Kaffeemaschine. Der Herr mahlt gerade Kaffee in einer elektrischen Mühle und sieht kaum auf, als ich vor ihm stehen bleibe. Tief atme ich den Duft ein.

Nik berührt mich an der Schulter und weist in den Innenraum des Cafés. Hier sieht es wie in einem alten Clubhaus aus. Es fehlen eigentlich nur die Herren mit Zigarren und Whiskys in der Hand, und das Bild würde in einen Film aus den Fünfzigern passen. Stattdessen sind auf den Tischen Frühstücksplatten mit Lachs und Kaviar und die Damen trinken Champagner zum Gänseleberpastetenbrötchen. Ich persönlich bevorzuge eine Brötchenhälfte mit Honig, aber jedem das Seine.

Nik dirigiert mich zwischen den dunklen Ledersesseln hindurch und bleibt schließlich vor einem Paar stehen, das genauso wenig hier reinpasst wie ich. Das Mädchen hat bunte Zöpfe mit Perlen an den Enden und die Wollweste über ihrem schwarzen T-Shirt hat ungefähr einhundert verschiedene Farben. Der Mann trägt zwar einen legeren Anzug, aber seine knallroten Haare und die vielen Sommersprossen auf seiner weißen Milchhaut wirken auf mich eher lustig als einschüchternd. Die beiden haben ihre Köpfe zusammengesteckt und kichern leise wie Frischverliebte. Mit einem Ziehen in meiner Brust sehe ich zu, wie der Mann einen Zopf der Frau greift und die Perlen hinter ihrem Ohr feststeckt. Das ist so süß, dass ich anfangen könnte zu weinen.

»Justus, Maria?«, meldet sich Nik zu Wort und stört damit die traute Zweisamkeit. »Darf ich euch Sara vorstellen? Sara, das ist meine Schwester Maria. Das ist Justus.«

Die beiden stehen auf und lächeln mich so strahlend an, dass ich einen Moment geblendet bin. Maria greift nach meiner Hand und schüttelt sie langsam. Jetzt zeigt sich erst, dass sie trotz verrückter Zöpfe und ungeschminkter Augen definitiv aus einem reichen Elternhaus kommt, das auf Etikette Wert legt. Ihr Händedruck ist fest und trocken. Aber nicht zu fest, damit ihr nach einem langen Cocktailabend nicht die Hand schmerzt vom vielen Händeschütteln. Justus' Händedruck ist eine Mischung aus: Du kannst mir in allem vertrauen und ich bin ein ehrlicher Geschäftsmann. Ob Nik das auch drauf hat? Ich sollte ihn mal fragen, ob er meine Hand schütteln kann.

»Mensch toll! Ihr seid ja richtig pünktlich!« Maria wirft einen neckenden Blick auf Nik und zeigt auf die Sessel. »Ich hätte gedacht, dass Nik sich noch zwei Stunden Zeit lässt, weil er dieser Qual entgehen will … Komm schon, Bruderherz, alles, was mit Familie zu tun hat, ist doch immer eine Folter für dich. Ich bin überrascht, dass du so schnell deine Zusage geschickt hast, sehr erfreut natürlich, positiv überrascht! Was fadenscheinige Ausreden und Absagen anbelangt, haben Justus und ich sogar eine Wette abgeschlossen. Er meint, du würdest nicht kommen, weil an dem Tag ganz viele Kunden in deinem Laden erscheinen. Ich habe gewettet, dass du dir eine Stunde vorher den Arm brichst. Naja, das kann ja noch passieren, nicht wahr? Aber wir werden jemanden vorbeischicken. Ich werde nicht ohne meinen geliebten Bruder heiraten.« Sie greift kurz nach seiner Hand. »Justus wird einen seiner Schlägerfreunde vom Judo vorbeischicken. Hihi! Gut, dass ihr da seid! Wir haben gerade überlegt, wie wir unser Erstgeborenes nennen könnten. Justus will unseren ersten Sohn Frank nennen. Frank! Man stelle sich das vor. Langweilig. Ich bin für Frodo. Das ist mal ungewöhnlich. Setzt euch doch! Wir haben noch nichts bestellt außer Kaffee für uns. Justus lädt uns ein.« Sie grinst ihren Verlobten an. »Irgendeinen Vorteil muss es ja haben, dass er so viel arbeitet.«

Also … Ich finde ja, dass ich schnell spreche. Aber das hier … Maria würde jeden Weltrekord brechen. Ich stehe tatsächlich noch zwei Sekunden einfach nur da, bis ihre Worte in meinem Gehirn auseinandergenommen und auf ihre Bedeutung geprüft wurden. Dann lasse ich mich in einen Ledersessel sinken. Ich beschließe ganz fest, dass ich in jedem Fall verhindere, dass sich Nik den Arm bricht. Heilige Scheiße. Frodo? Das Kind wird seine Schulzeit nicht ohne psychische Störungen überstehen! Allein die Kosten für den Psychiater am Ende. Eltern können so grausam sein.

Die Bedienung kommt nur einen Augenblick später und reicht uns die Karte. Sie trägt einen Hosenanzug mit einer bestickten Schürze aus Spitze um ihre Hüften. Ich will gerade ihre Stilsicherheit bewundern, mit der sie elegant die Karten reicht und nach ihrem Notizblock greift, als sie beim Warten ihre Hand auf Niks Schulter legt. Nur einen kurzen Augenblick. Das ist nicht die Berührung einer Kellnerin, das ist das Tatschen einer Frau. Nik sieht kurz auf und erwidert für einen langen Moment das neckende Lächeln der Frau, bevor er sich wieder der Karte zuwendet. Ich starre zuerst ihn an, dann die Frau mit einem giftigen Blick, bis sie mich bemerkt und wieder auf ihren Notizblock starrt. Sie ist hübsch. Auf eine elegante Weise ist sie sogar schön. Nur ihr Mund ist viel zu breit und ihre Augen stehen fast einen Kilometer auseinander. Und sowieso ... hässliche Schlampe! Schließlich senke ich den Kopf und betrachte auch die Karte, ohne etwas lesen zu können. Ich spüre, wie Maria mich ansieht, doch ich habe keine Lust auf diesen wissenden, mitleidigen Blick. Trotzdem ist es schön zu wissen, dass man verstanden wird. Es ist ja nicht so, dass ich eifersüchtig wäre, aber in diesem Moment bin ich ziemlich dankbar, dass Nik noch nichts vom Ende unserer Affäre weiß. Gott, ich bin echt kein guter Mensch. Die Kellnerin könnte schließlich seine Richtige sein und ... Ach, sie ist eine hässliche Schlampe!

Nacheinander bestellen wir. Ich nehme einfach dasselbe wie Maria, da ich keine Ahnung habe, was in der Karte steht, und reiche schließlich dem Flittchen die Blätter zurück. Sie hat nicht mal den Anstand, schuldig auszusehen. Was wäre, wenn ich wirklich mit Nik zusammen wäre? Dann hätte sie vor meinen Augen meinen Freund angemacht! Wie geschmacklos kann man denn sein?

Obwohl ich es verhindern will, bemerke ich schließlich den Blick von Maria. Ihre Augen blitzen amüsiert und auch verständnisvoll. Mit hochgezogener Augenbraue sieht sie zu Nik rüber und wartet einen Augenblick. Marias Augen werden warm und ich rekele mich in dem Gefühl, dass sie versucht, mich zu verstehen. Und ein wenig Angst habe ich bei dem Gedanken, dass sie sich zweifelsohne fragen wird, was diese Frau an der Seite ihres Bruders macht. Ist sie gut zu ihm?

»Wir haben uns für eine Winterhochzeit entschieden«, verkündet Justus. Marias Blick wird plötzlich glasig und auch ich habe Probleme, mich weiter auf das Gespräch zu konzentrieren. Winterhochzeit. Mhm. Alles weiß mit Schnee und weißen Blüten, vielleicht sogar Engelstrompeten. Als Farbakzent ein paar rosa Blümchen dazwischen. Das kommt natürlich auf Marias Kleid an. »Welche Farbe hat dein Kleid?«, platzt es aus mir hervor, wodurch ich Justus unhöflich unterbreche, der gerade von einer Seevilla spricht.

Maria braucht einen Moment, bis sie wieder im Hier und Jetzt gelandet ist und meinen Blick erwidern kann. Sie strahlt. »Ich habe mich für ein rotes Kleid entschieden. Es ist zwar noch nicht gekauft, aber ...«

Ich erstarre. Rot. Rot? *Rot?!* Ich versuche, ein begeistertes Lächeln aufzusetzen, und scheitere kläglich. Ein rotes Kleid? Es ist ja nicht so, dass ich selbst vorhabe, die Farbe der Unschuld zu tragen, aber Rot? Champagner oder Vanille, vielleicht sogar ein leichtes Beige. Aber Rot? Heilige Scheiße!

»Findest du das nicht gut?«

Ich betrachte sie, mit ihren bunten Perlen in den Haaren und ihrer bunten Wollweste und bemühe mich, mir ein rotes Kleid an ihr vorzustellen. Es geht nicht. Nicht auf einer Hochzeit! »Rot?«, frage ich matt. »Das ist … unkonventionell.« Ich versuche mich an einem aufgeschlossenen Gesichtsausdruck und scheitere ein weiteres Mal. »Tut mir leid, aber ich finde es nicht *sooo* gut. Das ist, als würdest du Weiß auf einer Beerdigung tragen.«

Sie runzelt die Stirn und ich beiße mir auf die Lippen, um nicht weiterzusprechen. Röte überzieht mein Gesicht. Welches Recht habe ich, mich in ihre Hochzeit einzumischen?

»Meinst du wirklich?« Sie sieht mich an und wartet gespannt auf meine Antwort. »Es ist nur so … Justus und ich sind schon einige … Jahre zusammen und irgendwie kommt es mir falsch vor, Weiß zu tragen. Wir haben auch so genug Weiß auf unserer Hochzeit.«

Ich nicke langsam und versuche ein weiteres Mal, mir ein schönes rotes Kleid vorzustellen. Geschmackvoll, edel, schlicht. Offenes Haar, weiße Perlenohrringe, weißer Brautstrauß. Rotes Ansteckuch in der Anzugtasche von Justus. In meiner Vorstellung beißt sich das mit seinem orangeroten Haar. Ich schüttele schließlich den Kopf. »Bei deiner hellen Haut und deinem dunklen Haar würde ich trotzdem ein helles Kleid wählen. Vielleicht ein Cremeton. Du könntest dazu ein Kollier aus roten Rubinen tragen … Das sähe klasse aus.«

Sie sieht mich lange an, während ihr Blick flackert. Schließlich schleicht sich ein breites Lächeln auf ihr Gesicht. Ich lehne mich zufrieden zurück. Ich habe sie überzeugt. Maria ist plötzlich ganz aufgeregt. »Ich muss gleich meine Mutter anrufen und das klären. Auch sie war völlig verzweifelt, als ich ein rotes Kleid vorgeschlagen habe. Sie meinte, es würde sich mit Justus' Haaren beißen.«

Gruselig. Niks Mutter, wie sie wohl ist? Auf jeden Fall scheint sie ein besseres Farbgefühl zu haben als ihre Tochter. Ich schmunzele Nik an, doch der hat einen Silberblick, als leide er unter schrecklichen Kopfschmerzen. Auch Justus scheint plötzlich in einer ganz anderen Sphäre zu schweben. Männer …

»Erzähl mir alles!«, fordere ich Maria auf. Sie blinzelt und fängt dann an zu reden. Das Blumenkonzept ist schlicht, aber nicht langweilig. Der Hochzeitsplaner scheint zwar etwas von seinem Job zu verstehen, aber das mit dem roten Kleid war sein Vorschlag gewesen, deshalb lausche ich besonders kritisch. Zweihundertfünfzig Gäste haben keinen Platz in der Kirche, deshalb wollen sie an einem See heiraten. Allerdings nicht draußen, um für alle Wetterverhältnisse gewappnet zu sein. Sie haben sich für Bänke entschieden für die Gäste bei der Zeremonie und gegen Stühle, damit sie lange Efeuranken auf den Lehnen verteilen können. Mir gefällt die Idee. Viel Grün, viel Weiß. Das Essen wird deftig und reichlich sein, keine besonderen Spielereien, natürlich auch ein vegetarisches Menü für Maria und einige andere Gäste.

Als Maria und ich gerade über Laktoseintoleranz sprechen, wird das Essen gebracht. Nik und Justus beginnen zu speisen, doch ich schiebe mein Honigbrötchen an den Rand meines Tellers, als Maria von ihrer Idee erzählt, dass Nik die Einladungskarten kreieren soll.

»Wow …«, staune ich. »Das ist eine klasse Idee!«

»Und deshalb wollten wir auch das Frühstück. Ich habe nämlich einige Ideen selbst mitgebracht und dachte mir, dass Nik die vielleicht einbauen kann.« Maria greift nach ihrer Handtasche, einem riesigen Jutebeutel, und holt einen ganzen Stapel Karten heraus. Sie reicht sie Nik, der sie verwirrt betrachtet und schließlich aus seiner Dimension auftaucht. »Wofür sind die? Sorry, ich bin kurz eingenickt.« Sie lachen.

Ich beginne zu essen, während Maria sich abmüht, Nik von ihrer Idee zu überzeugen, und dabei stark darauf achten muss, dass Nik nicht wieder abdriftet. Ich grinse und greife nach meiner heißen Schokolade. Verwirrt stelle ich fest, dass es sich nur um heiße Milch handelt und will gerade die dumme Kellnerin rufen, als ich beobachte, wie Maria den Holzlöffel von ihrem Untertellerchen nimmt und ihn in die Milch taucht, die sie auch bestellt hat. An dem Löffel ist ein riesiger Klumpen Vollmilchschokolade, der in der heißen Milch langsam schmilzt. Begeistert mache ich es ihr nach und trinke die beste heiße Schokolade meines Lebens. Geile Idee!

Schließlich sind die Teller leer und die nächste Runde Kaffee und Schokolade wird gereicht. Nik kritzelt schon wie wild an einer Einladungskarte herum, doch er scheint nicht zufrieden zu sein. Schließlich beteiligt er sich wieder am Gespräch, das sich nun um Justus' Fälle und die Kanzlei dreht. Justus arbeitet meist an Umweltprozessen und berät einige Unternehmen darin, ihre Systeme umweltfreundlicher zu machen. Maria engagiert sich lebhaft für den Tierschutz. Wie haben sich die zwei wohl kennengelernt? Auf einer Demo?

Ich frage schließlich nach. »Ist das mit den Reichen hier eigentlich wie bei den normalen Leuten in Ostfriesland?«

Drei Augenpaare starren mich fast brüskiert an. Ich erröte, als mir bewusst wird, wie verwirrend meine Frage sein muss. »Damit meine ich nicht, dass ihr nicht *normal* seid, aber … kennt man sich von Geburt an, wenn man reich ist und hier in der Gegend wohnt?« Als sie mich immer noch anstarren, füge ich hinzu: »Ich habe mich nur gerade gefragt, wie ihr euch kennengelernt habt. Du hast mir doch erzählt, Nik, dass Justus dein Kumpel ist. Wie hat das alles angefangen?«

Einen Moment herrscht immer noch peinliche Stille und drei Augenpaare tauschen eifrig Blicke aus. Ich kann nicht einen davon deuten. Nik zuckt schließlich auf irgendeine ungestellte Frage die Achseln und lehnt sich zurück. Das ist wohl die wildeste wortlose Diskussion, die ich je erlebt habe. Aber es ist ganz offensichtlich, dass sich diese drei schon sehr, sehr lange kennen.

Justus greift nach seinem Kaffee und pustet vorsichtig, bevor er einen Schluck trinkt. Schließlich sieht er mich an und antwortet zögerlich: »Das ist eine *lange* Geschichte.« Nik weicht einen Moment meinem fragenden Blick aus, doch dann setzt er zögernd hinzu: »Wir sind Nachbarn gewesen.«

»Ja, wow.« Ich rolle mit den Augen. »Echt eine *lange* Geschichte!«

Maria lacht leise, doch Nik rutscht unruhig auf seinem Stuhl herum, bis er schließlich sagt: »Der erste Mann meiner Mutter ist ziemlich früh gestorben und hat ihr einiges an Geld vermacht. Sie hat sich nebenan von Justus' Elternhaus ein Häuschen gekauft.«

Ich runzele die Stirn. Das klingt verdächtig nach einer sehr verkürzten Fassung der geheimen Ereignisse. Oh! Niks Mutter war mit einem Mafiaboss verheiratet und Justus' Eltern schuldeten ihr noch Geld und ... jaja, ich weiß. Ich bin schlecht im Zwischen-den-Zeilen-Lesen. Aber irgendwas fehlt hier doch!

»Justus' Bruder ist nur ein paar Monate älter als ich und eigentlich war er immer mein bester Freund. Du weißt schon ... miteinander aufgewachsen, blabla. Tja, aber irgendwann waren wir dann keine Freunde mehr. Er wollte nichts mehr von mir wissen.« Nik zuckt mit den Schultern und trinkt seinen Kaffee aus.

Uh ... geheimnisvoll. Warum sagt er nicht einfach »Das geht dich nichts an, Sara«?

Justus greift nach Marias Hand und streichelt sie. »Mein jüngerer Bruder hatte es nicht immer leicht«, erklärt er mit glühenden Augen, »so wie er an meiner statt von meinen Eltern vereinnahmt wurde ... Aber jetzt lasst uns nicht von meinen Eltern sprechen. Schlimm genug, dass ich die zu meiner Hochzeit einladen muss!«

»Immer noch so schlimm?«, fragt Nik.

Justus grinst. »Naja, das mit dem Enterben haben sie sich jetzt abgeschminkt. Die wissen, dass ich als Anwalt sowieso das Testament anfechten würde. Also sparen sie sich den Stress und tun so, als sei alles in Ordnung und schon immer in Ordnung gewesen. Gute Miene zum bösen Spiel, auch was die Hochzeit anbelangt.«

Maria streichelt Justus' Hand tröstend. »Sei nicht so streng mit deinen Eltern. Sie sind immerhin sehr ... höflich.« Sie zögert einen Moment, als suche sie nach weiteren positiven Attributen, bevor sie schließlich seufzt. Justus zuckt mit den Schultern. Dann blickt Maria mich bohrend an. »Justus und ich, wir sind zusammen aufgewachsen und irgendwie war uns schon immer klar, dass wir zusammengehören. Aber wie ist es denn eigentlich mit euch? Wie seid ihr denn ...« Kurzer Seitenblick auf Nik. »... Freunde geworden?«

Nik lacht leise und schüttelt den Kopf. »Sara hat mir eine Abfuhr erteilt.«

Justus und Maria grinsen. Dann runzeln sie synchron die Stirn und drehen sich zu mir um. »Echt?«

Ich zucke mit den Schultern. »Jepp.« *So* ungewöhnlich finde ich das gar nicht.

»Mein Gott!« Theatralisch schlägt Maria die Hände über dem Kopf zusammen. »Dass ich das noch erleben darf! Was genau ist denn passiert?«

»Er hat mich in der Disco angesprochen und ich ...«

»Sie hat mir gesagt, dass sie nicht mit mir schlafen wird, also könnte ich mir die Mühe sparen«, vollendet Nik den Satz. »Ich sei zu schön.« Er grinst lässig und klopft ein imaginäres Staubkörnchen von seiner Schulter. Ich funkele ihn böse an. »So habe ich das nicht gesagt!«

»Ach. Und wie dann?« Nik grinst und hebt eine Augenbraue.

»Ich habe gesagt ... dass ich ... dass du ...« Ich sinke in mich zusammen. »So, wie du das erzählst, klingt das so ... *dumm.*« Ich drehe mich zu Justus und Maria um. »Aber in Wahrheit war ich total schlagfertig und superintelligent!«

Maria und Justus lachen. Allerdings hören sie im passenden Moment auf und nicken, als glaubten sie mir jedes Wort. Nur Nik fehlt das richtige Timing. Er lacht einfach weiter. Ich blitze ihn an. »Du kannst froh sein, dass ich so nett bin. Ansonsten würdest du heute noch in der Disco hinter mir herrennen und peinliche Anmachsprüche klopfen.«

Nik grinst nur und greift nach meiner Hand. »Und ich danke Gott jeden Tag dafür, dass du ein so aufopfernder Mensch bist und dich meiner angenommen hast.«

Ich starre ihn an und bekomme plötzlich Herzflattern, als er meine Fingerspitzen küsst. Maria lacht im Hintergrund, doch für einen Moment bin ich ganz allein mit Nik. Dann lache auch ich und entziehe ihm meine Hand, um meine Schokolade neu anzurühren. Dieser Vormittag hat offensichtlich einige Überraschungen parat.

*

»War's für mich?«, frage ich und streiche einen wichtigen Satz im Text an. Dann tippe ich mit dem Kugelschreiber auf mein Knie und schlage die Seite um.

Ich hasse es, meine Nachmittage mit Unizeug zu füllen, aber weil wir den ganzen Vormittag noch in dem Café gesessen haben, hinke ich jetzt drei Stunden hinterher. Und weil Nik dafür verantwortlich ist, habe ich mich entschieden, mein Zeug einfach mitzunehmen und ihn zu besuchen. Jetzt muss er mir wenigstens regelmäßig Kaffee kochen und anderes Zeug machen, das ihm auch den Nachmittag versaut. Meine Rache für das Verfälschen unserer Kennenlerngeschichte. Er kann sich glücklich schätzen, dass ich ihm kein *Ontjeflott* anbiete.

Niklas stellt das Telefon auf die Aufladestation und setzt sich neben mich auf einen Küchenstuhl. Mit seiner Hand greift er mein Knie und legt sich meinen Unterschenkel auf seine Beine. »Nein, es war für mich.«

»Wirklich? So wie letztes Mal, als du eine Stunde mit Lina telefoniert hast?« Nik grinst und zeichnet mit der Spitze seines Zeigefingers einen Kreis um meine Kniescheibe. »Das mit Lina war eine Ausnahme. Sie wusste nicht, welche Schuhe …« Er schüttelt fassungslos den Kopf und sieht kurz auf. »Ein Kunde hat mich angerufen. Terminschwierigkeiten.«

Diskret entziehe ich Nik mein Bein und setze mich aufrechter hin, als wolle ich mich auf das Fachbuch konzentrieren. Seite um Seite streckt sich mir Langeweile entgegen. Ich schließe genervt die Augen. Das ist so … öde. Warum können die Leute nicht einfach ihre Fakten in einen Krimi verwandeln? Das machen Romanautoren doch auch. Und man lernt etwas dabei. Jaja, schon klar: dumme Idee. Dann könnte das ja jeder verstehen. Da kommt mir ein anderer Gedanke: »Deine Schwester und Justus sind echt nett. Und das Frühstück war klasse. Die Hochzeit wird der Hammer, so wie es aussieht.«

Nik rührt seinen Kaffee um und kippt etwas Milch dazu. Ich warte einen Augenblick, doch anscheinend hat er nicht vor zu antworten.

»Das Konzept eines Dialogs ist dir geläufig, oder?«, frage ich pikiert. »Das ist das, was man macht, wenn man sich unterhält. Zuerst sagt der eine was, dann der andere. Man hört zu, reagiert auf das, was der Gesprächspartner sagt, und antwortet zum selben Thema. Aber ich halte auch gerne Monologe. Soll ich dir erklären, was ein Monolog ist? Das ist …«

»Sara«, unterbricht mich Nik und starrt in seinen Kaffee.

»Nik«, entgegne ich. Dann grinse ich. »Das war der erste Schritt. Du hast etwas gesagt, ich habe etwas gesagt. Wenn es so weitergeht, werden vielleicht sogar Sätze daraus. Dann hätten wir ein echtes Gespräch!«

Nik lässt seinen Löffel in der Tasse und sieht mich lange an. Meine Worte nimmt er offensichtlich nicht auf. Aber das macht auch nichts, ich rede gern mit mir selbst. Da widerspricht niemand. Nik atmet langsam ein, dann aus. Seine breite Brust hebt sich bei seinem Atemzug und lässt unter dem Shirt seine Brustmuskeln erscheinen. Wirklich, das ist ein sexy Schauspiel.

»Ich habe dir nicht alles erzählt«, beginnt Nik.

»Okay. Das war schon mal nicht schlecht. Allerdings reden wir wahrscheinlich gerade von unterschiedlichen Themen, deshalb kann ich dir nicht folgen und demnach auch keine passende Antwort geben.« Ich atme ein. »Worum geht es?«

»Justus ... Er hat doch von einigen Problemen geredet. Von seiner Familie.«

»Das mit der Enterbung.« Nik nickt langsam und fängt wieder an, seinen Kaffee umzurühren. »Meine Mutter war nach dem Umzug in dieser neuen Gegend sehr einsam. Sie kannte kaum jemanden und ihr erster Mann war nach langer Krankheit gestorben ...«

Ich klappe langsam mein Buch zu und höre gespannt zu. Jetzt kommt die Mafiageschichte.

»Um es kurz zu machen: Meine Mutter hatte eine Affäre mit dem Nachbarn. Mit Justus' Vater, dessen wahrer Charakter ihr zunächst ein Geheimnis blieb. Er gab sich charmant, bot ihr seine Hilfe an, lud sie auf ein Gläschen Wein in seine Villa ein.« Nik sieht mich lange an, bevor er fortfährt: »Sie wusste, dass er verheiratet war, aber seine Frau war nie da, und er hat es so aussehen lassen, als würden sie getrennt leben. Sie sei bei ihrer Familie in Brasilien. Tja, das Problem war nur ... dass sie die lange Reise zu ihrer Familie unternommen hatte, weil sie hochschwanger war und das Kind dort bekommen wollte. Ihren dreijährigen Sohn, Justus, und die Kinderfrau hatte sie auch mitgenommen. Als meine Mutter davon erfuhr, beendete sie sofort die Affäre. Leider zu spät.« Er sieht mich abwartend an. Ich habe das seltsame Gefühl, dass mir eine Information fehlt.

»Was meinst du mit ›zu spät‹? Hat die Frau von dem Seitensprung erfahren und sich scheiden lassen?«, frage ich.

Nik schließt einen Moment die Augen. »Nein. Meine Mutter war schwanger. Mit mir.«

»Verstehe.« Das war besser als *Der Pate*. Das war eine Familientragödie allererster Klasse. Der arme Nik. »Und wie hat der Nachbar reagiert?«

»Gar nicht. Meine Mutter hat ihm nichts davon erzählt und sie war zu stolz, um irgendwelche Forderungen zu stellen. Aber es war klar, was passiert sein musste. Denn anderthalb Jahre später bin ich durch den Garten gekrabbelt. Niemand hat darüber gesprochen, besonders meine Mutter und er redeten nie und mit niemanden darüber. Schließlich hat meine Mutter dann neu geheiratet und meine Schwester Maria wurde geboren. Alles hätte in bester Ordnung sein können: Der Skandal war vertuscht, die Ehefrau hatte keine Ahnung ... Alles hätte friedlich weitergehen können. Leider waren die heimlichen Halbbrüder schon längst Freunde.«

Kälte kriecht in meine Eingeweide. »Du meinst ... Justus' jüngerer Bruder und du?«

»Ja.« Nik lässt den Löffel endlich liegen und starrt in den erkalteten Kaffee. »Natürlich musste sein Vater unsere Freundschaft verbieten, sonst hätte die Wahrheit ja herauskommen können. Aber das machte es für uns Jungs noch spannender. Die heimlichen Treffen am Gartenzaun. Heimlich zelten im Wald, während unsere Eltern glaubten, dass wir mit Klassenkameraden spielten. Schwimmen gehen ... Blutsbrüderschaft ... Höhlen bauen. Wir waren die besten Freunde, haben alles geteilt. Wir hatten sogar einen Playboy in unserer Höhle im Wald.« Niks Blick schweift für einige Augenblicke in die Vergangenheit. »Natürlich wurden wir irgendwann erwischt und er hat mächtigen Ärger bekommen. Zwei Monate Hausarrest.« Nik atmet langsam ein und sein Blick wird klarer. »Ich habe schließlich meine Mutter gefragt, warum sein Vater mich so hasst, und sie hat es nicht übers Herz gebracht, mich anzulügen, und sie hat mir die Geschichte meiner Herkunft erzählt. Du kannst dir nicht vorstellen, wie aufgeregt ich war! Ich bin gleich zu ihm rübergerannt und die Hauswand bis zu seinem Balkon hochgeklettert, um ihm zu sagen, dass wir nicht nur Blutsbrüder sind, sondern echte Brüder! So richtig echte Brüder! Wir haben denselben Vater und sind fast gleich alt ... Tja, ich fand das toll. Er nicht. Ihm war ziemlich schnell klar, was das über seinen Vater bedeutete, und beschimpfte meine Mutter als Lügnerin. Wir haben uns mächtig geprügelt.« Nik zeigt auf eine kleine Narbe an seinem Kinn. »Von dem Radau sind seine Eltern auf uns aufmerksam geworden und stürmten ins Kinderzimmer.

Ich habe sofort erzählt, was vorgefallen ist, und dass ich weiß, dass wir den gleichen Vater haben.« Nik atmet zitternd ein und wischt sich durch das Gesicht. »Mein Vater hat mich nur angestarrt, seine Frau in den Arm genommen und mich Monster genannt. Ich weiß nicht, was ich mir erhofft habe ... Eine Umarmung vielleicht von meinem Erzeuger oder so. Aber er schmiss mich raus und rief mir nach, dass so ein Monster in seinem Haus niemals willkommen sei.«

Nik taucht langsam aus seiner Erinnerung wieder auf und sieht mich an. »Justus hat mir geglaubt. Er hat mich an dem Tag in unserer Waldhöhle gefunden und mich getröstet. Justus ist anders. Er hat immer gegen seinen Vater aufbegehrt. Dadurch ist das Verhältnis zu seinen Eltern ziemlich in die Brüche gegangen, weil er den Lügen unseres Vaters nicht geglaubt hat und wollte, dass dieser seine Vaterschaft anerkannte. Das hat er nie gemacht.« Nik stößt ein sarkastisches Lachen aus. »Schließlich wollte er nicht, dass seine *Traumehe* kaputtging.«

»Und der jüngere Bruder, dein bester Freund?«

»Ich habe ihn manchmal in der Schule gesehen, aber er wollte nie wieder etwas mit mir zu tun haben.«

»So ein Arschloch!«, entscheide ich und sehe, wie Niks Gesichtsausdruck weicher wird.

»Ich habe an dem Tag eine Familie zerstört, Sara. Ich glaube nicht, dass er das Arschloch war, ich war es. Ich bin ein Monster.«

Ich schnappe nach Luft. »Spinnst du?« Ich starre ihn fassungslos an, als mir plötzlich ein Licht aufgeht. Darum dieses verdammte Tattoo. Es ist nicht nur einfach Schmuck für ihn. Er denkt tatsächlich, dass er ein Monster ist!

»Aber ... Du bist nicht daran schuld! Dein Vater hat seine Frau betrogen. Du kannst nichts dafür! Er hat die Scheiße gebaut und wollte nicht dazu stehen. Du hast ihn nur mit der Wahrheit konfrontiert. Was kannst du dafür, wenn sein Leben auf Lügen beruht!«

»Du bist süß«, sagt Nik nach einer Weile und hebt den kalten Kaffee an seine Lippen, um einen Schluck zu trinken. Würgend stellt er die Tasse wieder auf den Tisch und schiebt sie von sich. »Kalt.« Er sieht kurz zu mir auf und schüttelt dann den Kopf. »Mach dir nicht so viele Gedanken deswegen. Das war alles vor Ewigkeiten. Ich bin drüber hinweg.«

Wen will er damit verarschen? Er ist auf keinen Fall darüber hinweg. Aber ich bin keine Psychiaterin und werde ihm da nicht helfen können. Vielleicht ist er auch wirklich darüber hinweg. Wer weiß das schon? Sein Leben hat er schließlich ganz gut ohne einen leiblichen Vater hinbekommen.

Nik grinst mich an und greift nach meinem Arm, um mich zu sich zu ziehen. »Weißt du, dass du verdammt sexy bist, wenn du dir Sorgen um mich machst?«

Ich runzle die Stirn und wehre ihn leicht ab, als er meine Hüfte packen will. »Nicht, Nik.«

Nik hebt eine Augenbraue und lässt von mir ab. »Aha.« Er lässt mich sofort los und steht auf, um seinen Kaffee wegzuschütten. »Ich hätte dir das doch nicht erzählen sollen. Jetzt hältst du mich auch für ein Monster.«

»Was?« Ich zucke zusammen und stehe automatisch auf, um ihn ganz fest in die Arme zu nehmen. »Das eine hat doch mit dem anderen nichts zu tun.« Ich atme tief ein und schließe die Augen. »Nik ... Ich muss dir was sagen. Ich ... mein Verlobter ... wir sind uns wieder nähergekommen.« Ich versuche, mein strahlendes Lächeln zu unterdrücken, als mir Bens Liebeserklärung einfällt. »Er hat gesagt, dass er mich liebt und ...«

Niks Gesicht sagt mir gar nichts. Wie eine weiße Leinwand, auf der die Striche noch fehlen, die das Bild zu etwas Lebendigem machen, sieht sein Gesicht mich an. »Schön für dich«, erklärt er tonlos.

»Oh ... Du brauchst dir keine Sorgen zu machen! Ich werde natürlich trotzdem deine Begleitung für die Hochzeit bleiben und wir bleiben doch auch Freunde, oder?«

»Sicher.«

»Siehst du? Das hat alles nichts mit deinem Vater oder so zu tun. Es ist nur so ... Ich war im Wäschekeller und plötzlich stand er hinter mir. Er hat mir gesagt, dass er mich vermisst und mich liebt und alles bereut und das alles. Ich bin so aufgeregt! Wir müssen das natürlich noch in aller Ruhe klären, aber das ist doch schon mal ein fantastischer erster Schritt, oder?«

Nik lächelt mich an und nickt langsam. »Das klingt wirklich gut.« Sein Blick fällt hinter mich auf die schwarze Küchenuhr und er zuckt zusammen. »Scheiße. Ich muss runter. Bestimmt steht der Kunde schon seit einer halben Stunde vor der geschlossenen Tür.« Er beugt sich zu mir und will mir automatisch einen Kuss geben, der schlussendlich auf der Wange landet. »Ich muss arbeiten.«

»Ich geh jetzt auch mal los.« Mein deprimierter Blick landet auf meinen Uni-Büchern. »Lernen.«

Shopping und Spannung

Ich habe große Brüste und wenig Geld. Für mich die absolut verständlichsten Gründe, warum ich Einkaufen hasse. Niemand Armes hat große Brüste in diesem Land. Sie sind bei H&M verboten, bei Pimky verpönt, bei C&A untersagt und bei Quelle gar nicht aufgeführt. Logische Konsequenz: Ich gehe nicht shoppen, außer wenn ich muss.

Paradoxerweise befinde ich mich gerade in einem Klamottenladen und habe grob geschätzt vierzig Oberteile und dreißig Hosen über meine Arme drapiert. Das Schlimmste an der ganzen Sache ist eigentlich, dass es meine Idee war, heute shoppen zu gehen. Das Problem war nämlich, dass ich gar kein passendes Kleid für die Hochzeit habe, auf die ich mit Nik gehen werde. Ich besitze leider nur ein geblümtes Sommerkleidchen und ein buntes Tuch, das ich mir um den Körper schlingen kann, wenn ich mal schwimmen gehe und zwischen Baden und Trocknen was zum Anziehen brauche. Meine Shoppingstrategie war ziemlich einfach: Ich bin in einen Laden reingegangen, habe mir ein Kleid ausgesucht und es angezogen. Es passte und sieht fantastisch aus. Ich habe es gekauft, nachdem mir meine Freundinnen versichert haben, dass es wirklich so gut aussieht, wie ich finde. Oh Mann, Nik wird Augen machen! Und … tataa. Zack. Einkauf erledigt. Nur nicht für meine Freundinnen, die natürlich auch etwas kaufen wollen. Jetzt darf ich den Modeberater spielen! Juhuu. *Würg*. Hoffentlich entscheiden sie sich endlich.

»O-uiiih, dieses Teil ist *sowasvondermaßentodschick*.« Ich gähne. Ich verstehe jeden Mann, der dies mehr hasst als eine Wurzelbehandlung. Wenn es möglich wäre, würde ich mich jetzt auf einen Zahnarztstuhl zaubern – oder mich unter Niks Nadel legen. Ich würde *lieber* ein *Tattoo* bis an mein *Lebensende* tragen, als hier sein zu müssen. Okay, höchstens ein kleines. Winziges. An einer Stelle meiner Kopfhaut, die immer mit Haaren bedeckt sein wird.

Lina wirft den Vorhang der Umkleidekabine zur Seite und macht eine theatralische Top-Model-Pose. »Und …?«

Da ich das Teil davor gelobt habe, muss ich jetzt wieder kritisieren: »Ich finde es eigentlich süß, aber das blaue Top eben war ein bisschen enger. Du hast so eine geile, schmale Taille, die musst du unbedingt betonen! Und das blaue Top hat deine schmale Kontur so schön hervorgezaubert. Ich würde eher das nehmen … Aber das ist auch süß.«

Das habe ich mir mal gemerkt: »… eigentlich … das andere … geil … betonen … hervorzaubern … eher …« Die benutzt man bei Kritik. Bei Lob einfach nur die Augenbrauen heben, zurücklehnen und »whow« hauchen – aber nicht »wow«, das scheint nämlich nicht zu funktionieren.

»Meinst du wirklich?« Lina dreht sich vor dem Spiegel und streicht mit den Händen ihre Taille entlang. Dann nimmt sie ein Stückchen Stoff vom Bauch und knüllt es zusammen, bis sich der Stoff wie eine gespannte Saite an ihren Körper schmiegt. »Sehe ich dann nicht knochig aus?«

»Du bist nicht knochig. Du bist zierlich. Ein himmelweiter Unterschied.« Und Synonyme büffeln. Sehr wichtig.

»Ja«, nickt Lina. »Das blaue gefällt mir auch besser.«

Tataa.

Verona kommt aus der Umkleide und zeigt ihre dunkelrote Korsage. Ich reiße meine Augenbrauen in die Höhe, lehne mich zurück und hauche: »Whow.«

*

Ich betrachte mich im Spiegel und gehe dann drei Schritte. Warum auch immer, aber ich kann in fünfzehn Zentimeter hohen Schuhen perfekt laufen. Vielleicht bilde ich mir das auch nur ein. Lina hockt neben mir auf einem Hocker und zieht die Sandalen wieder aus.

»Wie findest du die?«, frage ich sie – ganz plötzlich bin ich ein aufgeregtes Mädchen. Ich hebe meinen Fuß und drehe ihn ein bisschen. Lina betrachtet den Schuh und schüttelt dann den Kopf. » Da hast du keinen Halt drin. Wenn du mit der Spitze an einer Treppenstufe hängenbleibst, löst sich der Schuh von deiner Hacke.« Ich runzele die Stirn, und gehe zur Spiegelkante, um daran eine Treppe zu simulieren. Klackernd fällt der Schuh zu Boden. »Und das *siehst* du mit *einem* Blick?«

»Du *nicht*?«

Vor den Augen meines Spiegelbilds mutiere ich wieder zum gelangweilten Nicht-Mädchen. Verona hopst mit schmalen Stiefeletten auf uns zu und dreht sich langsam einmal vor uns.

»Absolut dein Stil«, stelle ich rigoros fest und lasse mich schnell auf den anderen freien Hocker fallen, bevor Verona auf falsche Gedanken kommt. »Warum bist du eigentlich so verdammt gut drauf?«, frage ich sie.

Verona dreht sich im Kreis. »Takumi und ich, wir haben gestern zum ersten Mal ohne Gummi gevögelt.«

»Oh?«

Verona grinst. »Ich nehme jetzt die Pille. Wir waren beide beim Arzt.« Sie streckt uns ihren Zeigefinger entgegen und wir können sie bloß blöd angaffen. Langsam denke ich, dass Verona die Romantischste von uns allen ist.

»Es war so … Wir haben einen Film geschaut – ich könnte euch ehrlich nicht mehr sagen, warum es darin ging – und plötzlich meinte er bloß: *Zieh dich aus*. Dann hat er meine Brüste begrabscht und schon …« Sie zuckt erneut mit den Achseln, während sich eine feine Röte auf ihr Gesicht legt. Ich kenne diese Art von Röte. Eine weiche Mischung aus leichter Scham, viel Wollust und noch mehr Sehnsucht.

»Es war so unglaublich, das könnt ihr euch nicht vorstellen. Da war keine Eile, sondern nur ... *Schwelgen.*« Verona seufzt verzückt. Lina springt auf und drückt sie fest an sich. »Ich freu mich so für euch!« Begeistert knuddelt sie Verona ein weiteres Mal. Ich kann diese ehrliche Freude nicht *ganz* teilen. Irgendetwas nagt in der Tiefe meines Herzens.

»Takumi ist so ein toller Kerl!«, schwärmt Verona weiter. »Die ganze Zeit danach ... wir haben einfach nur dagelegen und uns liebkost. Geknutscht. Oh, Mann, als ich heute Morgen aufgewacht bin, haben meine Wangen richtig gebrannt.« Verona lacht leise und schüttelt den Kopf. »Ich hatte Muskelkater im Mund!«

Lina drückt Verona noch ein letztes Mal an sich, dann gibt sie sie frei, damit ich sie umarmen kann. Ich mache es ebenso stürmisch, auch wenn das Nagen langsam nach unten gewandert ist und meine Brust malträtiert. »Ich kenne das Gefühl.« Ich lache sie fröhlich an und denke an das Mal, als ich Nik einen geblasen habe und er es so lange wortlos genossen hat, bis ich nach ungefähr einer gefühlten Stunde das Handtuch werfen musste. Kurze Zeit später hatte ich dafür einen wunderbaren Orgasmus; er presste mich dabei gegen seine Kühlschranktür. Das Nagen wird zu einem Hämmern.

»Ich hatte nicht eine einzige Sekunde das Gefühl, loslassen zu wollen.« Veronas Kinn zittert leicht, bevor sie ihren knallroten Vampirmund wieder zu einem breiten Lächeln verzieht. »Ich hatte nur einen Höhepunkt, aber ich war danach ... befriedigter als bei der Orgie mit den beiden Kerlen damals.«

Das Hämmern mutiert zu einem schmerzenden Pochen. Verona winkt plötzlich peinlich berührt ab und löst sich von mir.

»Und jetzt erzähl du mal, wie es mit Nik und eurer Freundschaft so läuft.«

Mein aufgeklebtes Lächeln vertieft sich. Aber dann sehe ich plötzlich Nik beim Verlobungsfrühstück vor mir und muss ehrlich lachen. »Es ist toll. Wir verstehen uns immer besser. Ich hätte nicht gedacht, dass eine Freundschaft zwischen Männern und Frauen wirklich funktionieren kann, aber wir sind das lebende Gegenbeispiel.« Ich setze mich wieder auf den Hocker.

Lina wirft einen kurzen Blick auf Verona. »Ich war auch einmal mit einem Kerl befreundet. Irgendwann hat der sich in mich verliebt.«

»Echt?« Verona setzt sich auf meinen Schoß und schnürt langsam die Stiefeletten auf. »Bei mir war das andersherum. Ich hab mich in ihn verliebt.«

»Du warst schon mal verliebt?«, frage ich überrascht.

»Ja.« Verona wirft einen Schuh zu Boden. »Der Scheißkerl. Männer sind wirklich alle …«

»Stopp!«, fährt Lina dazwischen. »Denk an Takumi.«

»*Außer* Takumi sind alle …«

»Und Nik.«

»Nicht Ben?«, fragt Lina überrascht.

Oh, Scheiße. »Der sowieso.« Auch wenn er sich mal wieder nicht bei mir gemeldet hat.

»Wenn man zu viel mit einem Mann zu tun hat und mit ihm eine echte Freundschaft aufbaut, dann verliebt sich zwangsläufig irgendwer«, erklärt Verona.

»Bei mir und Nik nicht.« Ein weiterer Blick huscht zwischen meinen Freundinnen hin und her.

»Takumi ist mein bester Freund. Und mein Lover.«

Das Pochen breitet sich bis in meine Fingerspitzen aus und ich balle meine Hände zu Fäusten. Plötzlich zucke ich zusammen. Heiliger Strohsack, ich bin eifersüchtig! Eifersüchtig auf meine beste Freundin und ihre Orgasmen. Wie oberflächlich bin ich eigentlich? Kann ich meiner Freundin nicht einmal das gönnen? Ich habe doch sonst alles: einen tollen besten Freund, einen Richtigen, Liebe, Freundschaft, eine Top-Familie. Aber nicht mal ein dummes, flüchtiges Gefühl kann ich ihr gönnen!

Ich zucke schuldbewusst zusammen und senke den Blick. Wenigstens habe ich keine Fehler gemacht, was die Freundschaft zwischen mir und Nik anbelangt, bisher nicht. Vorgestern waren wir gemeinsam klettern, weil ein Kunde von ihm den Laden betreibt und ihm Freikarten geschenkt hat. Das Klettern war echt lustig – ich habe es bis in drei Meter Höhe geschafft und die Luft da oben geschnuppert. Sie riecht zwar nach Gummi und Schweiß, aber irgendwie auch nach Sieg. Dann ist mir allerdings ein Missgeschick passiert. Mein Sicherheitsgurt hat sich um einen dieser Griffe gewickelt.

Niklas musste zu mir raufkommen und mir helfen, weil ich plötzlich nicht mehr in der Lage war, mich zu bewegen – nicht, dass ich Angst gehabt hätte oder so. Ich war da völlig cool. Die spitzen Schreie hat ein Gummigriff ausgestoßen, nicht ich. Seltsam, dass mir niemand glaubt.

Nik war schnell bei mir und hat seine feste Brust gegen meinen Rücken gepresst, während er mich mit einem Arm umschlungen hielt. Ich konnte jede einzelne Wölbung seiner Bauchmuskeln an meinem Hintern spüren, als er das Sicherheitsseil umfasste und es langsam zwischen seinen starken, weichen, langen Fingern löste. Die Elektrizität zwischen uns, diese statische Aufladung, die Erregung, die von mir Besitz ergriff, ließ mich tief einatmen und erschaudern.

Seine Finger verharrten an dem Seil, hingen zitternd in der Luft, während sich seine Brust eng an meinen Rücken presste. Ich rutschte so leicht nach vorn und der Rücken seines Daumens streifte die untere Wölbung meiner Brust. Ich hielt die Luft an und schloss die Augen. Meine Bauchmuskeln zogen sich vor Anspannung zusammen; wartend, hoffend auf ... etwas. Sein feuchter, heißer Atem peitschte bei zwei hastigen Atemzügen gegen die feinen Härchen meines Nackens. Eine weitere weiche Reibung schoss heiß von meiner Unterbrust direkt in meinen Schoß. Dann war der Druck an meinem Rücken verschwunden und das Seil gelöst.

»Du kannst runterkommen, Sara« Niks Stimme klang nicht einmal belegt, während ich vor erweckter Leidenschaft zittrige Knie hatte. Der Weg nach unten war eine Tortur.

»Freundschaft zu heterosexuellen Männern ist nicht möglich«, sagt Lina, als wolle sie damit eine Diskussion beenden, die ich durch meine Gedanken versäumt habe.

»Ich weiß nicht«, murmele ich resigniert. Wenn sie recht hat, mache ich bald wieder etwas Dummes und dann wird Nik sich endgültig von mir abwenden – dann ist es nur eine Frage der Zeit, bis dieses zittrige Etwas von Freundschaft einfach seinen Sicherheitsgurt verliert und am Boden zerplatzt.

Eins plus eins gleich drei?

Ich öffne meine Haustür und bleibe einen Moment völlig regungslos stehen. Vor mir steht ein Fremder. Ein völlig Fremder. »Nik?« Nik senkt den riesigen Blumenstrauß und taucht dahinter auf. Es sind rote Tränende Herzen. Viele rote Tränende Herzen. Meine Lieblingsblumen.

»Oh Gott, was ist passiert? Ist jemand gestorben?« Dann schießt mir ein Gedanke in den Kopf. »Bitte sag mir, dass du nicht gerade deine Einladung für die Hochzeit zurückziehst. Ich habe ein neues Kleid gekauft! Du musst mich mitnehmen!«

Nik schweigt und senkt den Strauß noch weiter. »Darf ich ... reinkommen?«

»Natürlich«, sage ich verwirrt und trete einen Schritt zurück, um ihn hereinzulassen. Der Strauß ist so groß, dass Nik beim Eintreten Platzprobleme bekommt. Er hantiert etwas mit den Blumen herum und geht dann die drei Schritte bis in meine Küche. Dort bleibt er neben dem Küchentisch stehen und hebt die Blumen. »Hast du ... hast du vielleicht ...?« Sein Blick zuckt immer wieder zu mir, bevor er den Kopf senkt. Plötzlich schlägt mir mein Herz bis zum Hals. Irgendetwas ist vorgefallen und zum ersten Mal in meinem Leben weiß ich nicht, was ich sagen soll, um Nik zum Reden zu bringen.

»Eine Vase?«, frage ich langsam.

»Ja! ... ja, eine Vase für die Blumen.« Nik wippt von einem Fuß auf den anderen und betrachtet meinen Türrahmen. Ich bleibe einige Augenblicke stehen und atme langsam ein. Dann gehe ich zu meinem Küchenschrank und hole ein Flens-Glas daraus hervor. Ich bin Studentin; ich kann mir keinen Schnickschnack wie eine

Vase leisten. Langsam fülle ich meine Vase mit Wasser, bevor ich mich dann zu Nik drehe. »Willst du dich setzen?«

Er starrt mich an, als erwache er gerade aus seinen Gedanken. »Nein. Doch, warte ... Nein ... Ich ... hier.« Er reicht mir die Blumen und wartet ab, bis ich mit einem unangenehmen Gefühl im Magen die Blumen in das Bierglas gestellt habe. Befangen drehe ich mich zu ihm um und warte ab. Er sagt nichts, sondern scheint ebenfalls zu warten.

»Danke für die Blumen.«

»Oh. Jaja ... bitte.« Er sieht sich in meiner Küche um und zeigt dann auf ein Bild von Verona, Lina und mir, wie wir gerade dem Kameramann mit unseren Cocktails zuprosten. »Das ist neu.«

»Ja.« Ich betrachte es einige Augenblicke. Verona hat ihre Kamera einfach einem Wildfremden in die Hand gedrückt. Trotzdem ist das Bild echt klasse geworden. Wir sehen zwar aus wie Alkoholiker, aber es ist lustig. Man kann schließlich nicht immer brav sein.

»Hübsch.«

»Danke.« Es ist komisch, aber irgendwie verbreitet Nik eine ungewohnt befremdliche Atmosphäre in meiner Wohnung und ich weiß nicht, was ich jetzt machen soll. Diese Atmosphäre scheint mich in ihren Bann zu ziehen, sodass ich jetzt auch nicht mehr normal sein kann. Ich bin genauso nervös und aufgekratzt wie Nik. Was will er mir bloß sagen? Will er mich wirklich von der Hochzeit ausladen? Will er unsere Freundschaft beenden? Oh mein ... hat er eine Freundin?

Nik reißt mich aus meinen Katastrophengedanken und zeigt auf meine Haustür. »Wusstest du, dass Ben Steinfoss dein Nachbar ist?«

»Äh ... ja?« Ich merke, wie Hitze in mein Gesicht steigt. Aus irgendeinem Grund ist es mir plötzlich wahnsinnig unangenehm, mit Nik über Ben zu sprechen. Es liegt an dieser Aura! Die macht alles ganz verdreht. Nik schließt einen Moment die Augen und legt den Kopf in den Nacken. »Und er ist auch … dieser berühmte Nachbar-Verlobte?«

Mir wird ein wenig flau im Magen. »Es … ich … Ja! … Was ist denn los? Worum geht es hier eigentlich? Warum die Blumen und dieses seltsame Getue?« Endlich kann ich wieder reden.

Nik schweigt einen Augenblick. »Das verkompliziert die Sache enorm«, murmelt er zu sich selbst und weicht meinem Blick aus. Er lacht auf, aber so lustig scheint er das Ganze auch wieder nicht zu finden. Dann hebt er den Kopf und fixiert mich. Seine Lippen bewegen sich, als forme er wortlos eine Erklärung. »Sara …« Er atmet tief durch. »Ich bin hergekommen, um dir zu sagen, dass … dass …« Er hebt seine Hand und legt sie in seinen Nacken, um seine verspannten Muskeln zu massieren.

»Dass …?«, frage ich bohrend und bin mir gar nicht sicher, ob ich den Rest des Satzes hören will. Im selben Augenblick trommelt es an meiner Haustür. Es ist ein verdammt aufgebrachtes Trommeln. Scheiße, ich habe doch die Miete bezahlt, oder?

»Entschuldige mich einen Augenblick.« Irgendwie erleichtert, der Situation zu entkommen, stürze ich zur Tür und reiße sie auf. Ben steht davor. Hitze überflutet mein Gesicht. Ausgerechnet jetzt? Jetzt?!

»Ich dachte, wir wollten das klären!«, poltert Ben auch schon los. »Stattdessen hast du schon wieder Besuch von einem Mann und auch noch mit Blumen! Lass mich durch.« Ben schiebt mich zur Seite. Dann dreht er sich noch einmal um. »Wer zum Teufel ist das? Ich dachte, zwischen uns würde es endlich wieder aufwärts gehen und du wolltest das genauso klären wie ich!« Ben stürzt in die Küche. »Dieses Arschloch wird was erleben!«

Ich renne hinterher und versuche nach Bens Pullover zu greifen, als er mitten im Schritt verharrt und stehenbleibt. Die beiden Männer starren sich an. Ich weiß nicht, wie ich diese Nicht-

Reaktion deuten soll. Hat Ben etwa Angst vor dem muskulösen Nik?

»Nik?«, sagt Ben plötzlich zögerlich und streng. Ich werfe an Bens Seite vorbei einen Blick auf Nik, der plötzlich ganz cool dasteht und die Hände in den Hosentaschen hat, als ginge ihn die Angelegenheit gar nichts an. Bens Augen wandern langsam zwischen mir und Nik und den Blumen im Bierglas hin und her.

»Hallo Ben.« Nik klingt eiskalt.

Ich runzele die Stirn. Was geht hier vor sich? Die ganze Last der Situation scheint auf einmal mein Hirn zu zerquetschen. Es wird geformt wie ein Schneeball zwischen unserer aller Hände. Einen klaren Gedanken kann ich jedenfalls nicht mehr fassen. Zwei Männer in einem Leben unterzubringen, war schon eine schwierige Situation. Aber zwei Männer … die sich kennen? Die sich offenbar sogar verabscheuen? Ich fühle mich komplett überfordert. »Ihr kennt euch?«, frage ich vorsichtig in die Runde.

Nik zuckt mit den Schultern und ein zynisches Lächeln formt sich an seinen Mundwinkeln, während er Ben anstarrt. »Könnte man so sagen.«

Ben weicht Niks Blick aus und bleibt einige Momente reglos in dem Türrahmen stehen, bevor er sich zu mir umdreht und mich ernst ansieht. Seine Haltung hat jede Aggression verloren. Er sieht sogar richtig … in sich zusammengefallen aus. Was bei zwei Metern fünfzig eine echte Leistung ist.

»Tut mir leid, dass ich hier so reingeplatzt bin, Sara«, erklärt er plötzlich. »Ich habe auch gar nicht so viel Zeit … Gleich noch einen Termin, du verstehst? Es ist nur … Ich wollte nur fragen … Mein Bruder …« Kurzer Seitenblick auf Nik. »… heiratet und ich …«

»Was für ein Zufall!«, unterbreche ich und versuche, der ganzen Situation ein wenig Komik zu verleihen. Die einzige Rettung! Denn das ist wirklich ein komischer Zufall. »Es scheinen ja im

Moment irgendwie alle zu heiraten. Aber eine Winterhochzeit ist auch wirklich ein schönes Motiv auf der Kamera ... Niks Schwester heiratet auch bald.«

Nik lacht leise hinter Ben. Es ist kein allzu nettes Lachen, sondern eher das Gelächter eines Mannes, der als Einziger einen Witz versteht und deshalb alle anderen für dumm hält, doch dann sagt er ganz ruhig: »Sara, Bens Bruder heiratet meine Schwester. Er spricht von Justus.«

Ich erstarre am ganzen Körper zu einem Eisklumpen. Ich zeige auf Nik und dann auf Ben und dann wieder auf Nik, während vor meinen Augen die Welt verschwimmt. »Ihr verwirrt mich!«, kreische ich leicht hysterisch und wehre Ben ab, der meine Hand ergreifen will.

Ben ist Niks Halbbruder? Ben ist der beste Freund von nebenan? Ben ist ... ach du meine Güte! Ich habe mich durch eine Familie geschlafen! Moment mal ... ist das überhaupt legal? Mir wird schlecht, während die beiden Männer mich abwartend ansehen. Nik hatte recht, das verkompliziert die Sache wirklich enorm, heilige Scheiße! Wie bin ich da nur hineingeraten? Wieder steigt Hitze in mein Gesicht und mir wird langsam schwindelig. Langsam scheint der Schock einzusetzen.

»Ich sollte wohl besser gehen«, sagt Nik schließlich. Er drängt sich an Ben vorbei und geht zur Tür, während ich ihm wie betäubt folge. An der Tür dreht Nik sich noch einmal um und funkelt böse in Richtung Küche, bevor er mich warm ansieht. »Wenn du jetzt nicht mehr mit mir auf die Hochzeit gehen willst, weil du andere Pläne hast, dann mach dir keine Sorgen meinetwegen. Sag mir einfach Bescheid! Ich komme schon klar. Eine Freundin von mir hätte bestimmt Lust auf freie Drinks und Essen.« Er grinst leicht, bevor er wieder ernst wird. »Viel Glück!«

»Nik!«, rufe ich ihm hinterher. »Nochmals vielen Dank für die Blumen.«

»Gerne.« Ich sehe Nik noch einige Sekunden wie betäubt hinterher, während er geradezu beschwingt die Treppen hinuntergeht und aus meinem Blickfeld verschwindet. Dann drehe ich mich zu Ben um, der abwartend in der Küchentür steht. »Sorry, Sara. Das war schlechtes Timing.« Ich nicke traurig. Er wirft einen Blick auf seine Uhr und lächelt schief. »Das mit dem Termin war leider keine Ausrede. Ich habe wirklich kaum Zeit. Eigentlich wollte ich nur kurz rüberkommen, um dich zu fragen, ob du Lust hättest, mit mir zu der Hochzeit zu kommen … Ich weiß doch, wie sehr du Hochzeiten magst und da musste ich gleich an dich denken. Und wir hätten dann endlich mal Zeit, um in Ruhe über alles, was vorgefallen ist, zu reden … Aber dann habe ich diesen Kerl in deine Wohnung verschwinden sehen mit den Blumen und da … Ich wollte nicht so durchdrehen, nur … Es tut mir leid. Ich habe die Kontrolle verloren.« Er faltet seine großen Hände und sieht mich fragend an.

Okay, ich fühle mich hin und her gerissen. Nik hat die Flucht ergriffen und Ben steht vor mir, so gutaussehend und einfühlsam, wie er nur sein kann. Wenn ich ihm das richtige Zeichen gebe, würde er mich sofort in die Arme nehmen und alles wäre gut und vergessen. »Natürlich möchte ich gerne mit dir auf die Hochzeit gehen, Ben, aber …« Ich beiße mir auf die Zunge. »Ich hab es Nik schon versprochen.« Ich sehe Ben an, dessen Gesicht sich sofort verdunkelt. »Versteh das bitte nicht falsch, aber wir treffen uns doch sowieso auf der Hochzeit und können dort miteinander reden und alles klären.«

Ben betrachtet mich einige Momente schweigend, bevor er schließlich nickt. »Du hast recht. Wir sehen uns dann dort und klären alles. Ich muss jetzt leider gehen.« Ich nicke erleichtert und sehe Ben nach, während er aus meiner Wohnung eilt.

Die perfekte Hochzeit

Ich starre an die Decke, damit meine Tränen endlich aufhören, meine Augen einfach so zu verlassen. Ich bin völlig aufgelöst. Dabei sind wir gerade erst *auf dem Weg* zur Hochzeit. Noch sitze ich neben dem eisern schweigenden Nik in seinem Auto, während der Traum meiner letzten Wochen endlich wahr wird. Endlich kann ich auf die Hochzeit und endlich kann ich mit Ben alles klären! So eine Feier dauert bestimmt bis in die frühen Morgenstunden. Irgendwann wird es sich schon ergeben, dass wir miteinander sprechen können. Wir befinden uns bereits auf der Auffahrt zur Seevilla, wo die Hochzeit stattfinden soll, als mein Gefühlschaos endlich normale Dimensionen annimmt und ich aufhöre, wie ein kleines Kind zu schluchzen.

Das ist alles so verdammt zauberhaft und romantisch! Oh mein Gott! Die heiraten wirklich in einer kleinen weißen Villa an einem kleinen See … Okay, das Wetter ist zwar nicht perfekt, aber gestern Nacht hat es sogar ein bisschen geschneit, sodass alles mit leichtem Frost und Schnee bedeckt ist. Nur der See sieht wegen des Wetters fast so schleimiggrün aus wie die Nordsee im Sommer, aber trotzdem muss ich sagen, ist es einfach perfekt. Der schmiedeeiserne Torbogen, der die Einfahrt zum Haus markiert, ist mit weißen, rosa und roten Blümchen geschmückt und die hohen Hecken haben kleine Serviettenblümchen überall. Wenn es nicht so bewölkt wäre, wäre das schlicht das vollkommenste Bild, das eine Hochzeit liefern kann. Bestimmt wurden hier schon eine Million Filmhochzeiten gedreht. Das muss einfach so sein. Oder sollte so sein.

Ich bemerke, dass ich wieder weine. Nik schnaubt leicht, als er meine herzerweichenden Schluchzer vernimmt. Wie kann er nur so unberührt von all dem Glanz sein? Ich weiß schon, warum er nicht mein Richtiger ist.

Ich habe mir für meinen Richtigen – Ben – gestern Abend ziemlich lange eine perfekte Rede ausgedacht. Natürlich muss ich mich spätestens bis dahin richtig zusammenreißen. Aber ... oh Mann! Die haben sogar kleine rosa Fähnchen auf dem Rasen aufgestellt und alles weht so schon im leichten Wind. Ja, gut ... die Windstärke ist wohl kaum als »leichter Wind« zu bezeichnen und die meisten Fähnchen sind schon lange dem Erdboden gleichgemacht worden, aber das heißt alles gar nichts. Es ist trotzdem absolut perfekt.

Nik folgt den Anweisungen eines Mannes, der eine rote Jacke trägt, und parkt hinter der Villa auf einem abgesteckten Bereich. Offensichtlich sind wir so ziemlich die Letzten, aber ich konnte mich einfach nicht entscheiden, was ich anziehe. Ich habe mir ja extra ein Kleidchen für diese Hochzeit gekauft, aber heute Morgen ist mir eingefallen, dass ich nicht den richtigen Schmuck dafür habe und musste mir letztendlich von Lina eine Perlenkette leihen. Das hat zwar ewig gedauert, aber Niks Gesichtsausdruck, als er das schlichte weinrote Cocktailkleid und meine Riemchenpumps gesehen hat, war Ausgleich genug. Nik war wirklich wie von den Socken und gleichzeitig total verärgert wegen der Verzögerungen.

Nik steigt wortlos aus und zündet sich erst einmal eine Zigarette an, während ich noch im Auto sitzend schnell meinen Mascara wieder in Ordnung bringe. Und da ich eh schon dabei bin, kann ich auch gleich mal meinen Labello auffrischen. Ich muss endlich lernen, mich richtig zu schminken!

Schließlich steige ich aus und drehe mich langsam zur hinteren Seite der Villa um. Ein kleiner Steg führt zu einem See und einem

Ruderboot. Der Rasen könnte nicht grüner sein. Schätze ich zumindest. Durch die fehlende Sonne und den halbgeschmolzenen Schnee um den Steg herum sieht alles ganz schön grau aus. Aber die weiße Villa mit der riesigen Terrasse ist ein Traum. Ich kann mich gerade noch zusammenreißen, bevor ich wieder anfange zu heulen. Hochzeiten wühlen mich so unglaublich auf! Ich muss auch das in den Griff kriegen, bevor ich selbst heirate. Sonst wird das ganze Make-up, was Verona mir draufkleistern wird, innerhalb von Sekunden in dicken Pfützen auf meinem Traumkleid landen.

Ich atme zittrig ein, streiche meine Haare zur Seite und sehe ungeduldig zu Nik rüber, der seelenruhig weiterraucht. Er hebt nur eine Augenbraue.

»Komm mir nicht auf die Tour«, warne ich sofort. »Ich weiß, ich habe mir Zeit gelassen mit allem, aber dann kannst du doch wenigstens mit gutem Beispiel vorangehen und jetzt deine Zigarette ausdrücken.«

Nik zuckt mit den Schultern. »Ich bin kein gutes Beispiel. Außerdem sitzen wir drinnen auch nur rum. Das dauert doch ewig, bis die vom Standesamt hierherkommen.«

Ich werfe einen Blick auf mein Handgelenk. Da ist natürlich keine Uhr. »Wie lange denn?«

»Keine Ahnung.«

Mensch, der hat heute wirklich gute Laune! Was hat er denn bloß? Wahrscheinlich allgemeine Hochzeits- und Familienallergie. Dabei hat er nach dieser Geschichte doch alles hinter sich gebracht und muss die lieben Leute bis zu seiner eigenen Hochzeit nicht mehr wiedersehen. Und da er wohl niemals heiraten wird, sieht er demnach seine Familie nicht wieder. Er sollte etwas trauriger sein, wenn er heute das letzte Mal in seinem Leben einen ganzen Tag mit seiner Katastrophenfamilie verbringt. Oder glücklicher. Aber nicht so wortkarg und unfreundlich. Wahrscheinlich ist er genauso emotional aufgerührt wie ich und kann es nur nicht so zeigen. Ja, bestimmt macht ihn die Heirat zu einem innerlich heulenden Stückchen Mensch, weil alles so wundervoll ist. Er hat zwar keine Tränen in den Augen, aber das kommt sicherlich noch. Ganz bestimmt.

»Ich sehe mich schon mal um«, schlage ich vor und knete aufgeregt meine Finger. Was wird Maria nun wohl tragen? Und wie wird Justus im Hochzeitsanzug aussehen? Welche Blumen haben sie gewählt? Wie schrecklich aufregend das alles ist! Bestimmt kann ich mir ein paar Tipps holen, da ich nämlich noch nicht ganz genau weiß, wie das mit dem kalten Buffet laufen könnte. Ich habe mir für meine Hochzeit überlegt, dass die Gäste sich erfrischen sollen, während ich mich noch fertig mache. Dann vergeht die Zeit zwischen Standesamt und Kirche sicherlich viel schneller und die Leute sind hellwach, um mir bei meinem perfekten Auftritt zu huldigen.

»Wie du willst.«

Nik ist nichts anderes als bockig. Könnte auch sein, dass er müde ist. Bestimmt schlecht geschlafen, der Arme. Er hat Augenringe. Kein Wunder, dass er so miesepetrig ist. Ich drehe mich aufgeregt zur Villa um und renne regelrecht über den matschigen Rasen, um schnell das Innere zu erreichen. Auf der Terrasse hinter der Villa sind einige Zelte aufgebaut, wo sich die Gäste bei möglichem Regen oder Schneefall aufhalten können. Sie sind hellblau. Einfach putzig. Momentan sind hier nur ein paar Raucher, die ihre Zigarren paffen und dabei Whiskygläser schwenken.

Ich entdecke Niks Vater und ducke mich leicht, bevor ich durch die Seitentür in die Villa schlüpfe. Zwar steht auf der Einladung von Nik »mit Begleitung«, aber ich denke nicht, dass die Eltern das besonders lustig finden, wenn die Ex von Ben mit dem Halbbruder Nik hier auftaucht. Zu viele Komplikationen, die ich erst kläre, wenn das mit Ben geregelt ist. Aber auch das mache ich erst später. Jetzt muss ich erst einmal sehen, ob sie die Girlanden mit einfachem Kleber festgemacht haben oder doch mit kleinen Häkchen. Meinen Kopf weit in den Nacken gelegt, kneife ich meine Augen zusammen und starre an die Decke. Nichts zu sehen. Es sieht fast so aus, als wachsen die Ranken tatsächlich aus der Decke. Fasziniert senke ich den Blick, um eine Möglichkeit zu finden, näher dranzukommen. Eine gewundene Treppe ist ganz raffiniert in einer Ecke eingebaut. Ich schleiche dahin – schließlich will ich nicht beim Hochzeitsspionieren gestört werden – und erklimme die ersten Stufen, bevor sich die Treppe aus dem Raum windet. An der Decke kann ich zwischen den Ranken kleine grüne Häkchen erkennen. Schlau gemacht. Ich wünschte, ich hätte an mein glitzerndes Hochzeitsbüchlein gedacht, um die Idee gleich festzuhalten.

»... nicht so eng. Ich kriege keine Luft mehr.«

»Willst du jetzt auf deiner Hochzeit gut aussehen oder nicht?«

Ich drehe mich auf der Treppe wie hypnotisiert den Stimmen entgegen. Die beiden Frauen sind offensichtlich keine Gäste. Hat Nik nicht vorhin gesagt, dass das Brautpaar Ewigkeiten brauchen wird, bis es endlich hier ankommt? Aber sie sind schon da!

Ich kann meine Neugierde nicht bremsen und gehe ganz automatisch die Treppe hoch und schlüpfe hinter die erste halbangelehnte Tür. Wie in den besten Hollywoodstreifen. Bevor ich die Braut ganz und gar sehen kann, bin ich auch schon gezwungen, die Treppe wieder hinunterzurennen, um mich erst mal auszuheulen. Maria ist so schön! Das Kleid sieht einfach perfekt für sie aus. Bei mir wäre das bisschen eleganter Stoff zwar zu wenig, aber ihre leichten Formen umschmeichelt es perfekt. »Whow!«, keuche ich automatisch und zucke zusammen, als Maria sich erstaunt zu mir umdreht.

»Hi Sara! Du bist schon da. Komm rein und hilf mir mit dem Schleier, während meine Mutter mich erstickt.«

»Stell dich nicht so an«, murmelt eine ältere Dame mit ein paar Sicherheitsnadeln im Mund und dreht die Hüfte ihrer Tochter zurück ins Licht. »Wir müssen diesen verdammten Perlenstoff wieder festmachen.«

»Was ist denn passiert?«, frage ich überrascht und trete ein.

»Beim Auspacken ist ein Stoffstreifen gerissen und jetzt will meine Mutter dafür sorgen, dass ich entweder von den Einstichen verblute oder von der Korsage ersticke.«

»Aber du siehst fantastisch aus!«, rufe ich aus, damit sie endlich aufhört zu quengeln. Wie kann man nur auf seiner eigenen Hochzeit nicht vor Freude durchdrehen?

»Das sage ich auch die ganze Zeit.« Marias Mutter richtet sich auf und mustert mich. »Fällt es auf, dass der Stoff gerissen ist?«, fragt sie plötzlich.

»Nein, gar nicht«, erkläre ich und trete näher. »Der Schleier wird wahrscheinlich die Hälfte der Taille verdecken. Dann kann man die Sicherheitsnadel dort gar nicht mehr sehen.«

»Mama! Man kann die Nadeln sehen?«

»Stell dich nicht so an!«, rufen Marias Mutter und ich wie aus einem Mund.

Maria dreht sich zum Spiegel und versucht, ihren Rücken über die Schulter zu betrachten. »Mama, man kann das wirklich sehen!«

»Ich mach schon«, schlage ich vor und hocke mich vor Maria, um den Stoff ein bisschen über die Nadelköpfe zu zupfen. Nach einer Weile stehe ich wieder auf und betrachte mein Meisterwerk. »Siehst du, gar nicht so schlimm. Du siehst blendend aus.«

»Deine Freundin ist ein Engel!« Marias Mutter drückt mir einen puderigen Kuss auf die Wange und bestaunt dann das Ergebnis. »Einfach perfekt.«

»Das war Teamwork«, murmele ich bescheiden und bekomme wieder feuchte Augen, weil alles so perfekt jetzt ist. Marias Mutter neben mir fängt auch plötzlich an zu schluchzen. Wir greifen synchron nach einem Taschentuch.

»Wo ist denn eigentlich … ähm … dein Dingsbums?«, schnieft die Mutter in ihr Taschentuch.

»Falls du meinen Mann meinst: Er inspiziert gerade die Whiskylieferung. Und sein Name ist *Justus.*«

»Entschuldige, Kind. Du weißt doch, ich kann mir keine Namen merken. Und jetzt so viele neue!«

Plötzlich fängt Maria laut an zu lachen. Sie ist offenbar vollkommen hysterisch und schüttelt sich vor Lachen.

»Maria, dein Kleid!«

»Entschuldige, Mama«, beruhigt sie sich endlich. »Ich musste nur gerade daran denken: Weißt du noch, wie Nik sich mit vierzehn die Haare wachsen ließ und du ihn ständig Maria genannt hast? Und er war schon total sauer, weil er gedacht hat, dass du ihn bloß aufziehen willst. Dabei hast du wirklich gedacht, er sei ich.«

Wieder Schluchzen. Maria streichelt ihrer Mutter über den Rücken. »Was hast du denn, Mama?«

»Ihr werdet alle so schnell erwachsen!«, schnieft die Mutter und dreht sich komischerweise zu mir um. Es kommt mir wie gestern vor, dass Maria das erste Mal meine Pelze auseinandergeschnitten hat, weil dafür Tiere sterben!« Sie schluchzt herzergreifend und fällt mir in die Arme. »Und heute heiratet sie schon.« Ich fange auch wieder an zu heulen. »Und sie sieht auch noch so perfekt aus!«, füge ich hinzu.

Jaja, für den Außenstehenden muss das seltsam aussehen, wie ich an Marias Reaktion bemerke, aber mir kommt es ganz natürlich vor, dass ich mit der Brautmutter Arm in Arm vor Glück flenne. Das ist irgendwie verdammt … richtig. Justus hat echt das beste Los gezogen. So eine Schwiegermutter möchte ich bei meiner Hochzeit auch haben! Wir verstehen uns einfach auf Anhieb blendend. Auch wenn wir dabei heulen.

»So … ähm …« Maria räuspert sich etwas peinlich berührt und verschränkt die Arme unter der Brust. »Wenn ich mir jetzt kurz meine Mutter ausleihen könnte, damit sie meinen Schleier richten kann?« Ich lache auf und löse mich von der Frau, um mich selbst diskret zurückzuziehen, während Maria der Schleier aufgesetzt wird.

»So eine nette Freundin …«, höre ich ihre Mutter noch murmeln, bevor ich wieder das Erdgeschoss erreiche. Um nicht völlig aus der Bahn geworfen zu werden, suche ich mir erst einmal einen Spiegel und überprüfe mein Make-up. Ich sehe grauenvoll aus! Und das ist toll!

Ich weine noch ein bisschen, bis Nik mich hinter der Garderobe findet und am Ellbogen in den großen Prunksaal schleift. Er sagt kein Wort, während ich neben ihm hilflos schluchzend hergehe und mich willenlos von ihm auf einen weißen Stuhl setzen lasse. Er nimmt neben mir Platz und funkelt seinen leiblichen Vater, der am Ende des Ganges sitzt, wütend an.

Wie schon zuvor beim ersten Kennenlernen, sind Bens Eltern das Sinnbild einer Heile-Welt-Familie, bei denen alles schief gelaufen ist. Beide Eheleute sitzen steif nebeneinander und starren wortlos zum Altar. Für die ist es ganz bestimmt nicht allzu bekömmlich, dass ihr ältester Sohn gerade die Tochter heiratet, mit dessen Mutter der Vater eine Affäre hatte, aus der dann der … Gott, zu kompliziert. Es sind auf jeden Fall viele Leichen im Keller vergraben bei dieser Familie. Aber Maria und Justus werden sich nicht einschüchtern lassen. Sie werden dieser traumatischen Geschichte ein Happy End verpassen, denn auch für die traurigsten Geschichten gibt es ein Happy End!

Ich nehme unwillkürlich Niks Hand und schluchze noch lauter. Der arme, süße Nik! So einen bösen Vater hat er gar nicht verdient. Er hat den Besten der besten Väter der Welt verdient. Er ist *so* ein toller Kerl.

Als die Fanfaren beginnen, hört mein ewiges Geheule abrupt auf, sodass ich das Spektakel unabgelenkt genießen kann. Während am improvisierten Altar der starre Gesichtsausdruck des Bräutigams sich auflöst und das herzerweichendste Strahlen auf seinen Lippen erscheint, fängt zwei Sitze weiter neben mir Bens Mutter an zu heulen wie ein Schlosshund. Offensichtlich nicht vor Stolz angesichts ihres glücklichen Erstgeborenen oder ihrer wunderschönen Schwiegertochter, die elfengleich den Mittelgang entlanggleitet, sondern vor Scham, dass ihr Sohn in diese schreckliche Familie einheiratet. Verflucht sei der Tag, an dem das kleine Nachbarhaus auf den Markt gekommen ist und dieser Pöbel sich dort eingenistet hat! Womöglich denkt sie so. Ich kann nicht ihre Gedanken lesen. Obwohl es vielleicht sogar ein klitzekleines bisschen verständlich wäre, wenn die Mutter so denken würde. Mein Heulen wird unwillkürlich lauter. Das ist wie bei *Romeo und Julia*. Alle sind gegen die Hochzeit! Wie romantisch!

Marias Mutter fängt eine Reihe vor uns vor Freude an zu schluchzen und ihr Mann, ein bebrillter Kerl mit weißen Albert-Einstein-Haaren, strahlt ebenfalls vor Glück. Wenigstens diese Gäste freuen sich für das Ehepaar. Es ist so traurig und schön. Und unglaublich traurig und unglaublich wunderwunderschön. Irgendwann brennen meine Augen so stark, dass ich die Tränen nicht mehr zurückhalten kann, als das Paar sich das Jawort gibt.

*

Vollgestopft mit Vanillecremetorte und betrunken von den vielen verschiedenen Drinks löse ich mich von meinem Tanzpartner – einem elfjährigen Jungen, der bestimmt ab heute vollkommen hochzeitsverrückt ist, so war es bei mir damals –, um endlich meine eigentliche Mission zu erfüllen: Ben finden und alles klären.

Ich weiß, dass ich schrecklich aussehe, aber ich kann einfach nicht anders, als jedes Mal zu heulen, wenn ich das Brautpaar sehe. Beim Küssen, beim Hochzeitswalzer, beim Hochlebenlassen, beim Kuchenessen, beim Gratulationswünsche-Entgegennehmen ... Hätte Nik mir nicht auf die Schulter getippt, als ich Maria bei meinen Glückwünschen umarmte, wäre die Arme sicherlich wegen der Quetschungen und der Bäche an Tränen, mit denen ich versuchte, sie zu ertränken, im Krankenhaus gelandet!

Ich habe so viel geweint, dass ich sozusagen *gezwungen* war, meine Flüssigkeitsvorräte mit Alkohol aufzufüllen. Und jetzt bin ich nicht nur ein emotionales Wrack, nein, ich bin noch dazu betrunken. Nik hat sich, so schnell es geht, von mir befreit, damit ich nicht mehr ein so fürchterlich peinliches Licht auf ihn werfe. Als Ausgleich habe ich mit dem Elfjährigen getanzt, der mich total anhimmelt. Auch ich brauche ein Mindestmaß an männlicher Aufmerksamkeit.

Mein Nacken tut mittlerweile schon weh, aber nicht nur, weil ich die ganze Zeit nach unten sehen musste beim Tanzen, sondern weil ich mich ständig nach Ben umschaue. Bei der Hochzeitszeremonie habe ich ihn nicht entdecken können, was wahrscheinlich an meinen jämmerlichen Tränen lag und natürlich an der Tatsache, dass vorne *geheiratet* wurde. Aber jetzt kann ich mich auf mein Ziel konzentrieren. Wo steckt er also?

Im Augenwinkel sehe ich nur Nik, der wieder mal seine Nische an der Theke verteidigt. Kein Wunder, dass der Platz dort so hart umkämpft ist. Die vielen Kellnerinnen sind vor allem damit beschäftigt, die Schwiegereltern von Maria mit Alkohol zu versorgen. Wahrscheinlich haben Bens Eltern die Bedienungen bestochen, um sich möglichst schnell an diesem für sie grausigen Tag betrinken zu können. Im Hintergrund kann ich ihr Lallen schon hören.

Gerade als der kleine Mann mich zu einem letzten Tanz bitten will, sehe ich Ben neben einer älteren Dame. Sofort, wie vom

Schicksal konzipiert, treffen sich unsere Blicke. Unwillkürlich gehen wir beide einen Schritt aufeinander zu, wobei ich zu meiner Schande den nervigen Bengel einfach umrenne. Doch der steht gleich wieder auf und putzt sich mit einer lässigen Bewegung sauber. Mit einer noch lässigeren Bewegung wendet er sich dann von mir ab und bittet eine andere junge Dame zum Tanz.

Ben schreitet derweil mit großen Yeti-Schritten auf mich zu und bleibt am Rand der Tanzfläche vor mir stehen. Wir sehen uns einen Moment schweigend an und ich sauge seinen Anblick in stummer Sehnsucht in mir auf. Sein Haar ist etwas länger als bei unserem Treffen in der Waschküche, aber frisch geschnitten. Seine markanten Züge wirken wie immer sehr scharf, aber nicht böse. Seine blaugrauen Augen sehen zu mir herunter und warten darauf, dass ich etwas sage. Ich schlucke trocken, als sich mein Magen vor Glück und Angst zusammenzieht. Meine Rede, meine ausgeklügelte perfekte Rede ist einfach aus meinem Hirn verschwunden. »Äh …« Mein Herz klopft aufgeregt gegen meine Brust. Ein unregelmäßiger Rhythmus, wie ich bemerke. Ich muss noch etwas sagen außer »Äh«. Bloß was? Ich meine, wir wollten das klären und alles, aber irgendwie weiß ich gar nicht mehr so genau, was ich eigentlich klären will.

»Du bist also wirklich mit Nik gekommen.« Ben macht eine leichte Geste Richtung Bar, wo Nik immer noch seinen Platz verteidigt und ununterbrochen säuft. Gut, dass er nicht vorhat, mit seinem Auto später zurückzufahren. Ben scheint ebenso wenig zu wissen, was er sagen soll.

Ich drehe mich wieder zu Ben um. Er sieht im Anzug einfach fantastisch aus. Alles sitzt und passt wie angegossen, aber das kann man bei einem maßgeschneiderten Anzug und bei seiner Figur auch erwarten. Ich habe ihn schon hunderte Male in Anzügen gesehen, doch heute fällt mir zum ersten Mal auf, dass sie bei ihm immer ein bisschen zu perfekt sitzen. Im Augenwinkel kann ich Nik sehen. Sein Anzug ist keinesfalls maßgeschneidert, aber er sitzt trotzdem klasse. Die Hemdaufschläge hat er einfach über seine Unterarme hochgezerrt, sodass man seine langen, eleganten Künstlerfinger und die kräftigen Muskeln seiner Arme bewundern kann. Seine Jacke hat er irgendwo verloren. Nik ist ... *heiß*. Der Coole mit dem Drachentattoo und dem weißen Spießerhemd. Die Mischung hat was. Dieses leicht Gezwungene und trotzdem sehr Ironische. Seine Krawatte hängt ihm in einer langen Schlaufe um den Hals. Mein Herz pocht schnell.

Ben sieht mich immer noch an und wartet auf eine Erklärung. »Ich habe nach der Sache in der Waschkammer immer wieder versucht, dich zu erreichen.«

Was? Echt? »Was? Echt?« Ich starre Ben an. »Ich habe dich auch angerufen, aber dann kam nur deine SMS und ich war völlig ... Was wolltest du sagen?«

»Nein ... red ruhig weiter.«

Ich atme tief durch. Mein Hirn ist wie leergefegt. Das Arschloch. »Ich ... Wir ... Was ich sagen wollte: Ich habe dich nie betrogen am Anfang. Das war alles ein furchtbares Missverständnis! Der Kerl an meiner Haustür war nur so ein ...« Ich mache eine wegwerfende Handbewegung. »... Typ. Jemand, den ich mal kannte. Du hattest mit ihm telefoniert ... Du erinnerst dich? Mir ist mein Handtuch runtergefallen und er hat gegrabscht. Das war alles.«

Ben nickt langsam und trotzdem bleibt seine Miene düster. Ich werfe einen hilfesuchenden Blick zu Nik, weil ich einfach nicht weiß, wie ich das alles sagen soll, was mir auf der Seele brennt. Nik redet gerade mit einer Kellnerin und sieht mich nicht. Ben folgt meinem Blick und zieht die Schultern hoch, als wolle er sich vor mir aufbauen.

»Das tut mir alles so leid«, fahre ich schließlich fort und wende meinen Blick von Nik ab, um auf den Boden zu sehen. »Ich hätte sofort mit dir reden sollen. Aber du hast so schlimme Dinge gesagt ... und dann konnte ich nicht. Ich konnte das alles einfach nicht ...« Hysterisches Gelächter blubbert meine Kehle hinauf, dann ein Heulen. Ich bin so fürchterlich emotional. Endlich rede ich mit Ben und ich sage alles einfach irgendwie falsch. Wo zur Hölle ist meine Rede?

Ich atme tief durch. »Ich weiß, ich habe dich fürchterlich mit der Heiratssache unter Druck gesetzt und ich verstehe auch, dass ich zu weit gegangen bin, aber ...« Selbstmitleid um all die verlorene Zeit lässt Tränen in meine Augen steigen. Das hätte alles nicht sein müssen. Ich hätte das alles gleich anpacken müssen und nicht einfach ein anderes, fremdes Leben weiterführen dürfen. Aber nun ... *achter an gackern Höhner*. Hinterher weiß man es immer besser. Und jetzt kann ich es endlich sagen. Nur wie ...? Ben sieht nicht so aus, als würde er verstehen.

»Und was hat Niklas Schwarz mit der ganzen Sache zu tun?«, fragt Ben, als ich mich mal wieder zu Nik drehe, damit dieser mich endlich bei der wichtigsten Mission meines Lebens unterstützt! So machen es doch Freunde, oder?

Ich schnelle zu Ben zurück. »Nichts. Gar nichts. Wir sind nur Freunde!«

Ben atmet tief durch und lockert ganz leicht seine Krawatte. Ich kann nicht sagen, dass das so wunderbar leger und ironisch aussieht wie bei Nik. Eher ... unordentlich. Seltsam.

»Ich habe ...«, Ben steckt seine Hand wieder zurück in seine Hosentasche, »versucht, bei dir anzurufen. Ich habe auch Nachrichten hinterlassen.«

Ich habe eine Mailbox? Verrückt!

»Ich wollte dir nur sagen, dass ich in der Waschküche total betrunken war.« Ben lacht plötzlich und fährt sich verlegen über die Haare. Mir zieht sich mein Herz zusammen. Er hat das alles gar nicht so gemeint. Er war betrunken und wollte Sex.

»Aber was ich gesagt habe, ist wahr. Ich liebe dich, Sara. Ich wollte damals mit dem Kerl nicht so reagieren. Tut mir leid. Mir tut das alles schrecklich leid. Als ich diesen ganzen Mist zu dir gesagt habe ... Ich war überfordert. Mir ging das alles einfach zu schnell.«

»Ich weiß«, murmele ich. »Aber ich kann keine Spielchen spielen. Ich kann nicht so tun, als ob ich nicht an einer Ehe mit dir interessiert bin.«

Er lächelt kurz, um dann wieder ernst zu werden. »Das ist auch gut. Irgendwie. Und ich ... es tut mir leid.«

»Mir auch.« Ich strahle ihn an. »Dann ist alles wieder gut?«

Ben strahlt zurück. »Ich denke schon.«

Automatisch drehe ich mich wieder zur Bar, um Nik zu zeigen, dass ich seine dämliche Hilfe gar nicht brauche. Er sieht nicht einmal auf, sondern schäkert weiter mit der Bedienung. Eine schlanke, kleine Frau. Wahrscheinlich magersüchtig, die blöde Kuh! Ben sieht mich an, als fände er meine Blicke komisch.

»Was hast du bloß für ein Problem mit Nik?«, frage ich schnell, damit unser heißersehntes Happy End nicht gleich wieder an sinnloser Eifersucht scheitert. »Warum wolltest du plötzlich nicht mehr sein Freund sein?« Bens seltsamer Gesichtsausdruck wechselt rasend schnell zwischen Peinlichkeit und Spott hin und her. »Was? Ich war zwölf, Sara!«, ruft Ben. Er mustert mich intensiv, um festzustellen, wie viel ich weiß, und stellt offenbar fest, dass ich alles weiß. Dann spricht er weiter: »Ich wollte nicht hören, dass mein Vater nicht perfekt ist. Ich wollte nicht, dass mein Vater meine Mutter betrogen hat. Ich wollte das nicht glauben. Also musste ich glauben, dass Nik nur Lügen erzählt, um unsere Familie auseinanderzubringen. Mein Vater hat mir gesagt, dass Nik unsere Familie kaputtmachen will, weil er selbst keine echte Familie hat. Keinen richtigen Vater wie ich. Er sei bloß ein Monster ohne Vater.« Ben seufzt leise. »Mein Vater kann sehr überzeugend sein, wenn er will. Ich dachte, Nik sei eifersüchtig auf unsere Familie. Und dann vergingen die Jahre und ich begriff … Naja, es ist zu viel Zeit vergangen. Irgendwann haben wir alle so getan, als wäre nie etwas geschehen. Die zwei Familien wohnten immer noch nebeneinander. Sie waren zwar nicht eng befreundet, aber auch nicht verfeindet. Man ging sich aus dem Weg. Dumm nur, dass sich der Erstgeborene der einen Familie in die Jüngstgeborene der anderen verlieben musste. Sonst hätte es nie diesen Aufruhr gegeben. In unseren Kreisen vermeidet man Aufruhr.« Ben nimmt meine Hand und sieht mir plötzlich eindringlich in die Augen. »Und zwischen dir und ihm … was war da?«

Ich weiß nicht, was ich sagen soll. Auf einer Lüge soll unser gemeinsames Leben schließlich nicht aufbauen. Ich zucke halbherzig mit den Schultern, was eher Ja als Nein bedeutet.

»Tatsächlich?« Seine Augenbrauen heben sich leicht über seinen dunklen Augen.

»Nun …«, mehr kriege ich nicht heraus. Das zwischen mir und Nik ist offiziell beendet. Ja, vielleicht erst seit kurzer Zeit, aber es ist vorbei. Bens Gesichtsausdruck verändert sich kaum, als sei er erstarrt. »Ich will, dass du dich entscheidest, Sara. Meine Bedingung an die Versöhnung und an die Verlobung: entweder ich oder er. Du triffst ihn nie wieder. Jedenfalls nicht absichtlich.« Damit dreht er sich auf dem Absatz herum und verschwindet zwischen den Kleidern und Anzügen der Gäste.

Ich hebe nun auch meine Augenbrauen. Lustig. Wie theatralisch mein Richtiger manchmal sein kann. Dabei dachte ich, ich wäre heute die Dramatische und Melodramatische. Mein Blick gleitet zu den Eltern von Justus, die besoffen am Tisch sitzen und immer wieder auf ihre Uhren schielen. Wann sie wohl endlich gehen können? Wahrscheinlich bin ich doch nicht so allein in meiner Dramatik, wie ich gedacht habe. Aber Bens Eifersucht ist ja wohl das Niedlichste, was ich jemals erlebt habe. Ich bin richtig glücklich, wenn ich daran denke. Er hat zur Abwechslung einmal Angst, mich zu verlieren. Ist das nicht furchtbar süß? Ich wusste, dass er früher oder später dasselbe für mich empfinden würde wie ich für ihn. Und meine Geduld hat sich ausgezahlt. Wenn es erst einmal zwischen mir und ihm wieder etwas fester geworden ist, kann ich getrost meine Freundschaft zu Nik weiterführen. Schließlich ist Nik mein bester Freund und meine Freundschaften lasse ich mir nicht verbieten. Auch nicht von Ben. Aber dafür habe ich noch Zeit. Nik wird bestimmt nicht gleich mit der Tür ins Haus fallen und mich morgen zum Eisessen einladen, wenn er weiß, dass Ben ein wenig giftig darauf reagiert. Nik hat immer Verständnis. Er ist eben mein bester Freund.

Ich weine schon wieder. Ich habe mich auf einer Hochzeit mit meinem Richtigen versöhnt und mein bester Freund ist auch noch Teil meines Lebens – wenn auch nicht der wichtigste. Und ich bin auf der schönsten Hochzeit, die man jemals planen könnte … Wenn man mal von der seltsamen Sauferei einiger Angehöriger absieht. Und vom Wetter.

Ich muss das alles gleich Nik erzählen! Weinend und lachend und irgendwie völlig hysterisch mache ich kehrt, um Nik entgegenzulaufen, der immer noch an der Bar steht und mit der magersüchtigen, superalten Bedienung flirtet. Als ich ihn erreiche, packe ich ihn gleich an seinem zusammengerollten Hemdsärmel und ziehe ihn unter den giftigen Blicken der Kellnerin zur Seite. »Ich muss dir unbedingt sagen, was Ben gerade meinte! Er hat die Hände in die Hüften gestemmt, mich von oben angestarrt und wie in einem Hollywoodfilm gemeint: ›Entscheide dich zwischen mir und Nik.‹ – Sehr lustig, oder? Ich hab doch gesagt, dass es am Ende so kommt!« Ich strahle ihn unter Tränen an.

Nik wird plötzlich ganz still und schließt die Augen. »Ja, das hast du.«

Ich runzele meine Stirn. »Was ist denn? Ben kriegt sich schon wieder ein. Schließlich ist es ja nicht so, dass du zwischen mir und ihm stehst. Er ist nur aufgeregt und all das. Wir beide bleiben Freunde, keine Bange. Wenn Ben erst mal sieht, dass zwischen uns nichts –«

»Zwischen uns ist also nichts?« Nik sieht mich lange an, während ich grenzdebil vor mich hinstrahle, schluchze und weine. Schließlich atmet er tief ein und kippt sein Getränk in einem Zug in seinen Rachen. »Weißt du was, Sara? Ben hat recht. Entscheide dich! Er oder ich werden in deinem Leben weiterhin eine Rolle spielen. Oder eben keine.« Sein Glas scheppert nur so, als er es auf die Bar knallt und wütend abrauscht.

Irgendwie haben die Jungs es heute mit ihrer Theatralik! So dramatisch wie Schauspieler und Diven führen sie sich auf und machen unsinnige Ultimaten. So etwas Kindisches, aber die kriegen sich schon wieder ein. Ich weiß das, schließlich kenne ich die beiden lange genug.

Ich wende mich überrumpelt von der Bar ab und ernte von der Seite einen bitterbösen Blick der Kellnerin. Ich starre so böse zurück, wie es geht, und weiß, dass ich nicht unbedingt beeindruckend aussehe, mit meinen verweinten Augen und meinem schaurig-glückseligen Lächeln. Es soll ja Leute geben, die süß aussehen, wenn sie weinen. Ich weiß auf jeden Fall, dass ich nicht zu diesen Menschen gehöre. Wenn ich weine, sollte man mich in eine dunkle Kammer sperren.

Das ist viel zu konfus für mich. Die coolen Jungs machen einen auf Krieg und ich, die eigentliche Dramaqueen, bin am Ende die Vernünftige. Das ist alles ganz seltsam. Zum Glück bleiben die Männer nicht so. Schließlich haben sie sich mal gemocht. Das Ende ihrer Freundschaft war bestimmt ein blöder Unfall. Ich kann das kitten. Die beiden brauchen sich. So wie ich die beiden brauche.

Die wunderwunderschöne Maria tänzelt im Hintergrund an mir vorbei und ich habe plötzlich einen schrecklichen Kloß im Hals, sodass ich nicht einmal mehr weinen kann. So wird es eines Tages auch bei mir und Ben sein: Ich schwebe über die Tanzfläche und freue mich über alles und jeden, während Nik am Tresen steht und Kellnerinnen anmacht. Meine Brust zieht sich ein wenig zusammen. Bestimmt werden Nik und Ben bis dahin wieder beste Freunde und alles wird ganz wunderbar. Es braucht nur etwas Zeit.

Vielleicht brauchen Nik und Ben aber auch mehr als einfach nur etwas Zeit. Schließlich haben sie seit Jahren nicht mehr miteinander gesprochen. Die sind wirklich immer verdammt stur und weichen nicht einen einzigen Augenblick von ihrer Meinung ab, außer ich zwinge sie dazu. Die würden sich lieber umbringen, als nicht zu ihrem Wort zu stehen …

Oh, Scheiße. Oh verdammter, heiliger Mist!

Das Ultimatum … gilt! Es ist nicht nur eine kleine Überreaktion wie bei mir, wenn ich so etwas sage. Es ist schlicht für die beiden ein Fakt. Wenn ich mich für einen entscheide, ist der andere aus meinem Leben verschwunden – und das für immer.

Schmerz und Wut wallen in mir auf. Und natürlich Trauer. Einen von den beiden werde ich verlieren, ganz egal, wie ich mich entscheide. Das ist doch völlig bescheuert! Die überlassen mir die Entscheidung? Mir? Ich entscheide mich doch immer für Dinge, die am Ende völlig schiefgehen. Ich will Ben nicht verlieren. Er ist mein Richtiger. Meine große Liebe. Der Fels in der Brandung. Er ist meine spießige Versicherung, die den Schaden begrenzt, wenn ich mal wieder Mist baue. Und Nik … Nik. Ich kann mir gar nicht vorstellen, wie ein Leben ohne ihn funktionieren soll. Er ist mein Halt und gleichzeitig ein Mensch, der mein Leben würzt und es ganz macht. Ein Mensch, der mich allgemein antreibt, mich gern hat, mich immer wieder auffängt, wenn ich einen Schritt zu weit gegangen bin. Bei ihm fühle ich mich geborgen und bin Teil eines Wirs. Aber ich bin auch ich. Er weist mich skrupellos auf meine Schwächen hin, aber er akzeptiert gleichzeitig die Fehlerchen, die mich als Person ausmachen. Er ist …

Tränen laufen mir über die Wangen und verschleiern völlig meinen Blick. Ich stehe einfach nur da und starre vor mich hin, als die Welt vor meinen Augen zurückweicht, bis nichts mehr da ist. Gar nichts mehr, außer ich im luftleeren Raum. Es huschen keine Geräusche mehr durch die Luft. Ich bin einfach allein. Einsam und verlassen. Kälte kriecht meine Eingeweide hoch und friert meine Lunge ein, als wolle sie mich innerlich erstarren lassen im grausigen Kampf um Geborgenheit und Liebe, während Einsamkeit mich innerlich auffrisst, aushöhlt und ausschält wie ein Borkenkäfer.

Wie konnte ich es nicht bemerken? So werde ich mich ohne Nik fühlen. Genauso. Es ist nichts, was man mit einem Saufgelage und einer Affäre wieder vergessen kann. Zwischen mir und ihm ist das, was ich immer bei Ben gesucht habe. Die Verblendung mit Ben hat mit diesem einen Megaorgasmus begonnen. Es war dieses welterschütternde Ereignis, das meinen Verstand aus den Angeln gehoben und falschherum wieder eingehängt hat. Es war wie ein Orkan, ein Rausch. Da und doch schnell vorbei. Die Liebe ist in Wahrheit nicht so, wie sie immer in den Büchern beschrieben wird. Meine Liebe zu Nik ist wie ein feiner Lufthauch, die einfache Erkenntnis von etwas, das schon von Anfang an in mir geschlummert hat. Sie hat sich bei mir eingeschlichen, vor Jahren.

Ich liebe Nik.

Ja, es ist so herum und nicht anders. Oh, Gott und das sagt mir jetzt mein Hirn, das monatelang diese Erkenntnis einfach verdrängt und ins Gegenteil verkehrt hat. Ich würde sehr gerne dramatisch in Ohnmacht fallen. Allerdings ist mein Magen nicht leer genug und mir ist nicht schwindelig wie damals bei Ben. Ich bin satt und ganz klar im Kopf … und im Hirn. Alles wie frisch durchgepustet und auch gar nicht mehr betrunken.

Ich liebe Nik von ganzem Herzen und noch viel mehr … Er ist einfach perfekt mit seinen Eigenheiten, seiner absurden, lustigen Wut, seiner skrupellosen Echtheit, seiner süßen Diskussionslust, seinem lächerlichen Stolz, seinem Rebellenimage, seinen Kochkünsten, seiner schlechten Rasur (nur an einer Wange und einer Kinnhälfte, die ständig wechselt), seinem Tätowiertick und seinem – seien wir mal ehrlich – umwerfenden Einfallsreichtum im Bett. Glasklar steht diese Wahrheit nun in meinem Kopf.

Manchmal bin ich echt dämlich!

*

Es dauert eine Weile, bis alles wieder in meinem Gehirn Platz findet. Die Geräusche werden langsam zu entschlüsselbaren Lauten und ergeben einen Sinn. Ich stehe immer noch bewegungslos da, als mir bewusst wird, was für ein gruseliges Bild ich abgeben muss. Aber ich bin jetzt ganz … ausgeglichen irgendwie. Ich habe nicht mehr den Drang, zu weinen oder zu lachen oder sonst wie Emotionen zu zeigen. Ich bin innerlich ganz ruhig und gefasst. Ich liebe Nik und ich werde mit ihm alt werden. Vielleicht heiraten wir nicht und vielleicht werden wir niemals Kinder – geschweige denn Enkel – bekommen, aber das wäre auch okay. Ich habe ihn. Er wird immer da sein und mich nerven, hoffe ich. Und wenn nicht … Mein Leben wird weitergehen, bis er den gleichen Punkt in seinem Leben erreicht hat wie ich. Ich werde einfach warten und geduldig sein, selbst wenn er sich noch austoben muss. Klar wird mich das verletzen und die Rache wird furchtbar ausfallen, aber ich werde nicht aufgeben. Genauso wie er bin ich auf der Suche nach Anerkennung und Liebe und nur wir beide können uns genau das geben. Nur wir. Kein Schicksal, nur die Umstände und der Wille haben uns zusammengeführt.

Das Problem ist nun … Ich muss das alles Ben erklären. Bloß wie? »Hi Ben! Ich hab mich anders entschieden. Ich liebe dich doch nicht mehr! Sorry.« Ja, klasse Idee.

Aber irgendwie muss ich das mit ihm vorher klären. Sonst ist immer noch alles so durcheinander. Ich hebe meinen Kopf aus dem tranceähnlichen Zustand und sehe mich nach Ben um. Ich brauche einige Minuten, um ihn zwischen all den Leuten zu entdecken. Zum Glück ist er ein Riese. Er huscht gerade in einen Seitenflur, der zur Terrasse führt. In echter Spionmanier nehme ich die Verfolgung auf. Schließlich habe ich einen Auftrag und muss jetzt einfach mal das Richtige tun. Ich bin so gemein und dabei will ich Ben gar nicht wehtun. Ben ist nicht mein Richtiger. Ich will nicht seine Richtige sein. Wir passen einfach nicht zusammen. Er ist zu unsicher, um mich aufzufangen, und ich bin zu unsicher, um ihm die nötige Sicherheit zu geben, die er braucht. Niemand hat Schuld. Es ist einfach so.

Ich verliere Ben im selben Moment trotz seiner Statur aus den Augen und rempele voll gegen Justus. »Hoppala«, murmele ich und versuche schnell an ihm vorbeizugehen, um Ben zu folgen, als Justus nach meinem Arm greift und mich zu sich zieht. »Sara, gut, dass ich dich allein erwische …« Justus wird von hinten gepackt und leicht weggezerrt, bevor er sich befreien kann und sich wieder zu mir dreht. »Ich weiß nicht, ob dir das klar ist, aber mein Bruder liebt dich …« Wieder wird er gepackt und diesmal sogar mitgeschleift.

Ich starre ihm nach. Na toll, so weit war ich auch schon. Aber welcher von den beiden? Doch Justus ist bereits verschwunden. Im selben Moment sehe ich Bens dunklen Schopf aufblitzen und hetze ihm nach, als er durch die Seitentür rutscht. Ich kann Ben gerade noch an seinem Arm festhalten, bevor er mir entfleucht und ich dieses Gespräch auf der bevölkerten Terrasse führen muss. Aber es muss auf jeden Fall jetzt stattfinden. Wenn ich schon gemein bin, will ich es möglichst schnell hinter mich bringen. Ben sieht mich einen Augenblick erwartungsvoll an, bevor er wohl meine Entscheidung auf meinem Gesicht lesen kann und seine Gesichtszüge entgleiten. »Oh, Mist«, sagt er.

»Es tut mir leid«, sprudelt es auch schon aus mir hervor. »Ich kann nicht anders ... und ich finde es echt scheiße von dir, dass du mich mit so einem Ultimatum konfrontiert hast.«

Ben wischt sich durchs Gesicht und zuckt dann mit den Schultern. Na klar, er ist bockig. Ich weiß, dass es keinen Sinn hat, jetzt mit ihm groß reden zu wollen. Zeit heilt alle Wunden. »Eine *letzte* Umarmung?« Ich öffne meine Arme versöhnlich. Einen Moment scheint Ben skeptisch zu sein, doch dann beugt er sich zu mir herunter und drückt mich fest an seine riesige Brust. »Es tut mir wirklich leid«, nuschele ich an seiner Schulter und schließe einen Moment lang genießerisch die Augen. Ben ist nicht sauer und nicht allzu verletzt. Er wird darüber hinwegkommen. Vielleicht wird er in ein paar Monaten auch wieder mit mir reden. Seine Brust hebt sich träge. Ich schlage die Augen auf und sehe dabei an Bens Arm vorbei. Mein Blick trifft auf das sehr rote Gesicht von Nik. »Oh ... Scheiße.«

Ben richtet sich im selben Moment auf und dreht sich automatisch um. Er scheint die Gefahr hinter seinem Rücken zu spüren. Nik ergreift seine Schulter. »Du hast sie gar nicht verdient, weißt du das? Ich weiß, sie ist ein Tollpatsch und chaotisch und kann sich nicht entscheiden.« Nik lallt etwas und wirft einen Blick zu mir hoch. »Aber ich habe noch nie einen Menschen getroffen, der so offen und ehrlich ist, wenn man es ihn nur sein lässt, und der so inbrünstig liebt, dass es ...«

»Was willst du von mir, du Monster?«, brüllt Ben. »Verpiss dich!«

Bevor irgendwer von uns reagieren kann, holt Nik auch schon aus und knallt Ben mit einer solchen Wucht seine Faust ins Gesicht, dass dieser rückwärts zu Boden geht. Irgendwer quiekst laut auf, wahrscheinlich bin ich es. Niks Gesichtszüge verzerren sich zu einer seltsamen Grimasse. Mit ausgestrecktem Zeigefinger deutet er auf Ben und atmet tief durch. »Sie ist zu gut für dich!« Dann lässt er den Arm fallen und verschwindet, so schnell es ihm möglich ist, durch die Terrassentür.

Ich starre ihm einige Zeit nach. Ich kann nicht sagen, dass ich seine Ansprache sehr nett fand, obwohl mir seine Komplimente natürlich schmeicheln. Aber sein Handeln war so was von dermaßen bescheuert, dass ich am liebsten hinter ihm herlaufen würde, um ihn sofort zur Rede zu stellen. Doch das scheint mir nicht weise zu sein. Ich denke einen Moment nach, hocke mich dann aber neben Ben, der sich über seine lädierte Nase wischt und seufzt, als er das Blut an seinem Hemdsärmel sieht. »Scheint wohl, dass ich nicht zu eurer Hochzeit eingeladen werde, oder?«

Ich zucke mit den Schultern. »Nein … nein, wohl nicht. Aber ich schicke dir Fotos.« Ben lacht leise und hält sich die Nase zu, die mittlerweile böse blutet. Jemand reicht ihm eine Serviette.

»Gehst du nicht dem Freak nach?« Mit der Serviette im Gesicht und der blutenden Nase nickt er Richtung Terrassentür.

Ich starre Ben wütend an. »Jetzt hör mir mal zu, Ben Steinfoss. Du wirst ihn nie wieder so anreden! Hast du mich verstanden? *Nie wieder!* Du wirst ihn von jetzt ab mit Respekt behandeln! Du wirst ihn bei seinem Namen nennen und höflich ihm gegenüber sein. Du wirst uns auf der Straße grüßen! Es ist nicht seine Schuld, dass euer Vater sich wie ein Dreckskerl verhalten hat, als deine Mutter mit dir schwanger war. Du wirst ihn nie wieder dafür verantwortlich machen! Hast du das kapiert?« Ich pikse ihn mit meinem Zeigefinger in die Brust. »Passt das in dein verdorrtes Wirtschaftswissenschaftlergehirn? Ja? Denn weißt du was, Ben?

Ich glaube, dass Nik das Beste ist, was dieser Dreckskerl hervorgebracht hat.«

Ben starrt mich mit offenem Mund an. Mein Blick fällt auf Justus, der zwischen den Leuten steht, die uns wie zu Salzsäulen erstarrt beobachten. Aus irgendeinem Grund grinst er bis über beide Ohren, obwohl er nicht betrunken zu sein scheint. »Sorry«, erkläre ich, »auch du bist sehr nett, Justus.« Grinsend verschränkt Justus die Arme und nickt mir freundlich zu, als fordere er mich auf weiterzusprechen.

Ich beuge mich wieder über Ben und greife mir seinen nicht mehr ganz so perfekten Kragen: »Ob du das verstanden hast, du Wichser?«

»Okay. *Jaaa,* ich habe verstanden.«

Bunte Glitzerdinge

Meine Schulterblätter kleben an dem weißen Leder seiner Liege. Meine Beine schlackern, wenn ich mal nicht aufpasse und die Muskeln entspanne. Nik dreht sich mit seinem Stuhl zu mir um. An seinen Händen glänzen die weißen Arzthandschuhe. »Es ist nicht so schlimm, wie du denkst.« Sagt der Mann mit der langen Nadel. »Du *vertraust* mir doch, wenn ich das sage, oder?« Plastik raschelt, als er die Instrumente aus den luftdicht verschlossenen Paketen reißt.

»Sicher.« Meine Stimme quietscht wie eine getretene Maus.

»Gut.« Seine behandschuhten Finger legen sich kühl auf meine Brust. Mir wird schlecht, als ich den weißen Latex sehe. Er massiert die Spitze leicht und mir wird wärmer. Hitze sammelt sich ganz unvermutet in meiner Mitte. Ich atme zittrig ein. »Was machst du da?«

»Ich stelle deinen Nippel auf.« Sein Daumen und sein Zeigefinger umschließen die Spitze und drücken sie leicht. »Normalerweise würde ich Eis nehmen, aber ... es geht auch so.«

»Eis!«, quietsche ich. »Ich will Betäubung vor der Betäubungsspritze.« Niks Zeigefingerspitze umkreist meinen Vorhof. Seine Augen weichen meinem Blick aus, als verberge er etwas. »Es gibt keine Betäubungsspritze.«

Natürlich. Was habe ich auch erwartet? »*Eis*!«

Nik seufzt und richtet sich auf, um beim Kühlschrank das Gefrierfach zu öffnen. Mit einem Eiswürfel zwischen den Fingern setzt er sich wieder. »Sei nicht so verdammt nervös. Da ist nichts dabei.« Ich werde ihn nicht schlagen. Das Eis landet auf meiner rechten Brustwarze und lässt mich überrascht zusammenzucken.

Fast augenblicklich läuft ein Tropfen über die Innenseite meiner Brustwölbung und sammelt sich zwischen meinen Brüsten. Mein rechter rosiger Vorhof zieht sich zusammen und wirft leichte Fältchen. Nik malt einen kleinen Kreis, dann einen größeren. Seine Brust hebt sich unter einem zitterigen Atemzug.

Auch meine linke Brustspitze zieht sich zusammen. Niks heißer Duft steigt in meine Nase und füllt meine Lungen. Ein neuer Schmerz lässt mich erschaudern. Er kommt tief aus meinem Inneren. Das sehnende Ziehen von Leere, die gefüllt werden will. Sein Atem fächert über mein Kinn, als er sich leicht vorbeugt. Erwartungsvoll halte ich die Luft an, betrachte seine Augen, die verzückt funkelnd meine Brustwarze fixieren. »Alles okay?« Seine Stimme ist kehlig und belegt.

Ich weiß nicht, ob er mich fragt oder sich selbst. Sein Atem beschleunigt sich. Ich spüre meinen Herzschlag unter der Schädeldecke und in meinen Fingerspitzen. Mein Puls pocht an meiner Schläfe. Die Spitze meiner rechten Brust brennt wie Feuer, sendet scharfe, unmissverständliche Botschaften in meinen Schoß. Ich presse die Beine zusammen, als mein Becken beginnt, sich wie von selbst zu winden. Niks Blick huscht zu mir hoch und einen Augenblick sehe ich den Hunger, die Gier nach mir in den blauen Tiefen aufblitzen. Er dreht leicht seinen schlanken Oberkörper und lässt den Eiswürfel langsam auf meiner Brust schmelzen. Ich schließe meine Augen und spüre, dass ich wie das Eis zerlaufe.

Ein warmes, trockenes Tuch legt sich auf die Feuchtigkeit meiner Brustwarze. Ich hebe meinen Blick, sehe die Schweißperlen wie sommerlicher Sprühregen auf seiner Stirn glitzern. Zweimal zischt es, als meine Brust mit Desinfektionsmittel besprüht wird. Alkohol- und Krankenhausdunst überdecken Niks heißen Feuerduft; das Gemisch steigt mir zu Kopf wie die feinste Droge. Metall glitzert um meine Brustwarze. Sein Atem peitscht feucht durch die Luft. Ich hebe mich dem Schmerz der unnachgiebigen Zange entgegen. Niks Finger sind ganz ruhig, doch neuer Schweiß benetzt seine Schläfen.

Ein Hauchen entkommt meinen Lippen, als die Nadel die Öse der Zangenärmchen passiert. Der plötzliche Schmerz lässt mich völlig erstarren. Dann hat sich die Spitze der Nadel bis zur anderen Seite hindurchgestochen. Ich ziehe scharf die Luft ein und halte völlig still, während Nik eine kleine Plastikröhre auf die Nadelspitze schiebt. Vorsichtig zieht er die Nadel heraus, bis nur noch das Plastikröhrchen mitten in meiner Brustwarze unter meinen hastigen Atemzügen vibriert.

Nik atmet einmal leise tief ein und aus und wieder erfüllt mich diese nagende Lust. Ich balle die Hände zu Fäusten, als Nik das Plastikteil an einer Seite zurechtstutzt und den Stiel einer halben Piercinghantel in das Röhrchen drückt.

Ich sehe seinen konzentrierten Blick, fühle Schmerz und Lust gleichzeitig in mir aufsteigen, wie Wasserdampf von einem sommerheißen Teich. Schwüle Glut brennt sich durch meine Adern, lässt meinen Blick verschwimmen. Nik zieht das Plastikstäbchen zurück, bis das Köpfchen der kleinen Hantel meine Brustwarze berührt. Mit einer hastigen, plötzlich zittrigen Bewegung seiner Finger dreht er die andere Perle auf den Stab an der anderen Seite. Dann legen sich seine Finger unter die Brustwarze und er atmet tief durch die Nase. Leicht hebt er meine Brust an, betrachtet mit glühendem Blick das glitzernde Silber in meinem Fleisch.

Ich hebe meine Fäuste, lege meine steifen Finger um sein feuchtes Gesicht. Er erwidert sekundenlang meinen hungrigen, gierigen, glasigen Blick mit seinem. Ich sehe, wie seine Zähne leicht aufblitzen, als er tief einatmet und den Mund dabei öffnet. Sein Blick senkt sich auf meine Lippen. Ich beiße leicht auf meine Unterlippe, benetze sie mit meiner feuchten Zunge. Seine Augen erforschen meine Haut. Unsere Atemzüge keuchen durch die

Stille der Luft. Seine Lider senken sich halb über die glühenden Augen.

Plötzlich knackt etwas und der Kühlschrank beginnt zu brummen. Niks Augen schließen sich einen Moment lang, dann lehnt er sich zurück und sein Gesicht verlässt den sanften Griff meiner Finger. Er grinst und beugt sich wieder vor, um das glitzernde Metall in meiner Brust zu betrachten.

»Ich liebe dich, Nik.«

Er scheint einen Moment nachzudenken. »Und das sagst du nicht nur, um einem Tattoo zu entgehen?«, fragt er skeptisch.

Ich schenke ihm einen giftigen Blick. »Wollen wir in diesem historischen Augenblick etwa witzig sein?«

»Kommt drauf an, wie ernst du es mit mir meinst.«

Ich betrachte seinen genießerischen Gesichtsausdruck. Ja, er quält mich gerade. Und ich habe das verdient. »Ich meine es sehr ernst mit dir, Nik. Megaernst. Ich nehme diese Worte nicht leichtfertig in den Mund; ich meine, das mit der Liebe. Das solltest du wissen. Naja, manchmal schon, aber das war, bevor ich dich kennengelernt habe. Wir gehören zusammen und das ist so ein tiefes inneres Gefühl. Keine Ahnung, woher es kommt, aber es fühlt sich so an, als wäre es schon immer da gewesen. Ich möchte immer an deiner Seite sein. Ich sage: ›Ich liebe dich‹, weil ich dich liebe, weil ich es wirklich so fühle, nicht, weil ich es mir wünsche oder morgen heiraten möchte. Das mit dem Heiraten ist mir jetzt total egal! Meinetwegen können wir auch bis an unser Lebensende in einer wilden Ehe leben, wenn es sein muss. Wir können darüber reden. Und nun ist es an dir, mir eine Antwort zu geben, bevor ich mich noch um Kopf und Kragen rede!«

Nik nickt zufrieden und fasst mit seinen Latexfingern nach meiner Brust. »Du musst zugeben, dass das klasse aussieht.« Das werde ich nicht zugeben. Auch wenn er recht hat. Es sieht wirklich entzückend aus. Meine Hände legen sich unter meine Brüste und heben sie leicht an, damit ich meine Brust besser sehen kann. Das silberne Glitzern der beiden Kügelchen an meiner dunklen Brustwarze ist wirklich umwerfend.

Ich lecke mir ganz unwillkürlich über die Lippen, sehe, wie Nik den Blick auf meinen rosigen Mund senkt und leicht die Augen schließt. Unter schweren Lidern sieht er schließlich wieder zu mir auf. »Ich liebe dich, Sara.« Einen Moment betrachten wir beide seine Hand. Sie ist männlich und fest. Sie malt winzige, kleine Bildchen, die für immer auf der Haut seiner Kunden bleiben. Sie kann filigrane Porträts zeichnen und große Monster. Sie ist sanft zu mir, streichelt mich mit einer unfassbaren Ehrfurcht, als sei ich etwas Zartes und Zerbrechliches, und packt mich grob und sicher, als wüsste er, dass ich mehr aushalte als gedacht.

Seine Finger spreizen sich auf meinem Knie, seine Fingernägel schaben über den Stoff meiner Hose und malen feine Kreise. Ich ertrinke in seinen blauen Augen. Leicht beuge ich mich zu ihm, sauge tief seinen Geruch ein. Wald und Feuer. Frisch und erdig. Unsere Lippen treffen sich zu einem zarten Kuss. Bewegungslos liegen sie aufeinander und lassen uns die Wärme des anderen spüren. Ich hebe die Hand in seinen Nacken und berühre mit meinen Fingerspitzen das feine Haar seines Hinterkopfes. Er öffnet die Lippen, atmet an meinem Mund. »Ich liebe dich auch«, hauche ich.

Sein Lächeln erreicht seine Augen und lässt sie amüsiert glitzern. Einen Moment verharren wir so, meine Lippen öffnen sich leicht und dann … verschlingt er meinen Mund. Seine Zunge streicht über meine Lippen, taucht in meinen Mund ein und liefert sich einen hastigen Kampf mit meiner. Ich umschlinge ihn mit meinen Armen, dränge meinen Oberkörper an seine harten Bauchmuskeln und fahre mit gespreizten Fingern durch sein seidig kühles blondes Haar. Meine rechte Hand taucht selbstvergessen unter den Kragen seines T-Shirts und fängt die Hitze seines Rückens ein.

»Stimmt es, dass du vor der ganzen Hochzeitsgesellschaft meinen Vater zweimal einen ›Dreckskerl‹ genannt hast und Ben einen ›Wichser‹?«, fragt Nik plötzlich grinsend.

»Was?«, murmele ich. Aha, Justus hat geplaudert. Ich lege meine Hand auf Niks Schulter. »Ja, das stimmt. Aber ich stand neben mir, und das ist keine Story, die wir unseren Kindern und Enkelkindern erzählen. Verstehen wir uns da richtig?«

Statt einer Antwort streicheln Niks Hände sanft und ungeduldig über meinen Rücken bis zum Saum meines Oberteils und kriechen darunter, um meine Haut zu spüren. Ich löse leicht meine Lippen von seinen, atme heftig an seinem Mund und sehe ihm tief in die Augen. Er hat die Augen nicht geschlossen, sondern sieht mich an, als wolle er jeden einzelnen Augenblick in sich einsaugen. Sein Atem fächert feucht und heiß über mein Gesicht. Keiner von uns sagt ein Wort, während ich meine Zunge gegen seine Vorderzähne gleiten lasse. Seine Zunge fängt meine ein. Spielt mit mir, neckt mich. Sein Blick ruht weiterhin auf mir. Meine Lider werden schwer, doch tapfer versuche ich, seinem Blick standzuhalten.

Seine Finger malen einen langen Bogen zu meinen Schultern unter meinem Oberteil und schließen sich um meine nackten Brüste. Dann lässt Nik wieder einen Moment von mir ab und zieht mit einer schnellen Bewegung seine Handschuhe aus, bevor er erneut zugreift. Hitze steigt in mir auf, bis ich die Augen schließen muss, während sich das Prickeln weiter in meinem Körper ausbreitet. Mein Herz hämmert schnell und kräftig in meiner Brust, ich zische, als Nik mein neues Piercing streift und sofort vorsichtiger wird. Seine Finger streicheln meine heiße Haut und senden eindeutige Botschaften in meine sehnsüchtige Mitte. Ich hebe den Kopf von seinen Lippen und dem endlosen Kuss, schnappe nach Luft und hebe dann meine Arme, damit ich seinen Nacken umschlingen und ihn zu einem Kuss an mich ziehen kann. Dieser Kuss ist saftiger, noch eindeutiger in seiner Aussage. Ich lasse meine Finger über die Wölbungen seines Bauches gleiten, hinunter bis zu seinem Gürtel. Schnell ziehe ich das Leder durch die Schlaufe und öffne Knopf und Reißverschluss. Nik atmet zittrig an meinem Mund, zerrt sich schnell sein Shirt vom Kopf, bevor er wieder in unseren Kuss eintaucht.

Er hebt leicht den Oberkörper, drängt mich auf der Couch auf den Rücken und schiebt seine Finger in meinen Hosenbund. Schnell fallen die Verschlüsse seinen ungeduldigen Fingern zum Opfer und geben den Blick auf ein schwarzes Spitzenhöschen frei. Seine Finger streichen sanft über den Stoff, liebkosen mich heiß, bevor er seine Finger in den Bund gräbt und die Hose von meinen Beinen zieht. Ich stütze mich auf meinen Nacken und hebe den Po, bis er mich von der leidigen Hose befreit hat. Dann legen sich seine Lippen wieder auf meine. Seine Finger gleiten über meinen Bauch, meine Rippen, hinauf bis zu meinen Brüsten und umfassen fest das Fleisch meiner Brust.

Er stöhnt lustvoll in meinen Mund, knetet die harten Spitzen, massiert leicht und vorsichtig, aber deutlich mein Fleisch in seinen Händen. Ich verhake meine Zehen in seiner offenen Jeans und ziehe sie, so gut es geht, hinunter, während Nik nach meinem Knie fasst, um zwischen meinen Schenkeln Platz zu finden. Ich umschlinge ihn mit meinen Beinen, zerre weiter am Stoff und versenke meine Fingernägel in den festen Muskeln seiner Schultern. Keuchend lässt Nik von meinen Brüsten ab, senkt seine Daumen in seinen Hosenbund und schiebt ihn von seinem seidigen Hintern, während ich versuche, mich unter ihm windend von meinem Höschen zu befreien. Es bleibt an meinem Knöchel hängen und ich trete Nik fast, als ich es abschüttele. Ich zucke entzückt zusammen. Es ist, als ob sich die sexuelle Spannung der letzten Wochen in einem Schub entlädt, als plötzlich die heiße Spitze seiner Eichel meine Schamlippen berührt und sie teilt.

Ich öffne die Augen, sehe Niks heißen blauen Blick, während er nach seinem Schwanz greift und ihn an meiner Öffnung ansetzt. Ich lecke über meine Lippen, schmecke Niks feurig-rauchigen Geschmack auf ihnen, der mich bedröhnt wie scharfer Schnaps. Ich fühle mich seltsam trunken und doch vollkommen klar, während Niks Schwanz an meinem Eingang spielt.

Hitze erfüllt mich bis in die Haarspitzen und ich befeuchte weiter unten sein hartes Fleisch. Nik beugt sich vor, sodass ich seinen Hals lecken kann. Sein Aftershave an seiner Halsmulde schmeckt bitter. Wie immer fühle ich raue Bartstoppeln an seiner Wange. Er küsst mein Gesicht, bevor sich unsere Lippen wieder zu einem schmelzenden Kuss treffen.

Ich schlinge meine Beine fester um seine Hüften und hebe mich seiner Erektion entgegen. Unter meinen Waden fühle ich, wie sich die Muskeln seines Hinterns zusammenziehen, als er sein Becken vordrängt und so seinen Schwanz in mich hineinschiebt. Ich stöhne laut auf, genieße den scharfen Druck, den er in mir auslöst, genieße seinen heißen Seufzer in meinem Mund. Sein Schwanz bebt in mir, schiebt sich vorwärts. Ich genieße Niks Kuss, der mir plötzlich intimer scheint als sein Schwanz halb in mir. Ich winde mich unter ihm, hebe mein Becken. Meine Finger umfassen hinter seinem Rücken die festen Muskelstränge neben seiner Wirbelsäule, kratzen flüsternd über seine papierweiche Haut, während unser erwartungsvolles Stöhnen und Keuchen die Geräusche der Straße übertönt. Seine Muskeln spannen sich wieder, wieder gleitet er ein Stück in mich hinein. Erregung erfasst jede einzelne meiner Zellen auf dem Weg zum Höhepunkt.

Endlich versenkt sich sein Fleisch ganz in mir und einen Moment verharren wir beide, bevor Nik seinen Kopf in den Nacken wirft und zustößt. Ich erschaudere unter der Gewalt und der Lust, als sich seine Finger grob in meinen Hintern bohren.

Das Leder der Liege fühlt sich kühl an, während die Hitze wie eine Feuersbrunst in mir wütet. Ich packe Niks Nacken, ziehe mich daran hoch, um seinen plötzlich rasanten Stößen entgegenzukommen. Meine Brustspitzen reiben schmerzhaft und geil über seine glatte, feste Brust und senden Blitze in meinen Unterbauch.

Er ist ganz in seiner Lust gefangen, während ich versuche, mit ihm Schritt zu halten, als er plötzlich pausiert und auf mich hinuntersieht. Seine Finger lassen von meinem Becken ab, umfassen mein Gesicht, um es stillzuhalten. Sein verzweifelter Kuss trübt meine Sinne. Dann bewegt sich sein Schwanz wieder in mir. Schweiß tränkt langsam unsere überhitzte Haut, macht sie geschmeidig und glitschig, erzeugt klatschende Laute, als Fleisch auf Fleisch trifft. Moschusduft und der Geruch von Nik benetzen mein Hirn wie eine Droge, machen mich schwach und stark gleichzeitig. Ich keuche ihm Anweisungen, Unartigkeiten entgegen, die er mit einem Stöhnen quittiert. Immer höher schlagen die Wellen in meinem Inneren, bis plötzlich eine Welle den Kamm erreicht, bricht und in mich hineintaucht. Lust und Glück, der absolute Höhepunkt ergießt sich heiß in mir, während ich keuchend schreie und den Flug genieße. Als ich wieder aus dem Meer der Leidenschaft auftauche, sehe ich, wie sich Niks Gesicht verzieht. Sein Rhythmus bricht ab, wird langsamer, stockender. Ein Schrei formt sich zwischen seinen angespannten Halsmuskeln, als er mich unter sich begräbt und seinen Orgasmus in mich hineinpumpt. Wieder und wieder zuckt sein Körper zwischen meinen Schenkeln und lässt meinen Orgasmus nur langsam ausklingen. Gott, liebe ich diesen Mann!

Niks Atem flattert über meinen Nacken, bevor er sich wieder erhebt. Dann bettet er seinen Kopf zwischen meine Brüste und bleibt liegen. Seine Hand umschließt das Fleisch vor seinen Augen. Er brummt zufrieden. Ich streichele durch sein Haar, drehe kleine, verspielte Locken und kämme sie wieder aus. »Irgendwie stimmt es«, sage ich nach einer Weile.

»Was?«

Ich lasse meine Hände seine Schultern entlanggleiten. »Dass es besser ist, wenn man sich liebt.«

Epilog

Der träge Duft von Wald liegt in meiner Nase, mit einer frischen Note von Regen. Ein perfektes Gemisch. So riecht Nik. So nach Esskastanien, gerösteten, salzigen Maronen. Ganz erdig, frisch und feucht. Nur der Duft von Frühling und ersten Krokusknospen, der an Niks Haut klebt wie ein Duftschleier aus guter Laune, ist ganz neu.

Ich ziehe das Regencape von meinem Kopf. Es ist eines dieser superpeinlichen Dinger. Neongrün und überall hängen seltsame Zuppeln dran. Ein typischer Touristen-Brustbeutel ist auch eingenäht. Ich weiß, ich sehe bescheuert aus, aber manchmal muss das eben sein. Als ich heute Morgen in den Himmel geschaut habe, war mir gleich klar, dass es regnen würde. Ich komme vom Land; da riecht man den Regen regelrecht, egal auf welchem Fleckchen Erde man sich gerade befindet. Ich könnte bestimmt als Regenbeschwörerin in Amerika bei den Indianern leben. Ich könnte denen ganz leicht weismachen, dass ich dafür verantwortlich bin, dass es regnet – schließlich spüre ich es ja schon vorher. Ein perfekter Notfallplan für die Zukunft. Ich muss nur noch googeln, wo genau diese Indianer wohnen. Ich meine, solche, die so eine Art von Zauber brauchen und nicht von Casinos leben. Aber das mache ich später.

Nik steht hinter mir und kocht vor Wut. Er hat natürlich nicht auf mich gehört und mein anderes lila Regencape mitgenommen. Nein, dafür war der werte Herr zu cool! Aber nicht so cool war es, als es wirklich anfing, in Strömen zu regnen, und er sich mit unter *meinem* Regencape, das er vorher eingehend beleidigt hatte, verstecken musste. Natürlich habe ich ihn ziemlich zappeln lassen und ihn darauf aufmerksam gemacht, dass mein »dämliches Kindercape« auch seinen Stolz hätte. Als er nass genug war, habe ich mich erbarmt. Ich bin ja schließlich kein Unmensch. Aber das Beste an der ganzen Sache war eigentlich, dass mein Liebster nicht einen einzigen Moment sauer sein oder einen Streit anfangen durfte. Schließlich habe ich heute Geburtstag. Ja! Ich bin endlich, endlich keine seltsame Teenagerin mehr. Ich habe jetzt zwanzig wundervolle Jahre auf dem Buckel und darf mir Gedanken über Falten und Cellulitis machen. Ist das nicht cool? Genauso habe ich mich gefühlt, als ich mit achtzehn meinen ersten Brief von der Bank bekommen habe. Es ging um Renten- und Lebensversicherungen. Ziemlich langweiliges Zeug, aber auf dem Umschlag stand in fett gedruckten Buchstaben: »Frau Sara Thedinga«. *Frau!* Nicht mehr »Fräulein«. Oh, Himmel, ist das nicht spitze? Und jetzt werde ich bald dreißig! So alt sind alle Figuren in den Romanen, die ich so lese. Und die sind dann immer ganz erwachsen, aufgeklärt und vernünftig, nix mit Chaos und Tollpatschigkeit. Ich kann es gar nicht erwarten!

Nik gibt hinter mir ein entnervtes Brummen von sich. Der Arme ist wirklich wütend, aber ich habe Geburtstag und er muss nett sein! Nik wartet geduldig, bis ich mich zu ihm gesellt habe, bevor er explodiert: »Das war deine bisher bescheuertste Idee! Welcher normale Mensch will an seinem *Geburtstag* in den Wald?«

Ich lächle gefasst. War ja klar, dass meine Ich-hab-doch-aber-Geburtstag-und-du-musst-nett-sein-Argumente nicht lange fruchten. »Ich, Schatz.«

»Es regnet in Strömen, verdammte Scheiße!« Wie um den Beweis anzustellen, fährt Nik sich wütend durch seine nassen Haare, dass es nur so spritzt, als hätte sich ein Hund geschüttelt. Vorhin hatte es noch nicht geregnet, als wir losgegangen sind, aber ich möchte ihn nicht unterbrechen. Es sieht so verdammt niedlich aus, wenn seine blonden Haare vom Wasser einen hellbraunen Schimmer bekommen und er dazu noch so herrlich wütend ist. Seine Augen blitzen verführerisch und sein Mund bildet einen schmalen Strich. Ich will ihn eigentlich noch ein bisschen so betrachten, aber ich kann meinen Mund nicht lange halten: »Vorhin fandest du es selbst noch ganz nett.«

Ich kann richtig zusehen, wie sich ein Schrei in seiner Kehle bildet und langsam hinuntergeschluckt wird. »Das war es auch. Mehr als nett«, zwingt er sich zwischen zusammengebissenen Zähnen hervorzufauchen.

»Was hast du dann jetzt?«, frage ich, obwohl ich schon eine vage Ahnung habe. Diese Explosion ist wohl nicht zu verhindern.

»Der *verdammte* Förster hat die *beschissene* Polizei gerufen!«

»Ja, aber die haben uns nicht angezeigt«, wende ich leise ein. Ich persönlich glaube auch nicht, dass Nik so wütend ist, weil er Ewigkeiten erklären und diskutieren musste. Ich glaube eher, dass er wütend ist, weil es ihm saupeinlich ist, dass er Angst vor dem kleinen Hund des Försters hatte. Ängstlich darf der coole Herr mit Regencape-Abneigung schließlich nicht sein. Dabei war der Förster-Dackel nicht größer als mein rechter Fuß. Trotzdem hat sich Nik hinter mir versteckt und sogar *gequietscht*, als der freundliche Kläffer an seinem Schienbein schnüffeln wollte, sicherlich ein totaler Ego-Booster für das Tier. Allerdings könnte es auch einen anderen Grund für Niks irrationale Wut geben …

»Weil ich denen *die Hucke vollgelogen* habe! *Mein Gott*!« Niks Gesicht verzieht sich zu einer sehr lustig-bösen Grimasse. »Die haben *tatsächlich* geglaubt, dass du mich auf *Zecken* untersucht hast!«

Mein Blick schweift einen winzigen Augenblick zu seinem Schritt. Wenn man durch einen einsamen Wald aneinandergekuschelt unter einem neongrünen Regencape läuft, wird man nun mal ein bisschen … spitz. »Dass du so gut lügen kannst, wusste ich übrigens noch gar nicht. Das gibt mir schwer zu denken.«

Nik sieht mich lange an. Sein durchdringender Blick lässt meinen Körper kribbeln, doch ich verbiete mir, weiter an unanständige Dinge zu denken, denn sonst wird er noch wütender. Er glaubt nämlich, dass ich ihn nicht ernst nehme. Ach, mein armer Schatz. Ich nehme ihn so ernst! Was kann ich denn dafür, dass er verdammt sexy aussieht, wenn er wütend ist?

Seine breite Brust hebt sich unter einem mächtigen Atemzug, den er durch die geblähten Nasenflügel einsaugt. »Du hast jetzt drei Möglichkeiten, Sara. Nummer eins: Ich mache etwas kaputt, was du liebst ...«

»Selbstmord?« Ich bin schockiert. »Nik! Nicht! Es gibt noch andere Möglichkeiten ...«

Ungerührt spricht er weiter: »... oder zweitens: Ich tätowiere dir *Höre niemals auf diesen Zuckermund, denn da kommen nur idiotische Vorschläge raus* auf die Stirn ...«

Ich hebe meine Hand zu meiner Stirn. »Ganz schön langer Satz. Meinst du, das passt, wenn du an meiner Wange anfängst ...?«

»... oder Nummer drei!«

»Ja, Nummer drei. Die nehme ich.«

»Du weißt doch noch nicht einmal ...«

»Nummer drei!«, bekräftige ich verzweifelt. Sein Blick wird eindeutig lüstern und sein Grinsen ist so heiß, dass es mir glatt die Augenbrauen verbrennt. »Dann beweg deinen Arsch hierher.«

*

Nik stöhnt leise und begräbt mich unter seinem Körper, als er sich im Halbschlaf auf mich wälzt. Natürlich lasse ich das nicht einfach so durchgehen, sondern beiße in seine Schulter. Mein ganzer Körper – besonders die delikaten Stellen – fühlt sich angenehm wund an. Aber was soll ich machen, wenn der heißeste Mann der Welt entscheidet, dass ich den tollsten Körper der

Welt habe? Vorhin – als ich eigentlich schon nicht mehr konnte und ganz eindeutig nicht mehr wollte – wurde er plötzlich ganz romantisch: »Du bist so wunderbar weich und doch … schlank. Eigentlich stehe ich ja eher auf dünne Blondinen …«

»Hee!«

»… aber dich *liebe* ich.«

Ich habe unter seinen zärtlichen Berührungen geseufzt. »Ich weiß.«

Jetzt brummt er leise und hebt die Hand, um über seine Augen zu wischen. Langsam rutscht sein Gewicht von mir runter. »Heiraten wir jetzt eigentlich?«, murmelt er heiser. Ich starre ihn an. Er hat bei der wichtigsten Frage unserer beider Leben nicht mal seine Augen geöffnet! Er liegt einfach da und brabbelt vor sich hin, während mein Herz meine Brust zu sprengen versucht. Ihn heiraten? Nik?

Oh, ich kenne Nik. Er würde bestimmt in Jeans vor dem Altar erscheinen, als wäre er an der Hochzeit gar nicht beteiligt, sondern für die Beleuchtung zuständig. Bestimmt würde er sogar das weiße T-Shirt mit dem »Game over«-Schriftzug wählen. Außerdem habe ich gerade erst mein Hochzeitsbüchlein entsorgt. Das rosa Ding mit dem Glitzerzeug, den kleinen Zettelchen und Stoffproben, die aus den Seiten hervorlugen. Jetzt liegt es auf dem Dachboden meines Elternhauses, mit dem anderen pinkfarbenen Zeug, das ich aus meinem Zimmer entfernt habe. Mir ist klar geworden, dass meine Hochzeit nicht perfekt sein muss, aber *Jeans* und *T-Shirt* gehen nun mal nicht. Und ein Antrag ohne Ring gilt ohnehin nicht, oder?

Aber ich bin jetzt schon zwanzig. Ich würde gerne langsam wissen, wie mein Leben verlaufen soll. Ich muss meine Zukunft gestalten und diesen anderen Quatsch regeln, den mir meine Lehrer ständig vorgegeigt haben, obwohl sie womöglich selbst fünfzehn Semester lang studiert haben. Nein, ich bin kein Teenager mehr und trotzdem kann ich so eine Entscheidung nicht einfach so treffen. Sicher, Nik ist der beste Mensch der Welt und ich werde ihn bis an mein Lebensende lieben. Er ist mein Mr Right und alles, aber heiraten? Jetzt schon? Ich brauche Zeit!

Marias und Justus' Hochzeit hat erst vor so kurzer Zeit stattgefunden. Und das große Bekenntnis im Tattoostudio ist auch noch nicht so lange her. Sollen wir wirklich so schnell in den Ehestand hüpfen?

Er will noch nicht einmal Kinder! Obwohl er seit zwei Wochen nicht mehr schreiend den Raum verlässt, wenn ich ihm unsere hypothetischen Zukunftskinder beschreibe. Sie sind wirklich süß und gar nicht klebrig. Zumindest erwähne ich gegenüber Nik den letzten Punkt nicht. Aber mir ist aufgefallen, dass er jetzt manchmal neugierig in Kinderwagen schaut, wenn sie an ihm vorbeigerollt werden, oder so etwas sagt wie »Edward ist ein schöner Name, oder?«, als ob er gerade dabei wäre, es sich anders zu überlegen.

Mit meinen Eltern versteht er sich übrigens blendend. Wir waren zu Weihnachten bei ihnen. Ich hatte ja die schlimmsten Befürchtungen, dass sie seine Tattoos erschrocken anstarren und ihn ständig mit Ben vergleichen würden, aber meine Eltern haben so getan, als hätten sie Ben nie kennengelernt, wofür ich ihnen sehr dankbar war. Sie waren überglücklich, uns zu sehen, und meine Mutter hat sogar viele Fragen über das Tätowieren gestellt und wollte wissen, was es denn kosten würde, wenn sie sich ein Porträt ihres Mannes, meines Vaters, stechen lassen würde. Ist das nicht absolut bezaubernd? Ich hoffe, sie meint das nicht ernst!

Niks Eltern sind ganz klasse. Der Stiefvater ähnelt mit der Frisur nicht nur äußerlich Albert Einstein, sondern er ist auch tatsächlich ein Genie: Er ist Physikprofessor. Leider gibt es nicht unbedingt viele Gesprächsthemen, die uns gleichermaßen interessieren, besonders seit ich ihn gefragt habe, ob Newton wohl ein Apfelkuchenrezept erfunden hat, aber wir können uns super über Fernsehserien austauschen. Er ist ein riesiger Fan von den *Simpsons*. Mit der Mutter habe ich mich ja schon auf der Hochzeit prima verstanden. Irgendwie gibt es viele Ähnlichkeiten zwischen uns beiden. Ständig sagt sie, was ich denke, und umgekehrt. Das wäre direkt gruselig, wenn es nicht gleichzeitig so putzig wäre. Sie scheint mich abgöttisch zu lieben und drückt mich ganz häufig an ihren großen Busen. Sie ist glücklich, weil ihr Sohn endlich mal eine Frau mit nach Hause bringt und sogar von *seiner Zukunft* spricht. Hach ja, Eltern sind immer gleich. Früher oder später wollen sie alle kleine Enkelkinder und glückliche Ehen für ihre Kinder!

Bis auf die Eltern von Ben vielleicht, der Dreckskerl und diese Brasilianerin, aber die sind auch echt nicht normal hinter ihrer Oberspießer-Fassade. Ach, das darf ich auf keinen Fall vergessen zu erwähnen: Ben grüßt Nik und mich immer auffallend freundlich, wenn wir ihm mal zufällig auf der Treppe begegnen, und er quetscht sich dabei sogar ein Lächeln ab, das halbwegs echt aussieht. Ich warte noch darauf, dass er Nik mit »Nik« anredet, aber Rom wurde auch nicht an einem Tag erbaut und ich habe alles Vertrauen der Welt in ihn, dass er diesen Schritt noch machen wird. Ihm scheint es gut zu gehen, obwohl ich gehört habe, dass er jetzt öfter mal mit seinen Eltern im Clinch liegt. Justus meinte, dass Ben ihnen einen Scheidungsanwalt angeraten hätte. Aber das sind nur Gerüchte und bei Justus weiß man manchmal nicht, ob er einen auf den Arm nehmen will oder es wirklich so meint.

Definitiv kein Gerücht ist hingegen, dass Lina sich auffallend häufig mit Ben »auf einen Kaffee« trifft. Sie hat mich schon gefragt, ob das »in Ordnung« für mich sei, und natürlich habe ich Ja gesagt. Ganz wohl ist mir bei der Sache allerdings nicht. Aber seit Verona und Takumi eine Rundreise in Japan gestartet haben, um das Land und Takumis Eltern besser kennenzulernen, freut sich Lina bestimmt über neue Kontakte und da sie so sanftmütig ist und so ein weiches Herz hat, wird sie den Wunsch verspüren, für Ben da zu sein. Als ich ihr von der Hochzeit erzählt habe, hat sie mir zu meiner Entscheidung gratuliert, aber auch zweimal gesagt: »Der arme Ben!« Irgendwie kann ich dem sogar etwas abgewinnen, dass sich mein Exfreund und meine beste Freundin gegenseitig näherkommen. Auf eine sehr seltsame Art ist das toll. Ich freue mich für die beiden. Aber ... ein bisschen schräg ist das schon, oder?

Stellen wir uns doch mal unsere Hochzeit vor: Meine Eltern, die dank Nik zu Rockern mit Tattoos mutiert sind, und seine Eltern, die Künstlerin mit telepathischen Fähigkeiten und ihr Albert-Einstein-Ehemann mit dem *Simpsons*-Tick. Dazu noch die eine beste Freundin, die sich von einer Emanze zu einer verliebten Nervensäge im Kimono gewandelt hat; dann die andere beste Freundin, die mit dem Ex der Braut auftaucht ... Und dann denke ich an Harmonie und Glück und das Zeug, was so zu einer Hochzeit gehört, und schnell merke ich: Hmmm, will ich das alles eigentlich?

Und Weihnachten, Ostern und so erst, wenn die Schwiegereltern von Maria zu Besuch kommen. Das wird eine Katastrophe! Gott sei Dank werden Bens Eltern niemals meine Schwiegereltern. Ich verstehe gar nicht, wie Maria das ertragen kann. Obwohl ... wenn ich so beobachte, wie Justus sie ansieht, verstehe ich es vielleicht schon. Genauso sieht mich nämlich auch mein Nik an. Gott, der Trottel ist wirklich verschossen in mich. Ist das nicht süß?

»Also?« Niks Stimme reißt mich aus meinen Gedanken, als er einen Kuss auf meine Schläfe setzt.

Ach ja, richtig. Das Heiraten. »Ich weiß nicht ... Wir haben doch alle Zeit der Welt. Wir sollten nichts überstürzen.« Schließlich muss ich ein neues Büchlein mit Hochzeitsvorschlägen zusammenstellen. Mein anderes war acht Jahre in Arbeit. Also werde ich wahrscheinlich wieder acht Jahre brauchen, um die perfekte Hochzeit mit einem Chaos-Macho-Tätowierer zu planen.

Nur gut, dass ich schon vor einigen Wochen angefangen habe …

ANAIS

ANNA UND IHRE MÄNNER

EIN EROTISCHER ROMAN, DER MIT DEM MYTHOS
DER MONOGAMIE GRÜNDLICH AUFRÄUMT!

ANNA UND IHRE MÄNNER
EROTISCHER ROMAN. ANAIS BAND 8
Von Alaine Hood
Übersetzt von Nadine Bunske
264 Seiten, Paperback
ISBN 978-3-89602-554-8 | Preis 9,90 €

Ein aufregender Roman über das merkwürdige Paarungsverhalten von Großstadtkatzen: explizit und verwegen.

Anna geht davon aus, dass Sex am besten funktioniert, wenn man mit der größtmöglichen Auswahl an Sexualpartnern schläft. Bei ihrem Nebenjob als Fahrradkurier lernt sie Cade und Noah kennen, Inhaber einer Computerspiel-Firma. Die beiden Männer verbindet eine ungewöhnliche Leidenschaft, und die neugierige Anna möchte ihr Geheimnis um jeden Preis lüften.

»Ich glaube, dass Schmerz und Erniedrigung ein wichtiger Teil der Sexualität sind, nicht anders als Lust und Freude. Mir ist es wichtig, über Situationen zu schreiben, in denen all diese Aspekte der Sexualität aufeinandertreffen.« Alaine Hood

WWW.ANAIS.DE

Die Autorin

Sophie Carlsen wurde 1988 in Norden, Ostfriesland, geboren. Sie fing früh an, Geschichten zu schreiben, und probierte sich in unterschiedlichen Genres aus, wobei sie schnell ihre Vorliebe für erotische Themen entdeckte. Seit 2008 studiert sie Germanistik in einer kleinen Universitätsstadt in Mittelhessen. Mit »So weißverliebt« legt sie ihren ersten Roman vor.

Sophie Carlsen
SO WEISSVERLIEBT
Roman

ANAIS Band 13
ISBN 978-3-89602-560-9

ANAIS ist ein Label des Berliner Schwarzkopf & Schwarzkopf Verlages.

Lektorat: Ulrike Fischer
Titelbild: © Angela Hawkey / shutterstock.com